MON ESCAPADE D'ANNIVERSAIRE

Un Alien pour les fêtes

Marina Simcoe

À mon capitaine

Chapitre 1

Lori

Au revoir, connard ! dit la jeune femme, dont le nom était Felicity Davis d'après la liste des passagères, en tapant du pied. La prochaine fois, réfléchissez-y à deux fois avant de kidnapper une femme innocente qui n'a rien demandé.

Elle tourna les talons, en envoyant une myriade de longues tresses multicolores voler autour de sa tête et de ses épaules. Un extraterrestre la regarda avec une expression désolée alors qu'elle traversait le pont d'amarrage du vaisseau extraterrestre vers notre navette de la Terre.

Felicity Davis fut la première passagère à monter dans ma navette aujourd'hui. Il devait y en avoir dix, dix femmes sur les quatre-vingt-dix-sept que les extraterrestres de la planète Ivodi avaient enlevées au cours de leurs deux premiers mois en orbite autour de la Terre. En une semaine et demie, ils les avaient toutes libérés.

— Salut, Lori. Le commandant est là, déclara Maddy, ma copilote, en montrant du menton le grand Ivodien qui venait de débarquer sur le pont.

Mon cœur fit un bond, puis s'emballa à une vitesse dingue.

— Eeet, tu es encore en train de rougir, commenta Maddy, en plissant les yeux avec une expression taquine.

Je ne pouvais pas m'en empêcher. Mon trentième anniversaire était ce samedi et j'étais là, en train de craquer pour un homme comme une ado.

C'était impossible qu'il en soit autrement, cela dit. Le commandant Nex du vaisseau ivodien Conqueror était un régal pour les yeux. Grand et bâti comme un sacré athlète, il attirait l'attention par sa simple présence. Je l'avais admiré dès le premier instant où j'avais posé les yeux sur lui.

Il déambulait sur le quai, l'autorité émanant de sa silhouette. L'uniforme blanc des Ivodiens contrastait avec sa peau sombre, gris-violet. Ses sept longues queues minces tapaient sur ses jambes comme des fouets alors qu'il examinait le quai, les bras croisés sur le torse.

Le commandant semblait être une incarnation de toute la race ivodienne, confiant et sûr de lui au point d'être à la limite de l'arrogance.

Les Ivodiens n'étaient pas la première race extraterrestre à nous découvrir. Les premiers étaient les Voraniens de la planète Néron. Tout comme les Ivodiens, ils s'intéressaient à nos femmes. Mais ils s'y étaient pris de manière diplomatique, en signant un contrat avec la Terre qui permettait aux femmes de présenter une demande de mariage avec un Voranien.

D'autres nations, comme celles des Ravils de la planète Tragul, avaient des contrats militaires avec la Terre.

Les Ivodiens n'avaient montré aucun intérêt pour la diplomatie à leur arrivée. Leur vaisseau Conqueror, qui portait bien son nom, était apparu sur l'orbite terrestre, les armes dégainées. Choquée jusqu'à être stupéfaite par leur audace, la Coalition des gouvernements de la Terre n'avait rien fait pendant les premières semaines alors que les Ivodiens filaient dans leurs soucoupes volantes épurées en enlevant les femmes dans les rues.

Finalement, une fois son esprit retrouvé, la Coalition avait riposté, en exigeant le retour de toutes les femmes kidnappées.

On ne savait toujours pas comment ils avaient fait obtempérer les Ivodiens. Heureusement, bien que chaque partie tienne l'autre en ligne de mire, aucun coup de feu n'avait été tiré. Les Ivodiens avaient accepté de rendre les quatre-vingt-dix-sept femmes qu'ils avaient emmenées, en promettant de retourner d'où ils venaient en paix.

Je n'avais jamais eu l'occasion de parler au commandant. Je ne l'avais même pas rencontré en face à face sans le pare-brise de ma navette spatiale entre nous. Je ne connaissais pas son prénom, et il y avait de fortes chances que je ne le connaisse jamais. Le vaisseau ivodien partait dans deux semaines et je ne le reverrais plus jamais.

— Tu es trop mignonne quand tu craques pour un mec, continuait de me taquiner Maddy.

— Je suis stupide, marmonnai-je en ouvrant le bouton du haut de mon uniforme bleu pétrole.

Au diable le code vestimentaire ! J'avais besoin d'air et le col de ma chemise s'avérait soudainement trop serré.

— Nous devrons trouver un moyen pour que vous vous rencontriez tous les deux, ajouta Maddy sur un ton plus sérieux.

Je secouai la tête. D'après le contrat, en tant que capitaine de la navette, j'étais censée rester sur le pont quand le Conqueror était amarré. Le commandant n'avait aucune raison de monter à bord de ma navette.

Dans une semaine ou deux, toutes les femmes enlevées seraient ramenées en toute sécurité et renvoyées sur Terre. Le Conqueror quitterait l'orbite, en éloignant son commandant de cette planète et de ma vie.

Ce n'était pas censé être autre chose de plus qu'un simple béguin extraterrestre.

Maddy ramassa la tablette avec les formulaires à l'écran et clipsa son taser. L'entreprise pour laquelle nous travaillions, Starlight Spacelines, lui demandait de porter le taser lorsqu'elle était sur le pont. Les Ivodiens n'avaient pas été hostiles, ni envers Maddy ni envers moi, mais le Conqueror était un vaisseau de guerre, équipé de toutes sortes d'armes et piloté par un équipage de guerriers féroces. Starlight Spacelines croyait qu'un taser les arrêterait s'ils décidaient de nous attaquer.

— Eh bien, je dois y aller maintenant. Veux-tu que je dise bonjour au commandant de ta part ? demanda-t-elle en haussant les sourcils.

Alors que le capitaine restait en permanence sur le vaisseau, le copilote faisait ce qui était nécessaire à l'extérieur de la navette, incluant la confirmation de la liste des passagers, l'obtention de toutes les signatures et l'inspection extérieure avant le décollage. Maddy avait rencontré personnellement le commandant et lui avait parlé en tête-à-tête.

— Bien sûr que non ! N'ose même pas lui parler de moi.

Je souhaitais désespérément que mon visage enflammé se refroidisse, sinon il allait risquer de mettre le feu au cockpit. J'avais l'impression d'être à nouveau au lycée, en train de craquer pour l'un des garçons les plus populaires de la classe.

Pourquoi était-ce toujours le plus inaccessible ?

Le commandant Nex n'avait aucune idée de mon existence. Très probablement, ce ne serait jamais le cas. Il ne nous restait plus que quelques vols prévus. Une fois que toutes les femmes enlevées seraient rentrées dans leurs foyers et leurs familles indemnes, les Ivodiens partiraient. D'ailleurs, est-ce que je voulais vraiment avoir quelque chose à voir avec un homme d'une race qui enlevait des femmes, même s'ils finissaient par les rendre ?

Les femmes que j'avais ramenées sur Terre semblaient en pleine forme. Certaines semblaient même réticentes à l'idée de quitter le Conqueror.

Felicity Davis n'était évidemment pas de celles qui se sentaient tristes de partir. Elle avança dans la navette et jeta son bagage à main fourni par le gouvernement dans le coffre à bagage.

— Bienvenue à bord, dis-je en souriant, debout devant la porte ouverte entre le pont et les cabines des passagers.

— Bonjour, capitaine.

Elle m'adressa un sourire amical en se laissant tomber dans l'un des fauteuils en cuir beige.

— Heureuse de rentrer chez vous ? demandai-je.

Le bavardage ne faisait pas partie de mes fonctions, mais j'étais curieuse.

— Je suis impatiente ! répondit-elle en faisant passer une poignée de tresses par-dessus son épaule.

— Combien de temps avez-vous passé ici ?

— Presque un mois ! dit-elle en secouant la tête d'irritation et en lançant un regard de reproche par la fenêtre en direction de l'Ivodien qui l'avait rendue sur le quai. Pouvez-vous le croire ? Il m'a attrapée dans la rue, à deux pas de chez moi. Je passais mes examens de fin d'études cette semaine-là. Je sortais pour aller prendre une glace, après avoir étudié pendant des heures. Et ce connard..., s'interrompit-elle en se penchant en avant pour crier vers la porte ouverte. Ça te plairait si je t'enlevais sans te demander ?

La peau gris-violet des pommettes saillantes de l'Ivodien s'assombrit. Une rangée de piercings allant de l'arête de son nez jusqu'au milieu de son front brillait alors qu'il secouait énergiquement la tête.

— Je serais honoré ! cria-t-il en retour, haut et fort. N'importe qui devrait être fier de devenir l'épouse du premier ingénieur du puissant Conqueror.

Felicity leva les yeux au ciel.

— Vous avez entendu ça ? C'est ce à quoi j'ai dû faire face pendant tout ce satané mois. Si c'était un si bon parti, pourquoi avait-il besoin de voler une femme ?

— Est-ce que tous les Ivodiens sont comme ça ? demandai-je en forçant mes yeux à ne pas chercher le commandant dans la foule qui se rassemblait sur le pont d'amarrage.

Felicity haussa les épaules.

— Certains sont mieux, d'autres pires. Tout comme les humains, il y a toutes sortes d'Ivodiens, je pense. Je n'ai pas rencontré beaucoup d'entre eux. Celui-là, dit-elle en inclinant la tête vers le premier ingénieur à la fenêtre, m'a gardée enfermée dans sa chambre la majeure partie du mois. Personnellement, leur commandant ne me dérange pas, cela dit. C'est lui qui a finalement permis à chacune d'entre nous de rentrer.

Mon cœur entiché fondit en entendant ce compliment, aussi subtil soit-il, concernant l'objet de mon affection.

— Je suis désolée de ce qui vous est arrivé, dis-je avec une véritable empathie envers Felicity.

À ma connaissance, les femmes enlevées n'avaient pas été abusées physiquement ou sexuellement. Cependant, toutes avaient déclaré avoir enduré une détention forcée. Certaines, comme Felicity, avaient été enfermées dans les chambres de leurs ravisseurs pendant des semaines. J'avais même entendu des rumeurs selon lesquelles des femmes avaient été enchaînées à leur lit.

— Merci. C'est chouette de rentrer à la maison.

Elle soupira en s'appuyant contre le dossier de son siège.

D'autres passagères commencèrent à monter à bord, Maddy confirmant leur identité à la porte.

— Quel gâchis, ajouta Felicity. J'avais un job d'été prévu. Maintenant, je dois réfléchir à ce que je vais faire au sujet de ces examens que je n'ai jamais passés. Je venais juste de commencer à fréquenter ce gars de ma fac il y a un mois et demi. Un homme si adorable. Apparemment, il a appelé partout, en me cherchant. Mes pauvres parents pensaient que j'avais été kidnappée et assassinée avant que les autorités ne me localisent...

Ses yeux devinrent brillants de larmes, et sa peau lisse et foncée se réchauffait à l'évocation de ces souvenirs perturbants.

Les femmes embarquées ne parlaient pas toutes anglais. Beaucoup de celles qui le comprenaient hochèrent la tête pour manifester leur accord avec Felicity. Chacune avait sa propre histoire d'enlèvement à raconter. En même temps, je surprenais quelques regards mélancoliques par les fenêtres que le groupe d'Ivodiens, qui avaient amené les femmes au quai, leur lançait. Je me demandais si l'une des dix femmes que nous rapatriions sur Terre aujourd'hui aurait préféré rester.

Sûre que tout le monde était monté à bord, je retournai à mon siège à l'avant.

— Toutes à bord, dit Maddy en sautant dans le siège du copilote à ma droite, en sortant la liste de contrôle obligatoire.

Après le décollage, je manœuvrai la navette pour l'éloigner de la forme massive du Conqueror et je repris le cap vers la Terre. Le dernier modèle commercial de navette spatiale que je pilotais couvrirait la distance jusqu'à ma base près de Toronto, au Canada, en un peu moins de deux heures.

— Allez, demande, sonda Maddy, quand nous étions en vitesse de croisière.

Je laissai les instruments prendre le relais et, toutes les deux, nous commençâmes à nous détendre un peu.

— Quoi ?

Je feignais l'innocence, même si la question me brûlait la langue, en suppliant d'être libérée.

— Tu sais de quoi je parle, insista-t-elle. Demande !

— Bien, dis-je en renonçant à faire semblant et en essayant de ne pas paraître trop impatiente. As-tu pu lui parler ?

— Oui, répondit-elle en rayonnant.

— Et ? dis-je en me mordant la lèvre pour tenter de cacher mon impatience.

— J'ai dit « Bonjour » et le commandant a répondu « Salutations », lâcha-t-elle.

— Et ensuite ?

Avais-je besoin de lui arracher un mot après l'autre ?

Maddy était du genre bavard. Elle le faisait sûrement exprès, pour me torturer.

— Et c'est tout, dit-elle en haussant les épaules.

— C'est tout ?

— Yep. Ensuite, il a laissé le superviseur du pont discuter avec moi.

Je relâchai le souffle que je retenais et je combattis la déception. Pourquoi ce que le commandant disait ou pas à Maddy m'importait autant ? Même s'il lui récitait une pièce de théâtre shakespearienne entière par cœur, cela ne changerait en rien ma relation avec lui.

Maddy me regardait attentivement.

— Tu dois vraiment lui parler, Lori, dit-elle gentiment. Vendredi, ce sera notre dernier vol de la semaine. Pourquoi ne lui proposerais-tu pas de te rejoindre dans ton cottage pour ton anniversaire ?

Ma petite cabane de chasse dans les bois pouvait difficilement être qualifiée de cottage.

— Bien sûr, comme s'il allait venir, me moquai-je.

— Tu ne le sauras pas tant que tu ne lui auras pas demandé.

C'était le cœur du problème. Je n'étais pas douée pour parler aux étrangers, surtout à ceux pour qui j'avais le béguin. Même si j'avais le courage de parler au commandant, je me ridiculiserais probablement.

— Je me sentirais tellement mieux en sachant que tu n'es pas seule là-bas, déclara Maddy. Au milieu de nulle part.

La cabane que mon grand-père avait construite était située sur sa grande propriété, entourée de terres protégées, sans personne en vue à des kilomètres. Et je l'aimais exactement comme ça.

J'avais hérité de la cabane après le décès de Grand-père, il y avait presque exactement un an, le jour de mon anniversaire. Ce samedi serait particulièrement doux-amer pour moi cette année.

Je savais que Maddy avait voulu m'organiser une fête d'anniversaire en ville. Elle avait dit qu'avoir trente ans était un truc important. Mais tout ce que je voulais, c'était m'enfuir et me cacher dans la cabane pendant un jour ou deux. Je reviendrais lundi et ensuite j'affronterais tout, y compris le début de la quatrième décennie de ma vie. Une fête serait trop pour moi en ce moment. J'avais besoin d'espace et de temps pour moi.

Étonnamment, partager la cabane avec le commandant ce week-end ne semblait pas une chose abominable, cela dit. Pas du tout.

Chapitre 2

Lori

Allez, Lori, qu'est-ce que tu as à perdre ? demanda Maddy qui m'enquiquinait sur le chemin du retour du Conqueror le vendredi suivant.

— Eh bien, mon travail, pour commencer, soulignai-je.

— Nous n'enfreindrons aucune règle.

Maddy avait élaboré un plan pour que je parle au commandant Nex. Je pourrais prendre sa place en tant que copilote pour sortir de la navette. Une fois que j'aurais la liste des passagères signée par le superviseur du pont, elle vérifierait les cartes d'identité des femmes sur la navette pendant que je prendrais le commandant à part et... eh bien... lui parlerais, pour une fois.

— Il n'y a aucune loi interdisant au capitaine de quitter le vaisseau alors qu'il est amarré, insista Maddy.

— Les Ivodiens m'ont demandé de rester sur la navette, dis-je. C'est dans le contrat.

— Ouais, mais ils ne le sauront pas. Je te donne ma casquette et mon laissez-passer. Nous échangerons aussi nos épaulettes. Je ne distingue les Ivodiens que par les insignes sur leurs manches. Je suis sûre que pour eux tous les Terriens se ressemblent aussi.

Maddy était à moitié coréenne, et j'étais en partie italienne, en partie écossaise et en partie qui-savait-quoi d'autre. Ses yeux étaient brun foncé, presque noirs. Les miens étaient gris ou bleus, selon ce que je portais. Ses cheveux étaient parfaitement raides et soyeux. Les miens étaient un peu ondulés. Personne sur Terre n'aurait dit que nous nous ressemblions.

Pourtant, elle avait peut-être raison. Du point de vue des extraterrestres, nous étions deux femmes humaines de taille similaire, vêtues d'uniformes bleu pétrole identiques, et portant de longs cheveux noirs tirés en queue de cheval, pratiquement impossibles à distinguer. Les Ivodiens se fichaient pas mal des différences entre les traits de nos visages, tout comme je ne pouvais pas vraiment distinguer les différences entre les leurs. Sauf en ce qui concernait le commandant, bien sûr.

Quand il s'agissait du commandant, c'était plus que son visage. C'était la façon dont il se comportait, sa démarche assurée et sa voix profonde et autoritaire qui me faisaient faiblir les genoux chaque fois que je l'entendais donner des ordres à son équipage.

Je le reconnaîtrais entre mille dans une foule d'Ivodiens, avec ou sans leurs insignes.

— À quel autre moment auras-tu l'occasion de lui parler ? demanda Maddy qui n'abandonnait pas, en me tentant comme le serpent dans le jardin d'Eden. La semaine prochaine, c'est le dernier vol de notre contrat. Tu ne le reverras jamais. C'est maintenant ou jamais, Lori.

— Pour quoi faire, en même temps ? protestai-je. Il partira de toute façon.

— Mais les souvenirs resteront ! s'exclama Maddy d'un air théâtral. Et le droit de se vanter. Penses-y, tu pourrais être l'une des rares femmes sur Terre à avoir eu des relations sexuelles avec un Ivodien.

J'avais entendu dire que certaines des femmes enlevées étaient allées aussi loin avec leurs ravisseurs.

Mais moi ?

Je toussai, en m'étouffant avec mon propre souffle.

— Des relations sexuelles, Maddy ? Je n'ai même pas accepté de lui parler.

— Mais tu le feras, n'est-ce pas ? demanda-t-elle en battant des cils.

— Je ne sais pas..., soupirai-je.

— Bien sûr que tu le feras. Quel est le pire qui puisse arriver ? Qu'il dise non, et dans ce cas tu passeras à autre chose. Ouuuu..., dit-elle en étirant lentement le mot délibérément. Tu auras des relations sexuelles extraterrestres torrides dans ta cabane tout le week-end.

Elle haussa les sourcils, puis ajouta plus sévèrement :

— Lori, je ne veux pas passer une semaine de plus à te regarder te languir du commandant.

— Je ne me languis pas de lui, m'agaçai-je.

— Ah ouais ? dit-elle en me jetant un coup d'œil, clairement pas impressionnée par mon déni manifeste.

— Je ne fais que l'admirer, de loin, me justifiai-je, en luttant contre l'envie de tripoter mon badge nominatif accroché à ma poche de poitrine.

— Eh bien, que dirais-tu de l'admirer alors qu'il est allongé à côté de toi, sur ton lit, tout nu ? Ne serait-ce pas mieux ? Donne-lui une chance de te donner plus à admirer.

— Maddy ! m'exclamai-je en lui lançant un regard furieux, avant de marmonner dans ma barbe. Tu sais, pour une copilote, tu es bien trop autoritaire.

Elle rit.

— Je ne serai pas copilote pour toujours. Je parie que je te manquerai quand je serai promue capitaine l'année prochaine. Je volerai avec quelqu'un d'autre, après.

Je ne contestai pas parce que je savais qu'elle avait raison. Elle allait me manquer. Maddy n'était pas seulement une pilote compétente et une grande amie, c'était sympa de travailler avec elle. Bien sûr, la plupart du temps, elle n'était pas si insistante. Cependant, je devais l'admettre, tout ce qu'elle faisait était d'exprimer à haute voix mes désirs les plus profonds.

— Qu'est-ce que ça va te rapporter ? demandai-je. Pourquoi veux-tu à ce point que je lui parle ?

— À part le fait que mon capitaine arrête de rougir et de gémir comme une lycéenne ? dit-elle avant de se pencher plus près avec un sourire narquois. Je veux entendre un témoignage direct sur ce qu'est le sexe avec un Ivodien.

Je baissai les yeux, effrayée même à l'idée d'aller aussi loin avec le commandant. Le simple fait de lui parler était déjà assez intimidant. Je prendrais probablement feu si jamais je devais me mettre nue devant lui.

— Qu'est-ce qui te fait penser que je te raconterais ? marmonnai-je.

« Qu'est-ce qui te fait penser que j'aurais quelque chose à raconter ? » aurait été une question plus appropriée.

— Oh, tu le feras, me rembarra Maddy qui avait manifestement plus confiance en moi que moi-même. Tu me racontes toujours tout. Ooh, tu penses qu'il te fesserait avec ses queues ? demanda-t-elle en haussant un sourcil et en affichant un sourire coquin. Devine ce que j'ai entendu dire par les femmes lors de notre dernier voyage depuis le Conqueror.

Je savais d'après son air suffisant qu'il valait mieux l'ignorer, mais je ne pus m'empêcher de lui poser la question.

— Quoi ? demandai-je en cédant.

Ma curiosité me tuerait un jour.

— Les Ivodiens peuvent lécher avec leurs bites, lâcha-t-elle.

Mon souffle suivant entra dans mes poumons et s'arrêta là. Le choc m'avait bloqué la gorge.

Maddy me regarda comme si elle venait de m'offrir un cadeau d'anniversaire.

— Quoi ? Comment ? demandai-je en réussissant finalement à expirer.

— Eh bien, tu pourrais découvrir comment ce week-end.

Elle haussa les épaules, avec ce sourire cruel toujours aux lèvres.

J'expirai longuement, en fixant le tableau de bord. Tout allait bien avec les instruments. Rien ne requérait mon attention immédiate, et mes pensées étaient libre de se concentrer entièrement sur le commandant... Et maintenant, sur sa bite capable de lécher, grâce à Maddy !

— Et si en personne c'était un abruti ? demandai-je en regardant fixement l'écran de navigation.

Maddy roula des épaules.

— Eh bien, il pourrait très bien l'être. La plupart des hommes sont des abrutis, sauf mon Jake, bien sûr.

Elle prononça le nom de son fiancé avec la même expression rêveuse qu'elle avait toujours en parlant de lui.

Pourquoi n'avais-je pas pu tomber amoureuse d'un gentil humain, comme Maddy ? Pourquoi le commandant extraterrestre d'un foutu vaisseau de guerre devait-il attirer mon attention ?

Je n'avais pas les réponses à ces questions, j'avais seulement la certitude que maintenant que je savais que le commandant était là-bas, tous les autres hommes avaient cessé d'exister, humains ou extraterrestres.

— C'est pour ça que tu dois lui parler, pour savoir quel genre d'homme il est. Le commandant pourrait s'avérer très charmant, déclara Maddy d'une voix chantante, avant de continuer dans un style théâtral. Et s'il était ton âme sœur ? Vos chemins se sont croisés, mais tu le laisses filer, en ne vous donnant aucune chance à tous les deux. Alors ?

— Il part bientôt, de toute façon, dis-je avant de secouer la tête. En plus, les âmes sœurs n'existent pas.

— Ah ouais ? Et Jake et moi, alors ? demanda-t-elle en me fixant avec un regard me défiant de la contredire.

Je ne pouvais pas argumenter. Jake et Maddy étaient parfaits l'un pour l'autre, le couple idéal. Cela ne pourrait jamais être moi et le commandant, n'est-ce pas ? Nous faisions partie de mondes littéralement différents.

Non pas que j'espérais que le commandant soit mon âme sœur, de toute façon. Honnêtement, je ne savais pas trop à quoi m'attendre, mais je souhaitais avoir une chance de le connaître un peu mieux. Je ne pensais pas avoir assez de courage pour lui demander de passer le week-end avec moi. Mais j'avais préparé deux fois plus de provisions à emporter avec à la cabane cet après-midi. Au cas où.

— Lori, dit fermement Maddy. L'époque où une femme était assise dans un salon en attendant qu'un homme la remarque est révolue. Aujourd'hui, les femmes ont le droit de demander à un homme de sortir avec elles. Profites-en, bon sang.

J'étais à court d'arguments.

Le commandant ne pouvait pas faire le premier pas. Il ne savait pas que j'existais, et il ne le saurait jamais, à moins que je ne fasse quelque chose.

Je poussai un soupir.

— Bien. Peut-être que je pourrais sortir brièvement, juste pour dire bonjour.

— Et il répondra « Salutations », plaisanta Maddy. Et ce sera la fin de votre conversation. Tu dois l'inviter à passer le week-end avec toi, sinon ça n'ira nulle part.

Je me frottai le front, mes paumes devenant moites.

— Je ne peux pas aller voir un homme qui ne m'a jamais vue auparavant et lui demander de venir avec moi dans une cabane isolée pendant tout un week-end.

— Pourquoi pas ? dit Maddy en me regardant innocemment.

— Parce que personne ne fait ça. Il va penser que je suis une idiote, répondis-je, exaspérée.

— Il n'est pas de la Terre, Lori. Tu te rappelles ? Sur Ivodi, apparemment, les hommes ont l'habitude de s'approcher de femmes qu'ils n'ont jamais vues auparavant, de les enlever et d'en faire leurs épouses. Crois-moi, ton invitation ne le dérangerait pas. Ils n'ont pas de femmes sur le Conqueror. Je suis sûre qu'il sauterait sur l'occasion de t'avoir pour lui tout seul pendant tout un week-end. Quoi qu'il en soit, comme je l'ai dit, qu'as-tu à perdre ? Le Conqueror quittera bientôt l'orbite terrestre et tu ne reverras plus jamais le commandant.

Plus jamais.

Cela semblait épouvantable.

Chapitre 3

Lori

Va l'attraper, tigresse, grogna Maddy en faisant un geste de la main comme si c'était une patte de chat aux griffes acérées.

J'avais sa carte d'employé accrochée à ma poitrine. Sa casquette était posée bas sur mon front, en cachant partiellement mon visage. J'attrapai sa tablette avec les documents concernant les passagères du jour et j'inspirai profondément, en me préparant.

— Pourquoi t'ai-je laissé m'entraîner là-dedans ? murmurai-je dans ma barbe.

— Bon, vas-y, meuf, dit-elle en me congédiant d'un geste de la main. Je ne te fais rien faire que tu n'aies pas envie de faire.

C'était vrai. Je pouvais blâmer Maddy autant que je voulais, mais le désir le plus profond de mon cœur au cours des deux dernières semaines avait été d'échanger au moins quelques mots avec le commandant ivodien. Tout cela était ma faute, maintenant.

— OK. Tu es en charge du vaisseau, dis-je en me dirigeant vers la porte.

Mon cœur tonnait si fort dans ma poitrine lorsque je sortis de la navette que j'avais peur de ne pouvoir entendre personne à cause de l'écho de ses battements dans mes oreilles.

Comme d'habitude, les Ivodiens s'étaient déjà positionnés en formation au bout du pont d'amarrage, en bloquant l'entrée du pont vers leur vaisseau, au cas où, pour une raison quelconque, Maddy et moi déciderions de le prendre d'assaut. En tant que vaisseau militaire, ils avaient leurs règles et leurs protocoles. L'un d'eux devait empêcher les visiteurs d'entrer à l'intérieur du vaisseau sans y être invités. Ils prenaient ça au sérieux, même si la menace potentielle n'était que deux femmes armées uniquement d'un taser.

— Salutations, copilote Kwan, dit un Ivodien qui s'avançait, en s'adressant à moi avec le nom et le grade de Maddy.

La supposition de Maddy s'avérait correcte. L'Ivodien n'avait pas remarqué que j'étais une personne différente. À en juger par l'insigne violet vif sur la manche gauche de son uniforme blanc, c'était le superviseur du pont.

Je hochai la tête, en abaissant la visière de ma casquette et en levant ma tablette jusqu'à mes yeux pour cacher davantage mon visage. Mon cœur continuait de tonner dans ma poitrine. Mes mains devinrent moites, en menaçant de laisser glisser la tablette sur le sol. Je n'avais jamais enfreint une règle auparavant, aussi minime soit-elle. Je ne pouvais pas croire que je le faisais maintenant, et tout cela à cause de ce désir irrésistible de rencontrer un homme, un certain homme qui ne quittait pas mes pensées.

— Bonjour, dis-je en gardant une voix basse, et en ouvrant le premier document que le superviseur de pont devait signer.

Il appuya son pouce sur l'écran de ma tablette, l'empreinte lui servant de signature. Je passai au document suivant.

Les femmes commencèrent à apparaître, accompagnées de leurs ravisseurs. Certaines femmes lançaient des poignards avec leurs yeux à leurs escortes. D'autres tenaient la main de leurs Ivodiens, en les regardant tendrement. Une équipe de thérapeutes attendait les femmes à notre débarquement. Les spécialistes les aideraient, espérons-le, à tirer au clair leurs sentiments envers les Ivodiens.

Puis le commandant apparut et je ne pus plus me concentrer sur personne d'autre.

Je le sentis approcher avant même de le voir. La formation parfaite des Ivodiens se sépara. L'équipage baissa la tête, en lui donnant le salut ivodien, deux doigts de la main droite pressés contre le piercing supérieur dans la rangée verticale qui s'étendait du long de l'arête du nez jusqu'au front.

Le commandant sortit sur le quai et s'adressa au petit groupe de femmes humaines.

— Mesdames, ce fut un honneur de vous avoir sur mon vaisseau. Je vous souhaite un bon voyage de retour.

Sa voix profonde retentit sous le haut plafond du pont, en résonnant dans ma poitrine et en produisant toutes sortes d'effets bizarres dans mon corps.

Mon souffle s'arrêta quand il déambula dans ma direction.

— Bonjour, couinai-je.

— Salutations.

Il inclina la tête, en touchant un piercing sur l'arête de son nez, le plus bas de la rangée.

Il y avait une hiérarchie assignée à leurs piercings, semblait-il, et je devais être au bas de l'échelle.

Je rencontrai ses yeux violet foncé bordés de noir et... je devins muette.

— Euh...

Ce fut tout ce que je pus réussir à sortir, en me sentant à nouveau comme une adolescente, maladroite et sans voix.

Qu'est-ce qui faisait que les hommes produisaient cet effet sur moi ? Je pouvais travailler à leurs côtés, être amie avec eux, mais au moment où je trouvais un homme attirant, je devenais cette idiote bredouillante, incapable de prononcer un mot cohérent.

Bien sûr, pour une raison cruelle, le destin m'avait fait être attirée par l'un des hommes les plus intimidants de l'Univers.

Le commandant me dominait, ses bras forts croisés sur son large torse. La blancheur immaculée de son uniforme contrastait avec le violet profond de sa peau. Ses piercings argentés brillaient. En plus de la rangée de croissants au milieu de son front, il avait également trois petits anneaux épais dans chaque oreille et une rangée de fines stries blanches incrustées à plat dans la peau de chaque côté de sa tête chauve.

Comme tous les Ivodiens, sa tête n'était pas parfaitement ronde. Son crâne était légèrement surélevé au milieu, en formant une crête basse de son front jusqu'à l'arrière de sa tête. Deux crêtes plus petites dépassaient de chaque côté, en se courbant au-dessus de ses oreilles.

Il me regardait de sa hauteur pendant ce qui me semblait être une éternité. Perdue dans le violet profond de ses yeux, j'étais incapable de prononcer un mot, même si ma vie en dépendait.

Encore une fois, j'avais l'impression d'être de retour au lycée en train de craquer pour le capitaine de notre équipe de foot. Après une année entière à me languir de lui, il m'avait enfin parlé. Une fois. Il avait voulu m'emprunter mon taille-crayon en classe. J'avais paniqué et l'avais fourré dans ses mains sans un mot, pas même un sourire. Inutile de dire que cela était resté ma seule et unique interaction avec le garçon dont j'avais rêvé pendant un an.

Je n'étais plus au lycée, bon sang. J'allais avoir trente ans, pour l'amour Dieu. Ma timidité déplacée était irritante et tout simplement ridicule.

Je lissai ma jupe avec mes mains moites, et je levai le menton avec détermination.

— Commandant ! dis-je avec une voix aiguë à cause de ma nervosité. Puis-je vous parler ?

Il souleva une arcade sourcilière. Une étincelle d'intérêt dans ses yeux ombragés par des cils sombres envoya une volée de frissons le long de mes bras.

— En privé..., ajoutai-je dans un souffle.

Il promena son regard de haut en bas sur mon corps. Je n'avais pas le sentiment d'être reluquée. Peut-être me considérait-il comme une menace ? Peut-être qu'il cherchait tout ce que je pourrais éventuellement utiliser comme arme ? Je n'avais que la tablette. Je n'avais même pas emporté le taser de Maddy avec moi.

— Cela ne prendra pas longtemps, lui assurai-je précipitamment, en souhaitant que mon cœur se calme, de peur que le commandant l'entende battre contre mes côtes.

À mon grand soulagement, il hocha la tête. Sans poser de questions, il désigna une porte en métal argenté sur la droite.

— Par ici s'il-vous-plaît, dit-il avec une voix profonde qui résonna au-dessus de moi.

En essayant de ne pas trop défaillir de peur de tomber dans les pommes, je me tournai rapidement vers le superviseur du pont.

— Vous pouvez procéder à l'embarquement des passagères. La capitaine les accueillera, lui dis-je, en restant dans le rôle de la copilote.

Le superviseur de pont se dirigea vers le groupe de femmes attendant de monter dans la navette.

Je n'avais que quelques instants pour parler enfin à l'objet de mon désir. En serrant fort ma tablette pour empêcher mes mains de trembler, je suivis le commandant par la porte argentée.

Cela semblait être une salle de stockage avec de longues étagères sur les murs et un terminal à écran tactile, probablement pour enregistrer les arrivées et les expéditions de fret, mais peut-être pour totalement autre chose, à ce que je savais des opérations des vaisseaux ivodiens.

Le commandant s'arrêta au milieu de la pièce. Il se tourna vers moi, et il me dévisagea dans l'expectative.

— J'écoute.

Sa voix grave s'était adoucie, maintenant que nous étions seuls. Il examina mon visage, l'intérêt dans ses yeux devenant plus profond, plus intense.

Il faisait si chaud que j'étais presque à bout de souffle. J'aurais aimé pouvoir ouvrir le bouton du haut de ma chemise, mais j'avais peur qu'il le prenne comme une invitation. Serait-ce bien ou mal s'il le faisait ? Je n'en avais aucune idée.

— Je... je m'appelle Lori, commençai-je.

— Lori ?

Son regard se posa sur le badge nominatif de Maddy attaché à ma poche de poitrine, et mon cœur s'arrêta. Il leva la main, en prenant le badge entre ses doigts. Ses articulations effleurèrent ma poitrine à travers ma chemise et mon soutien-gorge, en envoyant une bouffée de désir en moi. Je fermai les yeux, en espérant qu'il ne remarquait pas mes tétons qui avaient durci en réponse à son toucher.

— Lori !

La voix de Maddy résonna soudain derrière la porte.

Que faisait-elle ici ? Elle était censée faire embarquer les femmes. Sur la navette.

La porte s'ouvrit et Maddy fit irruption, en poussant un chariot devant elle.

— Que se passe-t-il ? demanda le commandant en fronçant les sourcils, et en éloignant lentement sa main de moi.

Maddy nous regarda tour à tour.

— Euh, ce sont des valises, répondit-elle en poussant le chariot de côté. Pour que les femmes y mettent leurs affaires.

Bien que la plupart des femmes aient été enlevées avec rien d'autre que les vêtements qu'elles portaient, les Ivodiens leur avaient fourni des vêtements et des articles de toilette. De nombreux ravisseurs avaient offert des cadeaux à leurs « épouses ». Certaines femmes avaient également commandé des choses en provenance de la Terre pendant les semaines qu'elles avaient passées sur le Conqueror. La Coalition des gouvernements de la Terre leur fournissait une valise pour tout ce qu'elles souhaitaient emporter du vaisseau avec elle.

— Lori, la base a appelé, me dit rapidement Maddy. Je leur ai dit que tu étais aux toilettes.

— Pourquoi ?

— Parce que..., dit-elle lentement et avec emphase, en me faisant de grands yeux.

Parce que selon notre contrat avec les Ivodiens, j'étais censée rester sur le vaisseau. Mon employeur ne se soucierait pas de mon départ à moins que le client ne s'en plaigne. Et j'étais là, debout juste devant le client, tout en enfreignant sa règle.

Le commandant s'approcha. Bizarrement, il avait l'air plutôt content de m'avoir attrapée. Avec un doigt sous mon menton, il souleva mon visage vers le sien.

Mon souffle se coupa. La prise de conscience de son toucher m'assaillait. Il se pencha si près de moi que son parfum atteignit mes narines, chaud, masculin et surnaturellement exotique. Si je me mettais sur la pointe des pieds, je pourrais l'embrasser.

Ses arcades sourcilières se rapprochèrent, en accentuant son froncement. S'embrasser n'était évidemment pas ce qu'il avait à l'esprit.

— Je vous place en détention pour avoir enfreint le protocole, dit-il doucement mais fermement. Vous avez cinq minutes pour demander à un autre équipage de la Terre de récupérer votre navette, Capitaine. Vous restez sur le Conqueror. Indéfiniment.

Je tremblais d'appréhension... et de fébrilité face à sa menace.

Sa menace...

Il m'avait menacée, pas fait des avances.

Pour l'amour de Dieu, il fallait que je me ressaisisse !

Il avait menacé de me placer en détention. Peu importait à quel point cet homme était sexy, il était le client de ma société. S'il se plaignait, ma carrière pourrait être en jeu.

Je me raclai la gorge en m'éloignant de lui.

— Permettez-moi de vous expliquer, Commandant..., commençai-je, au garde-à-vous.

Un clic retentit derrière moi. Les pointes du taser passèrent devant moi avant de s'enfoncer dans le cou du commandant.

— Maddy ! haletai-je, en réalisant qu'elle avait enfin trouver l'occasion d'utiliser son taser, précisément maintenant... Qu'est-ce que tu as fait ?

Je me retournai pour lui faire face.

L'air encore plus choquée que moi, Maddy agrippait le taser à deux mains.

Le commandant arqua le dos avec un grognement étranglé. Les fils dans son cou vibraient d'étincelles. Le regard dans ses yeux promettait de nous tuer toutes les deux.

— Merde, gémit Maddy en appuyant sur un autre bouton de son taser.

— Maddy, non ! criai-je avec horreur.

Cette fois, une fléchette tranquillisante jaillit, en perçant la peau du commandant à côté des pinces électriques.

— Maddy, arrête ça !

Je m'élançai vers elle, mais elle appuya de nouveau sur la gâchette, en envoyant une autre dose de tranquillisant dans le cou du pauvre commandant.

— Pourquoi diable ne tombe-t-il pas ? dit-elle entre ses dents serrées, avec une détermination folle sur son visage.

— Hé ! m'exclamai-je en attrapant ses poignets, et en retirant le taser de ses doigts raides. Ce n'est pas un jeu vidéo. Tu m'entends ? Arrête de lui tirer dessus !

Le taser était inutilisable de toute façon, maintenant. Tout ce qu'il permettait de faire, c'était de lancer une charge électrique et deux fléchettes tranquillisantes. Il avait été conçu pour donner au tireur le choix du moyen pour neutraliser l'adversaire, et non pour tirer tout d'un coup.

La double dose de tranquillisant finit cependant par fonctionner. Le commandant chancela, sa main remontant jusqu'à son cou. Un instant plus tard, il s'écrasa au sol.

— Putain, Maddy, tu étais vraiment obligée de faire ça ? gémis-je.

— Il a dit qu'il nous placerait en détention, dit-elle en se grattant la tête.

— Et si tu l'avais tué ?

Je m'agenouillai à côté du commandant et plaçai ma main sur son cou. Le pouls était toujours là, et sa poitrine se soulevait et s'abaissait avec une respiration profonde et régulière. J'expirai de soulagement avant de déclarer :

— Il est vivant. Pour l'instant, en tout cas. Il a besoin de soins médicaux.

Je fis un geste pour me lever, mais Maddy posa sa main sur mon épaule.

— Il ira bien, dit-elle. Il dormira juste quelques heures.

— Comment le sais-tu ?

Mon inquiétude menaçait d'exploser en panique.

— J'ai dû suivre un cours sur la façon d'utiliser cette chose, tu te souviens ? me rappela Maddy en pointant du doigt le taser que j'avais laissé tomber par terre.

— Est-ce qu'ils t'ont appris à tout décharger sur une seule personne ? demandai-je sarcastiquement.

Elle eut la décence d'avoir l'air honteuse.

— Non. Mais je sais que même tout ça ne va pas tuer un Ivodien. Ces gars-là sont comme des cyborgs, indestructibles.

J'espérais qu'elle avait raison.

— Nous devons faire venir quelqu'un ici, de toute façon.

— Non. Attends ! s'exclama Maddy en parcourant frénétiquement la pièce des yeux. Nous ne pouvons pas simplement sortir d'ici, avec lui allongé comme ça. Ils vont nous tuer.

Les Ivodiens s'étaient révélés être un groupe agressif qui agissait sans prévenir. Ils avaient braqué tout un tas d'armes sur la Terre pendant qu'ils attrapaient nos femmes dans les rues.

— Ils ne nous tueront pas juste pour l'avoir neutralisé, argumentai-je, avec peu de conviction.

— Et s'ils ne s'arrêtent pas pour vérifier s'il est mort ou vivant ? Et s'ils tirent d'abord et posent des questions ensuite ?

C'était tout à fait possible.

— Un peu comme toi, non ? dis-je sans pouvoir réprimer le sarcasme, même si l'expression terrifiée de Maddy me fit ressentir un peu de compassion.

— Je vais être virée, gémit-elle.

Je fixai le commandant immobile étendu à nos pieds.

— Ce sera plus que d'être simplement virées, j'en ai peur, dis-je.

À ce moment-là, perdre notre emploi semblait la moindre des choses qui pouvait nous arriver.

— Je serai arrêtée et poursuivie s'il porte plainte, ajouta Maddy avec une petite voix.

Moi aussi, bien sûr. Ce n'était pas moi qui avais appuyé sur la gâchette, mais j'étais la capitaine en charge. Tout cela relevait de ma responsabilité.

— Eh bien, c'est sa prérogative de porter plainte, étant donné que..., commençai-je, mais Maddy ne me laissa pas finir.

— Écoute, murmura-t-elle en me saisissant par le bras. Et si nous ne le disions à personne ? Si nous attendions qu'il revienne à lui à la place, pour lui parler ? En privé. Peut-être que c'est un gars sympa, comme tu l'espérais, et qu'il comprendra ?

Le commandant serait-il compréhensif ? Il apparaissait être un homme de devoir. Et son devoir dans ce cas serait de rapporter l'incident à mes supérieurs et de s'assurer qu'il ferait l'objet d'une enquête appropriée.

En même temps, il avait accepté de sortir du protocole et de me parler en tête-à-tête avant de repérer le mauvais badge d'identification et avant que Maddy n'ouvre le feu.

Peut-être qu'il me donnerait une minute ou deux pour m'excuser et expliquer que nous ne lui voulions pas de mal ?

— Nous ne pouvons pas rester ici les bras croisés pendant des heures à attendre que l'effet des tranquillisants se dissipent, dis-je.

— On pourrait l'emmener avec nous, suggéra Maddy, avec un regard dément dans les yeux.

— Où ?

— Sur Terre.

— Tu es folle, haletai-je.

— Mais pourquoi pas ? Tu voulais l'inviter dans ta cabane demain, alors emmène-le.

Elle désigna le commandant immobile sur le sol, comme s'il s'agissait d'une miche de pain dans un supermarché, à disposition pour la prendre si je le souhaitais.

— Ce serait un enlèvement, Maddy, quelque chose que nous avons appris aux Ivodiens à ne pas faire.

Je ne pouvais pas croire que nous étions en train d'avoir cette conversation.

— D'accord, mais c'est quelque chose qu'ils ont fait tout au long de leur histoire, expliqua-t-elle passionnément. Cela fait partie de leur culture, Lori. Il n'est pas humain. Cela ne le dérangera pas si tu le prends. Il adorerait ça !

« *Je serais honoré.* » Je me souvins des mots du premier ingénieur quand Felicity Davis lui avait demandé s'il aurait aimé être celui qui avait été enlevé.

Peut-être que le commandant ne serait pas trop contrarié si je l'emmenais hors du vaisseau pour un week-end ? Il pourrait même apprécier faire une pause dans ses fonctions, une petite escapade pour voir une partie de la Terre qu'il n'aurait jamais pu voir autrement. Peut-être qu'il se sentirait vraiment honoré et flatté que je le prenne. Il pourrait même être moins en colère et plus disposé à entendre mes excuses concernant cet incident.

— Commandant ? dit une voix masculine qui retentit soudainement, en nous faisant sursauter, Maddy et moi. Ici le deuxième ingénieur Khocak. Nous avons besoin de vous sur le pont, s'il vous plaît.

Il me fallut une seconde pour réaliser que la voix provenait du disque plat argenté attaché au biceps du commandant. Le disque était le dispositif de communication des Ivodiens.

— Nous n'avons pas beaucoup de temps, insista Maddy.

Elle avait raison. Le temps pressait. La base attendait que je la rappelle sur la navette. Les Ivodiens s'attendaient à ce que leur commandant sorte de cette pièce d'une minute à l'autre. Les femmes étaient probablement montées seules, prêtes à être ramenées sur Terre.

Nous devions agir. Rapidement.

Je balayai la pièce du regard, en remarquant une autre porte opposée à celle par laquelle nous étions entrés. Le chariot de fret que Maddy avait fait rouler jusque-là attira ensuite mon attention.

— OK. Voici ce que nous allons faire, dis-je, en élaborant un plan au fur et à mesure. Décharge les valises ici.

Maddy se mit au garde-à-vous, en semblant prête à passer à l'action. J'ouvris les portes latérales du chariot rectangulaire et poussai les valises vides pendant qu'elle les empilait sur l'étagère vide la plus proche.

Ensuite, je détachai le dispositif de communication du commandant de son bras et l'écrasai sous mon pied. En balayant les éclats dans le chariot de fret pour cacher les preuves, j'expliquai à une Maddy choquée :

— Je ne sais pas comment l'éteindre. Si un autre appel arrive pendant que nous sommes sur le chemin du retour vers la navette, cela nous trahira.

Elle hocha la tête, pleinement d'accord, comme la véritable complice qu'elle était.

Lorsque le chariot de fret fut vide, je m'avançai vers le commandant.

— Mettons-le dedans, maintenant.

Le poids mort de l'Ivodien évanoui s'avérait difficile à manœuvrer. Je passai mes mains sous ses bras et me relevai. Mon dos était très tendu. Mes genoux tremblaient. Mais je ne réussis qu'à soulever ses épaules du sol.

— Putain, il pèse une tonne, sifflai-je entre mes dents serrées, en le ramenant au sol.

— Ce sont les muscles.

Maddy souleva la jambe du commandant pour montrer sa cuisse épaisse et bien tonique que son pantalon d'uniforme ne pouvait cacher.

— Tu vois ? ajouta-t-elle. Solide comme un roc.

Elle lui serra la jambe.

— D'accord, eh bien. Ne le malmenons pas plus que nécessaire, dis-je en arrachant sa jambe de ses mains.

— Il va falloir le malmener sérieusement si nous voulons le faire entrer, répondit-elle en montrant du menton le chariot ouvert.

En forme de longue boîte rectangulaire, le chariot était entièrement fermé de tous les côtés, ce qui était parfait pour dissimuler le commandant. Il était cependant plus court que le grand corps de l'Ivodien.

— OK, bien. Mais on essaie de réduire le malmenage au minimum.

Je réalisai que je serrais sa jambe contre ma poitrine, de façon plutôt possessive.

— Très bien, dit Maddy en me jetant un coup d'œil. Réduisons le malmenage au minimum alors, d'accord ?

Elle prit le bout de la botte du commandant entre son pouce et son index et retira sa jambe d'entre mes bras.

— Essayons.

Je fis glisser le panneau de plancher du chariot.

Totalement essoufflées, Maddy et moi fîmes rouler le commandant dessus avec toute son ossature et ses muscles lourds. Ensuite, je fis glisser le panneau à l'intérieur du chariot, en même temps que le commandant.

— Il devra voyager les genoux pliés, déclarai-je en le voyant entassé dedans.

J'ajustai ses jambes pliées, en espérant qu'il soit plus à l'aise, puis je refermai le chariot.

— Eh bien..., dis-je en expirant fortement, pour écarter quelques mèches de cheveux de mon visage. Prépare-toi à partir, maintenant.

Maddy attrapa son taser au sol et enroula les fils à l'intérieur.

Je me faufilai jusqu'à la porte sur le mur opposé. En appuyant mon oreille dessus, je m'assurai qu'aucun son ne venait de derrière, puis je l'ouvris un peu. Un coup d'œil à travers la fente révéla un long couloir brillamment éclairé derrière elle.

— Parfait, murmurai-je en refermant la porte. Nous allons leur faire croire qu'il est parti par ici.

En lissant la jupe de mon uniforme sur mes cuisses, je m'assurai que ma chemise était bien rentrée. J'ajustai ensuite ma casquette et échangeai nos badges d'identité et nos épaulettes.

— Prête ? lui demandai-je.

Je lui jetai un rapide coup d'œil. Elle avait l'air éreintée, mais ça passait.

— Je vais ramener ça à la navette, dis-je en attrapant la poignée du chariot, et en fourrant la tablette dans ses mains. Tu termines la paperasse, et puis tu fais l'inspection extérieure comme habituellement. Et, tu sais... Agis normalement, d'accord ?

Elle hocha la tête, indubitablement nerveuse.

J'étais nerveuse aussi.

Je carrai mes épaules, j'ouvris la porte et sortis sous les regards interrogateurs d'au moins une centaine d'Ivodiens.

— Le commandant Nex a été appelé sur la passerelle, informai-je le superviseur du pont en passant devant lui sur le chemin du retour vers la navette.

— Puis-je avoir votre signature pour confirmer la livraison des valises ? demanda Maddy qui était arrivée avec sa tablette avant que l'homme n'ait eu l'occasion de me répondre.

— Quelles valises ? demanda-t-il, l'air confus.

— Celles-ci.

Elle fit un signe de la main vers les bagages empilés dans la pièce que nous venions de quitter.

En regardant droit devant moi, je continuais à avancer le long du pont d'amarrage vers la navette.

En ouvrant les portes arrière, je fis glisser le chariot avec le commandant dans la soute sous la cabine, puis je réglai la climatisation sur le mode *chargement vivant*. Occasionnellement, nous avions transporté des animaux de compagnie et d'autres êtres vivants. La soute avait été conçue pour les accueillir, en me permettant de transporter le commandant qui, à défaut d'être dans une position très confortable, voyagerait dans des conditions où il pourrait survivre.

Après avoir scellé la soute, je montai dans le cockpit et je rappelai finalement la Terre. Sans utiliser directement le mot « diarrhée », j'inventai une explication maladroite pour expliquer le temps que j'avais pris pour les rappeler.

Lorsque Maddy grimpa sur son siège quelques minutes plus tard, je pus expirer à fond.

— Tout est en place ? demandai-je, en commençant la séquence de décollage.

— Je ne peux pas croire que nous ayons fait ça.

Elle me dévisagea, ses yeux noirs grand ouverts.

Ce n'était que le début. Je n'arrêtais pas de penser au commandant à l'étroit dans le chariot dans la soute.

Dans quoi est-ce que je m'étais embarquée ?

Chapitre 4

Lori

Ça va aller, me rassura encore une fois Maddy, peu de temps avant notre retour dans l'atmosphère terrestre. Il va revenir à lui très vite. Tu le charmeras et vous passerez un agréable week-end ensemble. Une belle escapade pour ton anniversaire.

— C'est sûr, parce que « Charme » c'est mon deuxième prénom, marmonnai-je dans ma barbe.

— Eh bien, ça ne te ferait pas de mal d'être un peu plus avenante, acquiesça-t-elle. Peut-être que c'est une chance pour toi de travailler sur ça.

Je lui lançai un regard noir.

— Ne suis-je pas assez avenante ?

Elle me jeta un regard en coin.

— Avec ce regard sur ton visage ? Certainement pas, répondit-elle avant de prendre un ton un peu plus chaleureux. Lori, tu n'es pas loquace du tout, surtout avec les gens que tu ne connais pas. Tu te souviens, il nous a fallu des mois à voler ensemble avant que tu me racontes l'histoire de ton ex ? Celui qui te volait des trucs et de l'argent ?

Je poussai un soupir. Certes, je n'avais pas un très bon palmarès en ce qui concernait les mecs. Bien sûr, kidnapper un homme n'était pas non plus la meilleure façon de l'améliorer. Et Maddy avait raison, je n'étais pas du genre bavard. Je ne pouvais être pleinement moi-même qu'avec des personnes que j'appréciais et que je connaissais bien.

— Juste, tu sais, essaie d'être charmante quand il se réveillera, dit Maddy. Souviens-toi, nous avons besoin de sa coopération.

Charmante ? Comment diable s'y prendre pour charmer un homme ? Un homme *extraterrestre,* par-dessus le marché. Surtout que le commandant lui-même n'avait pas l'air très avenant.

J'inspirai profondément, en craignant d'avoir eu les yeux plus gros que le ventre avec celui-ci.

— Tu veux que je vienne avec toi ? demanda Maddy avec inquiétude.

— Venir où ? répondis-je en clignant des yeux pour sortir de mes pensées tourmentées.

— À la cabane. Es-tu inquiète qu'il soit en colère à son réveil ? As-tu peur ?

— Peur ? Non, répondis-je en secouant la tête.

J'avais mal au ventre d'inquiétude, au point que je craignais que mon excuse concernant la diarrhée ne devienne bientôt une réalité. Mais je n'avais pas peur pour ma vie quand je pensais au fait de me retrouver seule avec le commandant.

— Après tout, il a menacé de nous arrêter, me rappela Maddy.

— De nous placer en détention, la corrigeai-je. Il a dit « détention ».

— C'est la même chose, rétorqua-t-elle.

Il y avait cependant une différence dans le choix des mots du commandant.

Le souvenir de son doigt glissant sur ma gorge fit frissonner ma peau avec la sensation fantôme de son toucher. Je me souvenais de l'étincelle dans ses yeux violets lorsqu'il avait menacé de me garder sur le Conqueror. Il me parlait à moi en disant ça, c'est-à-dire à moi seule, pas à Maddy et à moi. Quoi qu'il veuille me faire, j'étais sûre que cela n'impliquerait pas les autorités.

Je ne voyais pas le commandant comme une menace pour ma vie et ma sécurité, même s'il n'avait clairement pas l'air inoffensif.

— Je n'ai pas peur, assurai-je à Maddy. En plus, je serai dans ma cabane, sur ma propriété, dans mon monde. Je peux prendre soin de moi.

Tu n'as pas besoin de venir. Tu n'avais pas des projets pour ce week-end, de toute façon ?

Je me souvenais que Jake avait acheté des billets de dernière minute pour un spectacle après que j'avais catégoriquement refusé de fêter mon anniversaire en ville.

— Ouais, le concert, dit Maddy en se faisant craquer le poignet. Mais je peux toujours l'annuler si tu as besoin de mon soutien moral pour gérer le commandant ivodien de mauvais poil.

— Non, n'annule pas. Tu m'as dit à quel point Jake était content d'avoir obtenu ces billets. Vous devez y aller. Ça ira. Promis. Dans le pire des cas, je peux toujours demander de l'aide par radio, tu te souviens ?

En l'absence d'Internet ou de réseau cellulaire dans la cabane, la radio était le seul moyen de se connecter au monde extérieur. Non pas que j'en aurais besoin... je l'espérais.

— Peut-être qu'il ne sera pas de mauvais poil quand il sera avec toi, spécula Maddy. Je suis sûre qu'il sera heureux de voir qu'une femme comme toi tient suffisamment à lui pour l'enlever.

— Je ne l'ai pas enlevé, protestai-je.

Le mot ne sonnait pas juste. Mais y avait-il un meilleur mot pour décrire ce que j'étais en train de faire ?

Mady haussa les épaules.

— Eh bien, tu l'as pris, mais peu importe. Le fait est que tu es une belle femme intelligente avec une carrière. N'importe quel mec devrait être flatté d'attirer ton attention.

Cela ressemblait trop à ce que le premier ingénieur avait dit à Felicity Davis lorsqu'elle était en train de partir. Il avait affirmé que tout le monde devrait être fier d'être son épouse. J'avais fait ce qui m'avait semblé être la meilleure chose à faire dans la situation à l'époque, mais avoir pris le commandant était sans doute terriblement proche de ce qu'on pouvait appeler un enlèvement, après tout. Peut-être même était-ce un enlèvement ? Y avait-il une réelle différence entre les deux ? Étais-je une kidnappeuse maintenant ?

La peur s'infiltrait dans mon dos. Pour la centième fois depuis le décollage, j'essuyai mes mains moites sur ma jupe. J'espérais que lorsque le commandant se réveillerait, il ne serait pas aussi énervé que Felicity l'était à propos de son enlèvement. J'espérais qu'il ne taperait pas du pied en me traitant de connasse.

J'espérais tellement que la situation puisse encore avoir une chance de se résoudre d'elle-même avec une issue positive.

EN DÉBARQUANT À NOTRE base au nord de Toronto, je m'assurai que les femmes débarquent en toute sécurité, puis je les aidai à rencontrer le groupe d'agents qui s'occupaient désormais d'elles.

— Où est ton avion ? demanda Maddy quand tout le monde était enfin hors de la navette et plus sous notre responsabilité.

Je récupérai mon sac à main et ma veste dans le cockpit. C'était un après-midi chaud, typique pour la fin juin, mais les nuits étaient souvent fraîches dans le nord où je me rendais.

— Dans le hangar, comme d'habitude, répondis-je.

J'adorais mon vieux Cessna. Mes parents me l'avaient acheté peu de temps après que j'avais commencé à prendre des cours de pilotage. Posséder un avion s'était avéré moins cher à long terme que d'en louer un à l'heure pour ma formation de pilotage. Je ne pouvais pas me résoudre à m'en séparer, même après avoir obtenu mon diplôme universitaire et un emploi. L'avion était aussi le moyen le plus pratique pour se rendre à la cabane de chasse de mon grand-père.

Maddy se mordit la lèvre en descendant les escaliers vers le tarmac.

— Nous devons nous dépêcher.

Nous avions quelques minutes avant que l'équipe de nettoyage ne monte à bord de la navette. Il fallait absolument que je fasse sortir le commandant de la soute avant.

— Le chariot à bagages ne rentrera pas dans ta voiture, dit Mady qui s'inquiétait.

— Certainement pas, en convins-je. Je vais devoir le sortir.

Elle me regarda, choquée.

— Juste là, sur le parking ? Tu es folle ? Tout le monde verra que tu décharges un extraterrestre inconscient, fit-elle en secouant la tête, et en se dirigeant vers la porte de la soute. Nous devrons prendre mon van. Si on baisse les sièges arrière, tout le chariot rentrera.

— Donc, je vole aussi le chariot ?

Après une carrière presque parfaite, ma liste de violations ne cessait de s'allonger aujourd'hui.

— Tu ne le voles pas, tu l'empruntes, répondit Mady en ouvrant la porte. Tu le rapporteras mardi, pour notre prochain vol. Personne ne remarquera qu'il a disparu.

Je poussai un soupir. À l'échelle de l'histoire, qu'était-ce de voler un chariot à bagages par rapport au fait de voler d'un commandant extraterrestre ? Si j'allais en prison, ce serait à cause de ce dernier, pas pour le chariot. À ce stade, je pourrais également prendre tous les savons de la navette et la machine à café. Cela n'aggraverait pas la situation.

— Bien, dis-je en sortant le chariot et en fermant la porte. Sortons d'ici.

Nous fîmes rouler le chariot jusqu'au parking des employés. Par rapport à une agence gouvernementale, travailler pour une entreprise privée procurait l'avantage d'avoir plus de liberté et moins de contrôle. Contrairement aux compagnies aériennes, le transport par navette spatiale était encore relativement nouveau et avait moins de réglementations et de contrôles.

Maddy et moi réussîmes à faire entrer le chariot dans son van après avoir rabattu tous les sièges sauf celui du conducteur. En le coinçant en diagonale, nous eûmes juste assez d'espace pour fermer la porte arrière.

— Je vais te suivre, déclara Maddy en sautant sur le siège du conducteur.

Je courus jusqu'à ma voiture. Nous parvînmes au hangar près de la petite piste d'atterrissage où je gardais mon avion en moins de quarante minutes. Une fois là-bas, je garai ma voiture à côté du van de Maddy.

— Comment va-t-il ? demanda-t-elle quand j'ouvris le chariot pour vérifier l'état du commandant.

— En vie, Dieu merci, répondis-je en touchant son cou, puis en contrôlant sa respiration.

— Bien sûr qu'il est vivant, dit-elle agacée. Mais est-il réveillé ?

— Non.

Je caressai sa tête juste au-dessus de son oreille. La lumière du jour faisait ressortir la teinte plus claire du violet dans la couleur aubergine de sa peau. Les yeux fermés, le commandant avait une expression paisible que je n'avais jamais vue sur son visage auparavant. Dans un sommeil profond, il ne réagit pas à mon toucher.

— Tu as dit qu'il serait évanoui pendant un moment.

— Oui, répondit Maddy. C'est ce qu'ils nous ont dit pendant le cours que j'ai suivi.

— Combien de temps dure « un moment » précisément ?

Elle haussa les épaules.

— Je ne me souviens pas. Plusieurs heures ? C'était il y a des semaines. Je me souviens juste qu'ils ont insisté sur le fait que c'était une méthode efficace pour neutraliser un Ivodien.

Cela faisait plus de trois heures que le commandant avait été « neutralisé ». Le vol vers la cabane prendrait environ trois heures de plus.

— J'aimerais le déplacer sur le siège, dis-je. Il serait plus à l'aise et il serait plus sûr d'utiliser la ceinture de sécurité.

Maddy me fit un geste des deux mains.

— Tu te souviens comme il est lourd ? Nous ne pourrons jamais le déplacer. Gardons-le dans le chariot et mettons le tout à l'arrière. As-tu quelque chose pour attacher le chariot ?

Enfermé dans un chariot et attaché à l'arrière... Les rares fois où je m'étais permis de rêver que je l'invitais et qu'il acceptait mon invitation, ce n'était pas comme ça que j'envisageais d'emmener le commandant dans la cabane de mon grand-père.

En faisant traîner mes doigts le long de son biceps qui étirait la longue manche de son uniforme, je ne pus qu'être d'accord avec Maddy. Même si personne ne nous voyait ici, nous ne pouvions pas physiquement le déplacer toutes les deux.

— Une fois là-bas, il ne devrait pas tarder à revenir à lui, m'assura Maddy.

Je hochai la tête, en espérant que le commandant ne se réveillerait pas en cours de route. Il paniquerait sûrement dans ce cas, en se retrouvant à l'étroit dans une boîte verrouillée.

Après que Maddy m'avait donné un tas de conseils ringards sur la façon de « charmer » un homme, nous nous dîmes au revoir. Je montai dans le siège du pilote de mon avion monomoteur et je le sortis du hangar.

Je n'arrêtais pas de penser au commandant à l'étroit à l'arrière de l'avion tout le temps que nous étions dans les airs. Pour lui, j'espérais qu'il dormirait jusqu'à ce que je le sorte de cette boîte.

Chapitre 5

Lori

Il était tard dans la soirée lorsque j'atterris dans le champ ouvert à côté de la cabane. J'avais profité de la dernière lumière du jour pour faire le tour de la propriété afin de m'assurer que tout était comme je l'avais laissé. Dans cette zone isolée, la possibilité qu'un ours saccage l'endroit était cent fois plus élevée que de se faire cambrioler par quelqu'un. Heureusement, tout avait l'air d'être en ordre.

Dans le hangar juste à l'extérieur de la cabane, j'attrapai une grande brouette rouillée que j'utilisais pour transporter du bois de chauffage. Ensuite, je sortis le chariot à bagages de l'arrière de l'avion et je le vidai dans la brouette. Toujours inconscient, le commandant tomba sur le côté et je grimaçai, en espérant qu'il ne s'était pas fait mal.

En le faisant rouler dans la pièce principale de la cabane qui avait une seule chambre, je le laissai tomber sur le canapé. Les mains sur les genoux, je me penchai, en haletant pour reprendre mon souffle. Soit je n'étais carrément pas en forme, soit cet homme pesait extrêmement lourd.

Il était vivant et respirait, il paraissait plutôt paisible malgré tout ce que je lui avais fait subir pour le faire venir ici. Cependant, son uniforme n'était plus blanc immaculé comme avant. L'intérieur du chariot à bagages était poussiéreux, et avait laissé des traces sombres sur le tissu sur lequel il y avait aussi des taches de rouille provenant de la brouette. En plus de cela, il y avait quelques petites déchirures dans le tissu au niveau des genoux et des coudes. Heureusement, je ne trouvai aucune égratignure sur sa peau. Apparemment, les vêtements des Ivodiens n'étaient pas aussi résistants que leurs hommes.

Malheureusement, je ne trouvai rien à sa taille, ni dans les vêtements rangés dans la cabane ni dans ceux que j'avais apportés avec moi. La seule chose passable était un grand Snuggie bleu marine, une sorte de plaid qui était aussi un... eh bien, quelque chose avec des manches que l'on pouvait porter, en quelque sorte.

Bien que nous soyons fin juin, les nuits étaient plutôt fraîches. Je couvris le commandant avec le Snuggie, puis je continuai à faire les nombreuses choses qui devaient être faites dans la cabane avant la tombée de la nuit.

Après avoir ramené la brouette au hangar, je déchargeai la grande glacière et les sacs d'épicerie que j'avais mis dans l'avion ce matin-là. Malgré tous mes espoirs et mes plans, jusqu'à cet après-midi, j'avais toujours cru que je passerais ce week-end seule. J'avais douté d'avoir un jour le courage de demander au commandant de me rejoindre ici. Et même si j'avais réussi à trouver assez de courage pour le lui demander, je n'aurais pas pensé qu'il aurait accepté. Juste au cas où, cependant, j'avais emballé assez de nourriture pour deux personnes ou même plus, selon la quantité de nourriture que les hommes ivodiens mangeaient.

Pas un seul instant, je m'étais attendue à un scénario qui se terminerait avec le commandant électrocuté au taser et sédaté. Maintenant, j'attendais qu'il se réveille avec peu de patience et beaucoup d'appréhension.

La nuit approchait, j'avais faim et le commandant dormait encore profondément. J'allumai le feu dans le poêle à bois, puis je me distrayais de mes pensées anxieuses en préparant du chili pour le dîner. Quand je le faisais mijoter dans la marmite sur la cuisinière, un gémissement étouffé vint du canapé.

— Commandant ?

Je me précipitai du poêle vers le canapé.

Il s'assit. Le Snuggie glissa de ses épaules et s'accumula sur ses genoux. Il se frotta le cou, l'air désorienté.

— Bonjour, dis-je en me balaçant maladroitement d'un pied sur l'autre, en serrant la grande cuillère en bois que j'utilisais pour remuer le chili. Comment allez-vous ?

Il jeta un coup d'œil vers moi, et il bondit sur ses pieds. Toute trace de somnolence disparut de sa posture et de son expression. Ses queues se dressèrent derrière lui d'un air menaçant, comme des fouets prêts à donner des coups. En prenant une posture large et en levant les poings, il semblait pleinement alerte et prêt à se battre.

À se battre contre moi ?

Je couinai, en soulevant la cuillère à chili devant moi comme une arme.

— Vous ?

Sa prise de conscience fut rapidement remplacée par de la déception dans ses yeux. Ça me coupa comme un couteau.

— Êtes-vous seule, capitaine ? Où suis-je ? demanda-t-il.

Ses yeux parcouraient l'intérieur de la cabane : les murs en rondins sombres, l'épaisse poutre de support sous le plafond, le coin cuisine derrière moi et la porte de la seule et unique chambre à notre droite.

Le canapé à carreaux jaunes sur lequel il avait dormi était le plus gros meuble de la pièce. Les coussins tricotés de Grand-mère étaient enchevêtrés avec mon Snuggie dessus.

— C'est ma cabane de chasse, dis-je, en gardant la cuillère entre nous, juste au cas où, alors qu'il restait dans sa position, prêt à se battre.

— De chasse ?

Il avait l'air confus maintenant.

— Oui. C'est... euh, une escapade, marmonnai-je.

L'idée même de l'amener ici semblait si ridiculement stupide maintenant.

— C'est mon anniversaire demain, ajoutai-je, en espérant, en désespoir de cause, qu'il pourrait y aller mollo avec une fille dont c'était l'anniversaire le lendemain.

Il me lança un regard noir. Ses queues restaient suspendues en l'air derrière lui, et je me demandais s'il pouvait vraiment fouetter un adversaire avec elles. Sombres et fines, elles ressemblaient beaucoup aux cordes d'un chat à neuf queues, déployées dans l'air comme un éventail.

— Où est située cette cabane ? m'intima-t-il de répondre.

— Où ? Vous voulez dire géographiquement ?

— Oui. Montrez-moi sur la carte, dit-il en pointant du doigt mon téléphone portable sur la table de la cuisine.

Je me grattai l'oreille.

— Ouais, non, ce truc ne sert à rien ici. Nous sommes dans l'un des rares endroits sur Terre sans réseau.

Il me lança un regard suspicieux, un regard qui me fit me sentir si petite que j'eus peur de tomber à travers les fentes du sol et de finir là. Ce serait peut-être mieux si ça se passait comme ça.

— OK, attendez juste un instant.

Je le contournai prudemment en me dirigeant vers le panier près de la porte où j'entreposais du bric-à-brac. Je sortis du panier une vieille carte en papier plastifié.

— Celle-ci est super obsolète, mais elle vous donnera une idée générale de notre emplacement.

J'étalai la carte sur la table en bois épais, sa surface brute mais polie par l'usure au fil du temps. Il tendit le cou pour voir la carte, en gardant ses distances avec moi.

— Nous sommes ici, dis-je en pointant du doigt la tache vert clair du champ devant la cabane noyée dans le vert foncé de la forêt sur la carte. Le seul moyen d'accéder à la cabane par la route serait par ici, poursuivis-je en longeant du doigt une ligne pointillée courbe qui serpentait entre les taches de vert. La route est assez accidentée et venteuse, cela dit. Vous auriez besoin d'un bon véhicule et de quelques jours. Nous sommes venus en avion aujourd'hui.

Il fixa la carte, son regard suivant mon doigt.

— Pourquoi suis-je ici ?

Les bras croisés sur son torse, il adopta une posture imposante. Au moins, il avait abandonné la position de combat. Cependant, je ne doutais pas que le commandant soit capable de lancer une attaque depuis n'importe quelle position.

Je pris une inspiration, en réfléchissant à la meilleure façon d'expliquer ce qui s'était passé.

— C'était un accident... En quelque sorte. Un malentendu.

Il souleva l'une de ses lourdes arcades sourcilières, l'air extrêmement sceptique.

— Vous travaillez pour la Coalition des gouvernements de la Terre, déclara-t-il de façon catégorique. Je me suis plié aux demandes de la Coalition. Que voulez-vous maintenant ? Une rançon ?

Je clignai des yeux, perdue l'espace d'un instant. De quoi diable parlait-il ? Peut-être y avait-il plus que des tranquillisants dans ces décharges ? Ou s'était-il cogné la tête dans le chariot à bagages en venant ici ? Ce qui était tout à fait possible.

— Commandant, vous savez que je travaille pour Starlight Spacelines. Je fais voler la navette jusqu'à votre vaisseau trois fois par semaine. Et non, je ne veux pas de rançon. Je ne suis pas une kidnappeuse, dis-je en grimaçant.

Jusqu'à présent, mes actions étaient tout à fait assimilables à celles d'une kidnappeuse. Je gémissais à l'intérieur. Ce n'était pas comme ça que j'avais rêvé d'avoir enfin une conversation avec le commandant. Je n'avais pas prévu de le kidnapper. Ce que j'avais souhaité au mieux était d'avoir une conversation avec lui, puis peut-être, peut-être d'avoir le plaisir de sa compagnie ce week-end, qui, évidemment, n'augurait plus beaucoup de plaisir maintenant.

— Je jure que je n'avais pas prévu que ça se passe comme ça, dis-je. Je suis vraiment désolée de vous avoir emmené comme ça. Cela semblait être la meilleure solution à ce moment-là, compte tenu des circonstances. Cela dit..., soupirai-je. Je vous ramènerai en ville demain matin à la première heure.

C'était la seule bonne chose à faire. Malgré ce qu'avait dit le premier ingénieur, le commandant n'avait définitivement pas l'air « honoré » d'avoir été enlevé par moi.

— Vous allez trouver quelqu'un pour me ramener, tout de suite, dit-il d'une voix si dure qu'elle pourrait probablement couper le métal.

Cela n'aidait pas que les épaisses crêtes de sourcils au-dessus de ses yeux lui donnent une expression perpétuellement grincheuse.

Aussi en colère et effrayant qu'il avait l'air, je secouai la tête.

— Il n'y a personne d'autre ici. Je suis la seule à pouvoir vous ramener. Mais il fait noir dehors et le vent s'est considérablement levé. Je suis aussi fatiguée après la folle journée que j'ai passée. Ce serait beaucoup plus sûr de voler demain.

— C'est vous qui nous avez fait venir ici ?

Il pencha la tête. Je pouvais presque voir les pensées se former dans sa tête. L'expression de ses yeux restait vive, pénétrante.

— Oui, je suis pilote, vous vous souvenez ? Je peux piloter d'autres engins, pas seulement la navette spatiale.

Il dévisagea avec un regard qui me jaugeait, en le faisant glisser le long de mon corps. Je me balançai à nouveau d'un pied sur l'autre, en me sentant soudainement gênée de porter mon sweat confortable, mon jean d'intérieur et mes chaussons en fausse fourrure.

— Quel genre de pilote êtes-vous si vous ne pouvez pas voler la nuit ? demanda-t-il.

Mon sang se réchauffa vite, en faisant monter mon agressivité. Je comptai jusqu'à dix pour me calmer avant de répondre sur un ton égal.

— Un pilote prudent vit plus longtemps. Je n'ai pas de piste d'atterrissage, pas de lumières ici. Si j'étais assez stupide pour voler avant le lever du soleil, on risquerait de s'écraser au décollage.

Il fit courir ses doigts sur les rangées d'implants sur le côté gauche de sa tête.

— Est-ce que cet endroit est à vous ? demanda-t-il de manière inattendue.

— Oui. Ça m'appartient.

— À vous seule ? dit-il en retirant sa main de ses implants. Vous vivez ici seule ?

— Oui. C'est ma cabane de chasse. Je viens ici pour les vacances. Pourquoi ?

Son expression s'assombrit. Sa mâchoire tressautait.

— N'y a-t-il personne d'autre qui pourrait me raccompagner en avion ? Je dois rentrer, maintenant, déclara-t-il avec force.

— Non, il n'y a personne d'autre, répétai-je à nouveau.

Il avait dû se cogner la tête car il ne semblait tout simplement pas comprendre.

— Maintenant, ajoutai-je, ça ne va tout bonnement pas être possible...

Il me lança un regard furieux me faisant l'effet d'un poignard, et me coupa la parole. Le puissant commandant n'était manifestement pas habitué à ce que les gens argumentent avec lui.

— Je dois être de retour sur mon vaisseau ! cria-t-il si fort que ça me fit sursauter.

— Vous voyez ? dis-je en le pointant avec ma cuillère. C'est pour ça que les enlèvements ne fonctionnent pas. Vous ne pouvez pas retirer les gens de leur vie et vous attendre à ce qu'ils soient d'accord avec cela. Ça ne fait pas tellement de bien d'être enlevé, n'est-ce pas ?

Quelque chose clignota dans ses yeux, quelque chose qui ressemblait incroyablement à de la peur.

— Vous m'avez enlevé, dit-il avec une voix creuse.

Il ne semblait absolument pas content ou flatté que je l'aie « choisi ».

— Techniquement..., répondis-je en me mordant la lèvre avant de continuer prudemment. On pourrait dire que je l'ai fait. Je suis désolée. Ce n'était pas mon intention, veuillez me croire.

Après avoir pris une grande inspiration, il se laissa tomber sur le canapé. Je me sentis finalement suffisamment en sécurité pour abaisser ma cuillère... pour l'instant, il avait l'air abattu plutôt qu'agressif.

— Je suis désolée, dis-je doucement, saisie par son expression déconfite. C'était un accident. Maddy a réagi de manière excessive et j'ai perdu le contrôle de la situation. En tant que capitaine, j'assume l'entière responsabilité...

Il me dévisagea à nouveau. J'avais toutes les raisons de croire qu'il était vraiment énervé.

— Vous portiez un mauvais badge d'identification, déclara-t-il sur un ton accusateur.

La croyance que tous les humains se ressemblaient pour les Ivodiens était fausse. Le commandant avait compris qui j'étais assez rapidement. Je poussai un long soupir.

— C'est vrai, avouai-je.

— Pourquoi ?

— Je...

Bon Dieu, cela allait sembler terriblement stupide.

— Je voulais juste avoir une chance de parler avec vous, poursuivis-je.

Ses paupières tombèrent un peu, mais ne cachèrent pas l'étincelle d'intérêt désormais familière dans ses yeux que j'avais repérée pour la première fois sur le Conqueror. Le commandant me haïssait peut-être, mais il était aussi curieux me concernant.

— Pour parler, vous auriez pu me contacter via le système de communication central, dit-il assez calmement.

J'aurais pu, mais cela aurait impliqué de déposer une demande auprès de l'équipe de sécurité ivodienne, et l'enregistrement de notre conversation.

— Je voulais vous parler en tête-à-tête. En privé.

L'étincelle dans ses yeux brûlait plus fort maintenant, alors même qu'il plissait les yeux avec suspicion.

— Pourquoi ? demanda-t-il de sa voix profonde, en étirant lentement le mot comme s'il s'agissait d'un morceau de caramel mou.

Je triturais la cuillère dans mes mains, en sentant mon visage chauffer sous son regard. La plupart des gens rougissaient moins en vieillissant. Cependant, mon visage semblait brûler avec plus d'intensité que jamais. Ça devait être l'effet que le commandant avait sur moi.

— Ce n'était pas un sujet d'ordre officiel, marmonnai-je en réponse. Je voulais juste...

« Je voulais savoir quel genre de personne vous étiez... »

« J'aime entendre votre voix, même quand elle gronde de colère comme il y a quelques minutes... »

« J'espérais en savoir plus sur vous... »

« Je me demandais si vous aimeriez apprendre à me connaître, vous aussi... »

Face à son expression sévère, aucune des réponses ne semblait juste, aussi vraies soient-elles. Sans rien dire, je baissai les yeux, en tripotant la cuillère dans mes mains.

Il n'était manifestement pas content d'être ici avec moi. Pour les Ivodiens, l'acte d'enlèvement pouvait s'apparenter à une demande en mariage, une invitation à une relation amoureuse. Il était raisonnable de penser que le commandant n'avait pas accepté mon invitation.

— Pourquoi vouliez-vous me parler, Lori ? demanda-t-il avec une voix qui s'adoucissait encore plus.

Il se souvenait de mon nom, au moins.

— Ce n'est plus important.

Je lui fis signe de laisser tomber avec la cuillère à chili.

Quelle différence cela ferait-il si je lui disais la vérité ? Il ne voulait clairement pas être ici avec moi. Si j'avouais qu'au fond de mon cœur j'avais espéré passer un week-end romantique avec lui, cela ne ferait que me donner l'air désespéré et pathétique à ce stade.

— Vous savez, dis-je à la place. Le dîner devrait être prêt maintenant. Mangeons, puis nous dormirons un peu. Vous pouvez avoir la chambre. Je vais prendre le canapé. Demain, à la première heure après le petit-déjeuner, je vous ramènerai en ville. D'accord ?

Un muscle de sa mâchoire tressauta de nouveau. Sa bouche se serra en une ligne fine.

— N'y a-t-il vraiment personne d'autre qui pourrait me ramener ? demanda-t-il.

Bon sang, je ne savais pas qu'il me méprisait autant, au point de ne pas vouloir s'asseoir dans l'avion pendant quelques heures avec moi. Ou peut-être que cela avait quelque chose à voir avec son opinion peu reluisante sur mes compétences en vol. Quoi qu'il en soit, la douleur me labourait la poitrine.

— Voyez-vous quelqu'un d'autre aux alentours ? dis-je en écartant les bras pour l'inviter à rechercher un autre pilote dans un rayon de cent miles ou plus. Désolée, il n'y a personne. Je suis la seule à pouvoir vous faire sortir d'ici, et je le ferai demain matin. Notre prochaine navette vers votre vaisseau est mardi. Je paierai votre hôtel jusque-là, ajoutai-je, en me sentant responsable des désagréments. Ou vous pouvez appeler vos compagnons pour qu'ils viennent vous chercher. Quoi qu'il en soit, je suis désolée pour le désagrément mais vous devrez passer la nuit ici.

En évitant son regard, je me dirigeai vers la cuisinière avec la marmite en fonte de chili qui bouillait dessus.

À ce moment-là, j'étais vraiment affamée. Le commandant devait aussi avoir faim. Les personnes affamées avaient généralement tendance à être plus en colère. Peut-être que si nous mangions, nous serions capables de parler sans cette tension gênante entre nous. Eh bien, c'était gênant de mon côté. Du côté du commandant, le nuage de tension qui planait devait être beaucoup plus sombre et crépitant de rage.

Je mis le chili dans deux bols en céramique peints à la main et je découpai la miche de pain que j'avais apportée de la ville. J'avais aussi emballé une bouteille de vin. Le chili allait bien avec un verre de vin rouge, selon moi. Mais, en voyant l'expression sinistre du commandant, je décidai de ne pas mentionner le vin. Ce n'était pas un rendez-vous, après tout, même pas un peu. Au lieu de vin, je pris deux bouteilles d'eau dans la glacière et je les posai sur la table à côté des bols de chili.

— Lori.

Je sursautai lorsque la lourde main du commandant se posa sur mon épaule.

Quand je me retournai, son regard sévère rencontra le mien. Comment avait-il réussi à me surprendre si discrètement ? Un homme de sa taille ne devrait pas pouvoir se déplacer dans cette pièce sans se cogner aux meubles qui l'encombraient. J'imaginais que sa poitrine massive pouvait à elle seule créer des tourbillons dans son sillage.

— Lori, répéta-t-il alors que je le regardais dans l'expectative. Personne, je veux dire absolument personne, ne doit savoir que vous m'avez enlevé du Conqueror. Jamais, ajouta-t-il avec emphase. Compris ?

L'intensité de sa voix me fit réfléchir.

— Eh bien, je n'ai pas vraiment intérêt à le dire à qui que ce soit. Je voulais en fait vous demander de ne pas faire de rapport sur l'incident. Contrairement aux Ivodiens, ni mes patrons ni notre gouvernement ne prendraient à la légère le fait de vous avoir enlevé.

Il grimaça en entendant les derniers mots, mais ne relâcha pas sa prise sur mon épaule.

— J'ai besoin que vous me donniez votre promesse, exigea-t-il.

— Bien sûr, répondis-je en me sentant troublée et légèrement intimidée par sa demande catégorique. Je promets que je n'en parlerai jamais à personne. Si vous gardez le secret aussi, personne ne le saura jamais. Sauf Maddy, ajoutai-je.

— Maddy ? demanda-t-il avec le front qui se plissait davantage. Est-ce que c'est la copilote ?

Je hochai la tête.

— Oui. Mais ne vous inquiétez pas, elle ne dira pas un mot.

— À quel point lui faites-vous confiance ?

— Énormément. Maddy est une excellente pilote et une employée responsable, en général. Elle a fait une erreur en vous visant avec son taser, mais nous faisons tous des erreurs, n'est-ce pas ?

Certes, tout le monde ne se retrouvait pas avec un homme allongé inconscient sur le sol.

— Elle est aussi une très bonne amie. Elle ne le dira à personne, lui assurai-je.

En tant que celle qui avait appuyé sur la gâchette, Maddy n'était certainement pas prête à le raconter à qui que ce soit. Nous avions voulu éloigner le commandant de son vaisseau et de son équipage, pour qu'à son réveil, je puisse le persuader de ne pas faire de rapport sur nous. Cela s'était avéré plus facile que nous ne l'avions pensé, malgré mon incapacité totale à le « charmer ». Apparemment, il ne voulait pas non plus rendre l'incident public.

Il y avait au moins une chose sur laquelle nous semblions être d'accord. J'expirai de soulagement. En semblant également satisfait de ma réponse, il finit par lâcher mon épaule.

Je jetai un coup d'œil à son uniforme en ruine.

— Désolée pour vos vêtements, dis-je, la culpabilité montant en moi en pensant à la façon moins que confortable dont je l'avais fait voyager jusqu'ici. Si vous les enlevez, je pourrai les laver...

— Je ne vais pas me déshabiller, humaine, aboya-t-il en me coupant la parole.

Super. Maintenant, il pensait probablement que je mourais d'envie de le voir nu. Je venais de devenir une perverse à ses yeux en plus d'une kidnappeuse.

Je levai les deux mains en l'air en signe d'apaisement.

— Comme vous voudrez. Je voulais juste aider. Croyez-moi, ce n'est pas un stratagème de ma part pour vous mettre à poil.

Ne serait-ce pas exactement ce que dirait une perverse ? Je serrai fermement les lèvres. Peut-être que ce serait mieux pour moi de rester tranquille pendant un petit moment.

Le commandant grogna quelque chose d'incompréhensible dans sa barbe puis concentra son attention sur la nourriture sur la table. N'attendant pas d'autre invitation de ma part, il tira une chaise de la table puis s'y laissa tomber, en faisant grincer le pauvre meuble sous son poids.

— L'avez-vous préparé toute seule ? demanda-t-il en attirant un bol de chili plus près pour le regarder avec méfiance.

Je m'assis sur la chaise en face de lui.

— Oui, c'est la vieille recette de ma grand-mère, dis-je, heureuse d'avoir enfin un sujet de conversation sans risque. Elle ajoutait toujours du bacon et utilisait des gousses d'ail entières. Goûtez-le, généralement les gens aiment.

Il renifla la vapeur qui s'élevait au-dessus du bol, puis prit sa cuillère.

— Et ça ?

Il désigna l'assiette de cheddar râpé que j'avais placée au milieu de la table.

— C'est du fromage, répondis-je en en saupoudrant dans mon bol. Vous le mettez dessus.

Il me regarda porter une cuillerée de chili à ma bouche et attendit que j'avale.

— Commandant, je n'essaie pas de vous empoisonner, déclarai-je en levant les yeux au ciel. J'ai eu un million d'occasions de vous blesser ces dernières heures alors que vous étiez inconscient. Croyez-moi, je ne vous veux pas de mal.

Il me lança un autre de ses regards méfiants mais finit par prendre une cuillerée de chili aussi.

J'essayai de deviner à son expression ce qu'il pensait du plat. C'était un super bon chili. Tous ceux qui l'avaient goûté l'avait adoré. Avec l'Ivodien, cependant, je ne savais pas à quoi m'attendre.

— Voici du sel et du poivre si vous avez besoin d'en ajouter.

Je fis glisser la poivrière et la salière sur la table vers lui.

Il prit les deux, saupoudra un peu de chacun dans sa large paume, puis la lécha. Je remarquai que sa langue rouge foncé était fourchue au bout, c'était quelque chose que j'ignorais à propos des Ivodiens. Comment aurais-je pu le savoir ? Aucun d'eux ne m'avait montré sa langue auparavant.

Le commandant dévissa le haut de la poivrière, puis vida un tiers de son contenu dans son bol à chili.

— Euh...

Je fis un geste pour l'arrêter, mais je ne réussis pas à le faire à temps.

— Quoi ? demanda-t-il en me jetant un coup d'œil.

— C'est peut-être juste un peu trop, l'avertis-je.

Il fit tourner sa cuillère dans le chili, en mélangeant le poivre et le fromage, puis en prit une énorme cuillerée dans sa bouche.

Je me crispai, en m'attendant à ce qu'il le recrache tout de suite.

— Saint Serpent d'Ahell, grogna-t-il, une expression heureuse se répandant sur son visage habituellement sévère. C'est probablement la meilleure nourriture de tout l'Univers.

— Vraiment ? Vous le pensez ?

Mon visage s'échauffa de plaisir à cause de ses louanges. Mon cœur s'accéléra.

— Est-ce que vous avez vraiment tout fait vous-même ?

Il n'arrêtait pas d'enfourner de grosses cuillerées de chili dans sa bouche.

— Voyez-vous du personnel de cuisine dans les environs ? répondis-je en plaisantant, mon humeur s'allégeant. Je n'ai pas besoin d'aide pour cuisiner du chili. Ou n'importe quoi, vraiment. J'aime cuisiner.

Il me regarda en prenant une autre cuillerée de chili.

— Une pilote qui sait cuisiner, dit-il en secouant la tête. Les femmes humaines ne cesseront jamais de m'étonner.

C'était difficile de savoir s'il était content ou dérangé par le fait qu'une femme puisse faire à la fois la cuisine et piloter. Cela ressemblait à un compliment, cependant. Malheureusement, je n'avais jamais su comment recevoir correctement un compliment.

Je haussai les épaules maladroitement.

— Est-ce que les femmes ivodiennes cuisinent ?

— Oui. Toutes, déclara-t-il avec confiance, comme s'il avait personnellement testé les compétences culinaires de chaque femme de sa planète. Aucune ne sait comment faire fonctionner un aéronef, cependant.

Il termina le chili, lécha la cuillère, puis regarda tristement le bol vide.

— Qu'est-ce qui empêche vos femmes d'apprendre à piloter un avion ? demandai-je en me levant.

— Ça ne se fait pas.

Je remplis son bol de davantage de chili. Il ajouta le fromage et la quantité impie de poivre noir puis creusa dans le bol avec impatience.

— Les choses changent, dis-je en reprenant ma place à table. Ce n'est pas parce que cela n'a pas été fait que ça ne peut pas être exploré.

Il secoua résolument la tête.

— Les femmes sont rares sur Ivodi. Les fœtus féminins ont moins de chances de survivre à une grossesse, et de nombreux bébés de sexe féminin n'atteignent même pas un mois complet de vie.

— C'est affreux, haletai-je. Pourquoi ?

— Les femmes sont le sexe faible, elles sont beaucoup plus sensibles aux maladies et aux infections, expliqua-t-il.

Il était tragique que la nature ait été injuste envers les femmes de sa planète, surtout en voyant combien les hommes ivodiens étaient exceptionnellement résistants.

— Je suis désolée d'apprendre ça. Je ne le savais pas, dis-je doucement.

— Celles qui survivent sont chéries et protégées, poursuivit-il. Une femme ivodienne ne serait jamais autorisée à exercer une profession où il y a un risque pour sa santé. Nos femmes ne conduisent pas de machinerie lourde. Elles ne conduisent pas, ne volent pas, ne soulèvent rien de lourd. Elles voyagent dans des véhicules climatisés et sont toujours accompagnées de leur mari ou d'un parent de sexe masculin si elles doivent quitter la maison.

— Je vois.

Cela me semblerait contraignant personnellement, mais j'en comprenais les raisons dans sa culture.

Il termina le deuxième bol de chili en un clin d'œil, puis lécha soigneusement la cuillère.

— C'est de loin la meilleure nourriture de la Terre que j'aie jamais goûtée.

Il s'adossa à son siège. Son expression sévère s'adoucit.

Le nourrir avait été une bonne décision.

— Merci, dis-je en m'autorisant un sourire satisfait parce que je savais que mon chili était bon. Quels autres aliments de la Terre avez-vous goûtés ?

— Quelques-uns. Certains étaient meilleurs que d'autres mais tous manquaient de piquant.

— Bien sûr ! dis-je en riant. Personne ne songerait à ajouter la moitié d'une poivrière dans un plat.

Je pris une note mentale pour penser à le remplir juste après le dîner.

— Pourquoi pas ? demanda-t-il en portant la poivrière à son nez et en inspirant profondément. C'est une bonne épice à avoir.

Son nez se plissa, en faisant se rapprocher les piercings de son arête. Ses arcades sourcilières remontaient sur son front tandis que ses yeux s'agrandissaient. Un éternuement sourd jaillit de lui, en faisant vibrer les vieilles vitres de la cabane et trembler la vaisselle sur la table.

Je sursautai, momentanément assourdie par le son, puis je ris.

— À vos souhaits ! réussis-je à dire entre deux éclats de rire. C'est le poivre. Ça fait éternuer.

Il me fixa, quelque chose qui ressemblait à un sourire étirant les coins de sa bouche bien dessinée.

— Comme je le disais, c'est une bonne épice.

Chapitre 6

Le commandant

La femelle alla se coucher peu après le dîner. Il connaissait son nom, mais résistait à son envie de l'utiliser. Se référer à elle simplement comme « la femelle » dans son esprit le faisait se sentir plus en sécurité. Il ne pouvait pas la laisser s'approcher trop près, même pas dans sa tête.

Elle avait voulu qu'il dorme dans la petite chambre à côté de la pièce principale de sa maison rustique, mais il avait refusé. La chambre n'avait qu'une seule fenêtre, trop petite pour qu'il puisse passer à travers pour s'échapper.

Et il devait absolument s'échapper.

Il aimait son rire adorable et sa cuisine incroyable. Bon sang, il aimait tout chez cette femme. Mais il ne pouvait laisser aucune de ces choses l'attirer ou altérer son jugement. Il valait mieux la considérer comme l'espionne de la Coalition, ce qu'elle pouvait très bien être.

Lorsqu'il s'était rendu compte pour la première fois que la navette terrestre était pilotée par un équipage entièrement féminin, il avait trouvé cela inhabituel mais pas alarmant. Il s'était senti intrigué, en étudiant la copilote tandis qu'elle se promenait sur son pont d'amarrage, en s'occupant des passagères et en faisant l'inspection extérieure de la navette avant chaque décollage.

Il avait également eu quelques aperçus de la capitaine à travers le pare-brise de leur vaisseau. Elle était inaccessible, en restant à bord comme cela avait été stipulé dans le contrat. Il avait ajouté cette clause, en ne souhaitant pas que l'équipage humain erre partout sur son pont. S'il avait su que l'équipage serait composé de deux jeunes femmes séduisantes, il aurait réfléchi à deux fois avant de l'intégrer.

La copilote était charmante, mais elle portait une bague au doigt qui signifiait qu'elle était avec un homme. Les Ivodiens ne touchaient pas aux femmes déjà prises. En plus, elle semblait trop extravertie à son goût.

Dès que la capitaine s'était approchée de lui, en revanche, rougissante et bredouillante quand elle parlait, quelque chose de primitif s'était agité en lui. Il ne se souciait pas qu'elle occupe elle-même un poste à responsabilité. Il voulait l'attraper, l'enfermer dans sa chambre et la protéger du monde.

C'était exactement ce qu'il aurait fait si la copilote indiscrète n'était pas intervenue avec son taser.

Maintenant, il craignait que sa petite capitaine de navette ne soit pas ce qu'elle semblait être. Elle n'avait jamais expliqué pourquoi elle l'avait amené ici ou ce dont elle avait si urgemment voulu discuter avec lui sur le Conqueror. Il soupçonnait que ce n'était qu'une ruse pour l'enlever du vaisseau.

Elle travaillait pour Starlight Spacelines, une entreprise qui avait été engagée par la Coalition des gouvernements de la Terre, la même organisation qui avait secrètement détenu son commandant en second. L'officier Urrex était retenu prisonnier depuis deux semaines maintenant, en garantie pour assurer la libération de toutes les femmes humaines du Conqueror.

La Coalition avait capturé son commandant en second, puis avait exigé le retour de toutes les femmes que son peuple avait enlevées. Ils l'avaient forcé à obéir, en sachant qu'un Ivodien n'abandonnerait jamais l'un des siens.

Il n'avait eu d'autre choix que de libérer les femmes. Maintenant, il se demandait si la Coalition avait, d'une manière ou d'une autre, entendu parler de ce qu'il prévoyait de faire ensuite.

Il avait libéré les humaines pour apaiser la Coalition et récupérer son commandant en second. Cela ne signifiait pas que l'équipage du Conqueror quitterait l'orbite terrestre les mains vides.

Les guerriers ivodiens n'avaient jamais battu en retraite. Au cours de la dernière décennie où il avait été leur commandant, l'équipage avait accompli avec succès toutes les missions qu'ils avaient entreprises. Et il n'allait pas changer cela.

Ils étaient venus ici pour obtenir des épouses pour quatre-vingt-dix-sept de ses guerriers qui avaient gagné le privilège de prendre leur retraite. L'excitation et l'impatience de son équipage avaient atteint leur paroxysme lorsqu'ils avaient appris d'Ivodi que les femelles de la planète Terre nouvellement découverte s'étaient avérées physiquement et biologiquement compatibles avec les Ivodiens. Avec juste une intervention médicale minime, même la reproduction était possible.

Il avait donné à ses hommes sa parole qu'ils auraient ce pour quoi ils étaient venus ici. Et personne, pas même la femme humaine exceptionnellement séduisante envoyée par la Coalition, ne lui ferait revenir sur cette parole.

Une fois la dernière femme enlevée libérée du Conqueror et l'officier Urrex de retour à bord sain et sauf, l'équipage attraperait quatre-vingt-dix-sept femmes en âge de procréer et combattrait quiconque tenterait de les arrêter.

Il devait regagner son vaisseau au plus vite. Mais ce ne pouvait pas être grâce à la femelle humaine qui l'avait emmené là-bas. Comme c'était elle qui l'avait enlevé du vaisseau, il ne pouvait pas être vu en sa présence. Il devait rentrer seul.

Dans la pâle lumière de la Lune terrestre filtrant à travers les fenêtres de la demeure primitive, il trouva la carte que la femelle lui avait montrée. En l'examinant attentivement, il comprit que son emplacement actuel était dans l'hémisphère nord de la planète.

Il chercha dans sa mémoire les informations qu'il avait étudiées sur la Terre en venant ici. La planète avait généralement peu de prédateurs mortels. Aucun d'entre eux n'était assez grand pour être considéré comme une menace sérieuse pour un mâle ivodien. La majorité des serpents et insectes venimeux vivaient sous des climats plus chauds. Cette partie de la Terre était aussi sûre qu'une planète pouvait l'être. Le plus grand danger auquel il serait confronté en faisant une longue randonnée serait simplement sa propre fatigue.

Selon la carte, il lui faudrait près de trois jours à pied pour rejoindre la ville la plus proche. Pour l'atteindre, il lui suffisait de suivre une rivière.

Il avait autrefois traversé les sables du plus grand désert de la planète Eercu, peuplée des mille-pattes géants les plus meurtriers connus de l'Univers. Il avait combattu avec succès les serpents cauchemardesques de Hiveas, dont un simple contact pouvait entraîner une maladie mangeuse de chair et dont la morsure pouvait tuer un homme instantanément. Il avait survécu pendant neuf jours sur les montagnes de lave en fusion de la planète Phoruh, équipé uniquement d'un abri d'urgence portatif et d'une petite flasque d'eau. Une randonnée de trois jours à travers le paysage pittoresque de l'hémisphère nord de la Terre promettait d'être une promenade facile et agréable par rapport à ce qu'il avait traversé dans sa vie.

En fouillant dans la cabane, il rassembla toutes les choses qu'il jugeait utiles pour ce voyage. Il avait trouvé un briquet à gaz primitif pour allumer un feu. Comme la femelle avait parlé de grands vents, ce qui pouvait signifier des nuits fraîches, il décida de prendre la drôle de couverture à manches qu'elle lui avait laissée sur le canapé. Son uniforme était trop fin et ne tenait pas chaud, car il avait été conçu pour l'intérieur climatisé d'un vaisseau spatial.

Une arme était toujours pratique, même sur un territoire non hostile comme celui-ci. Alors, il prit le couteau dans un fourreau de cuir usé qu'il trouva posé sur l'étagère près de la porte.

Il aurait beaucoup d'eau à sa disposition puisque sa route longeait une rivière, mais il ne savait pas à quel point l'eau était potable. Il valait mieux la faire bouillir. Alors, il prit une petite casserole sur l'étagère au-dessus de la cuisinière et quelques bouteilles d'eau potable dans la glacière, par commodité.

Un récipient contenant les restes du dîner attira son attention alors qu'il était sur le point de fermer la glacière, et il l'attrapa également. La nourriture que la femelle avait préparée était la meilleure qu'il ait mangée depuis son arrivée sur cette planète, et il ne put pas résister à son envie de prendre les restes.

En sortant, il s'arrêta un instant, et jeta un coup d'œil vers la porte de la chambre. Lori dormait dans la pièce derrière.

Il savait qu'il ne devrait pas s'autoriser à se demander si elle dormait nue ou si elle portait un adorable pyjama pelucheux assorti à ses pantoufles roses à fourrure. Il n'avait aucune raison d'imaginer combien elle était au chaud et douillettement blottie sous ses couvertures, ses longs cheveux ondulés étalés sur l'oreiller, ses yeux gris-bleu fermés dans un profond sommeil. Il devait effacer de sa mémoire son doux parfum féminin qu'il avait senti sur le Conqueror, son sourire et le son de son rire. Il ne devait pas imaginer la sensation du contact de sa peau, le goût de ses lèvres ou la souplesse de son corps s'il l'entourait avec ses queues.

Sa bite n'avait certainement pas le droit de devenir dure et douloureuse en pensant à elle. Il devait s'entraîner à la considérer comme une espionne possible pour la Coalition et la femme qui l'avait déshonoré en l'enlevant de son propre vaisseau. Ce faisant, elle avait mis en péril tout ce pour quoi il avait travaillé si dur.

En ouvrant la porte d'entrée aussi silencieusement que possible, il se glissa dehors dans la nuit.

L'air était frais, mais totalement supportable, même avec la légère tenue d'intérieur qu'il portait. En jetant le paquet avec ses fournitures sur son épaule, il se dirigea vers le bruit de l'eau coulant sur les rochers. Une fois arrivé au bord de la rivière, il se dirigea vers l'ouest, en suivant le courant.

Un bruit aigu bourdonna à son oreille, agaçant mais trop faible pour être menaçant. Il fit un geste de la main pour l'écarter. Quelque chose lui avait piqué la tête et il gifla cet endroit. Ce devait être un insecte. Il était certain que l'insecte n'était pas venimeux, il n'y avait pas beaucoup d'insectes dangereux si loin dans le Nord, et sa piqûre ne serait pas mortelle. Sa peau démangeait juste un peu après avoir été piqué. Il frotta dessus pour soulager les démangeaisons. Il fut aussi piqué à la nuque, et il gratta également cet endroit.

Sa vision, supérieure à celle des humains, lui permettait de se repérer dans l'obscurité relativement facilement. Le calme de la nuit lui permettait de baisser un peu sa garde et de profiter du paysage. Le paysage boisé et rocheux lui rappelait la parcelle de terrain qu'il venait d'être autorisé à acheter par le gouvernement d'Ivodi.

Après avoir fait leurs preuves en service sur un vaisseau de guerre, les guerriers ivodiens obtenaient une retraite honorifique accompagnée du choix d'un lieu de résidence permanent et d'une généreuse allocation monétaire à vie.

Il avait choisi un beau domaine, pas une ferme, car il ne connaissait rien à l'agriculture, et pas un bord de mer, mais une propriété montagneuse dans la forêt luxuriante d'Us'ae, l'une des trois lunes de Rimall.

Le Conseil l'avait depuis longtemps autorisé à prendre une épouse aussi. Il pouvait prendre sa retraite à tout moment. À trente-huit ans, il était certainement dans la tranche d'âge où de nombreux guerriers avaient choisi de mettre fin à leur service sur le vaisseau, d'enlever une femme et de s'installer. Cependant, il pensait qu'il avait encore quelques années de service et quelques missions devant lui avant de passer la direction du Conqueror à un autre homme méritant. Il n'était pas encore prêt à prendre sa retraite.

Pour cette raison, il n'avait pas trop pensé à sa future femme auparavant. Maintenant, il souhaitait qu'elle ait des cheveux longs, noirs et ondulés.

Comme Lori...

Il trébucha sur une touffe d'herbe quand la pensée d'elle fit à nouveau irruption dans son esprit, puis gratta la piqûre d'un autre insecte juste au-dessus de son oreille.

Maintenant qu'il était à bonne distance de Lori et de sa cabane, il pouvait se permettre de penser à ses beaux cheveux, n'est-ce pas ? Les Ivodiens n'avaient pas de cheveux. Et il ne s'en était jamais soucié avant. Mais maintenant... Il aurait aimé avoir réussi à trouver un prétexte pour y toucher au moins une fois. Mais quand ?

Peut-être au dîner ? Débarrassée de son uniforme, Lori paraissait plus jeune et aussi vulnérable que n'importe quelle femme ivodienne. Pourtant, elle semblait bien se débrouiller toute seule, même dans sa demeure primitive.

Lorsque ses hommes procéderaient à leur dernière série d'enlèvements avant de quitter cette planète, il devrait s'assurer qu'aucun d'eux n'enlèverait Lori. Il ne pouvait pas l'avoir pour lui seul, mais la possibilité qu'elle se retrouve dans la chambre d'un autre homme lui faisait frissonner la peau alors que son estomac se nouait avec une sensation qu'il ne pouvait pas identifier.

Sa poitrine vibra lorsqu'il émit des sortes de grognements possessifs, et il donna un coup de pied dans un rocher sur son chemin assez fort pour le propulser dans le ruisseau avec des éclaboussures.

S'il ne pouvait pas avoir Lori, personne ne l'aurait.

Et il ne pouvait pas l'avoir.

Après s'être si bêtement laissé enlever, c'était impossible qu'il soit vu avec elle. Son équipage le questionnerait à propos du fait de s'être retrouvé au milieu de nulle part, en tête-à-tête avec une humaine, sur sa propriété.

Ils le cherchaient peut-être déjà, et il ne pouvait pas les laisser le trouver près d'elle. Si on apprenait qu'il avait été berné et enlevé par une femme, il perdrait le respect de ses hommes. Si cela se produisait, non seulement il serait démis de ses fonctions de chef, mais il devrait dire adieu à tous les avantages qu'il avait gagnés tout au long de sa carrière. Pire que ça, il serait la risée de tous les Ivodiens pour le reste de ses jours.

Les enlèvements de femmes faisaient partie de la culture ivodienne depuis la nuit des temps. Aucune femelle n'avait jamais kidnappé de mâle auparavant.

Il serait damné s'il devenait connu comme étant le premier mâle à avoir été enlevé par une femme.

Chapitre 7

Lori

Eh bien, joyeux anniversaire, Lori, souris-je en me parlant à moi-même.

Il n'y avait personne d'autre pour me souhaiter mon anniversaire parce que depuis très longtemps, j'avais prévu de passer cette journée seule. C'était mon premier anniversaire depuis que Grand-père était parti. Il était mort à l'hôpital, il y avait exactement un an, le jour de mon vingt-neuvième anniversaire, et cette date serait à jamais douce-amère pour moi.

Mes grands-parents et moi étions très proches. Enfant, je passais tous les étés ici, dans la cabane avec eux, tandis que ma mère et mon père travaillaient en ville. Grand-mère m'avait montré comment cuisiner et Grand-père m'avait tout appris sur ces bois : comment chasser et pêcher et comment survivre dans la nature.

Pendant longtemps, j'avais eu hâte d'avoir un week-end paisible toute seule. Sauf qu'en ce moment, j'avais un commandant ivodien énervé qui dormait sur mon canapé.

Il aurait besoin d'un petit-déjeuner. D'après ce que j'avais appris sur cet homme jusqu'à présent, il valait mieux le nourrir. Il était devenu un peu plus agréable avec le ventre plein.

L'homme avait des raisons d'être en colère, bien sûr, je ne lui en voulais pas. Personnellement, je serais tout aussi contrariée si quelqu'un que je ne connaissais pas m'enlevait et m'emmenait en Ontario sans me demander la permission.

Tout ce que je pouvais faire maintenant était de lui préparer un bon petit-déjeuner et de le ramener en avion, comme je l'avais promis. Nous avions mal commencé, mais peut-être pourrions-nous au moins nous séparer en bons termes.

En sortant du lit, j'enfilai des vêtements confortables, une chemise à carreaux bleus et un jean, puis je me dandinai avec un air endormi jusque dans le salon principal.

Le canapé était vide. Le commandant Nex et mon Snuggie étaient partis.

— Commandant ? appelai-je en me frottant les yeux. Commandant Nex ?

Je me retournai, en me demandant où il pouvait être. Il n'y avait tout simplement pas assez de place pour que quelqu'un de sa taille puisse se cacher à l'intérieur de la cabane.

Peut-être était-il sorti pour faire pipi ? En ayant besoin d'utiliser moi-même les toilettes extérieures, je descendis le rondin qui faisait office de marche devant l'entrée.

Le commandant n'était nulle part en vue à l'extérieur. Les toilettes s'avéraient également inoccupées. Je fouillai les environs, en l'appelant par son grade à haute voix, sans obtenir de réponse.

L'inquiétude s'infiltrait en moi. Qu'est-ce qui avait bien pu lui arriver ? Il ne pouvait pas s'être simplement évaporé dans les airs.

Accroupie près du large rondin qui servait de marche au seuil de la cabane, j'inspectai attentivement le sol.

Les empreintes du commandant étaient difficiles à manquer. Les semelles de ses bottes avaient un motif bien distinctif. En raison de son poids, les empreintes étaient également profondes et nettes dans la terre sans herbe devant l'entrée. D'après l'apparence de ses empreintes de pas, il n'avait pas été traîné hors de la cabane ou n'avait pas fui en proie à la peur.

Il était... il était juste parti.

Je m'assis sur la marche, mes jambes refusant de me soutenir. Ce n'était pas facile d'accepter qu'un homme préfère courir dans les bois la nuit, en risquant d'être attaqué par des ours et des couguars, que de passer quelques heures sous le même toit que moi.

Mon amour-propre en prenait un coup. Quelle femme pourrait réagir autrement ?

À partir du moment où il était tombé par terre dans la salle de stockage du Conqueror, les fléchettes et les pointes du Taser sortant de son cou, il y avait eu peu de chances que quoi que ce soit de réel puisse se produire entre nous. J'avais toujours espéré que nous pourrions nous séparer en bons termes, cependant. J'avais promis de le ramener ce matin, et j'avais bien l'intention de tenir ma promesse.

Pourquoi était-il parti ? Ne m'avait-il pas crue ? Pensait-il que je le retiendrais ici contre son gré ou quelque chose du genre ? J'avais dû laisser une première impression encore pire que ce que je craignais.

Mais où se rendait-il ?

Ma crainte de ce qui pourrait arriver au commandant grandissait. C'était l'un des rares endroits reculés de la planète. Les personnes qui ne connaissaient pas la région couraient un risque énorme lorsqu'elles erraient seules. Il pourrait facilement se perdre.

L'inquiétude continuant de me trotter dans la tête, je courus jusqu'à la cabane. En faisant un rapide tour, je remarquai ce qui manquait : mon couteau de chasse, le récipient avec les restes de chili, la carte en papier plastifié et... le Snuggie.

Donc, j'avais maintenant un extraterrestre enveloppé dans un Snuggie errant dans la nature sauvage armé seulement d'un couteau et avec suffisamment de nourriture pour durer quelques heures au mieux.

Il n'avait aucune chance là-bas. Je devais le retrouver.

Je pris mon sac à dos de chasse du crochet, et je vérifiai son contenu, en m'assurant que j'avais le nécessaire : une lampe de poche, des allumettes sèches, mon couteau suisse et une boussole, ainsi que d'autres choses qui permettaient de survivre à une randonnée et à du camping en pleine nature, comme une trousse de premiers soins, une ligne de pêche et un leurre. Ensuite, j'emballai de la nourriture et de l'eau, un insecticide, mon sac de couchage et la tente ultralégère pour trois personnes, enroulée dans un sac à peine plus grand que mon poing.

Pour finir, je sortis le fusil de mon grand-père de son coffre verrouillé où je l'avais rangé. Je l'utilisais environ une fois par an pour chasser avec un petit groupe d'amis qui appréciaient autant que moi la nature sauvage.

Une fois, j'avais amené ici un gars avec qui je sortais, un mec de la ville. Il avait tenu moins d'une journée avant de me supplier de le ramener dans son appartement en ville avec l'eau courante, Netflix et un micro-ondes.

Combien de temps un extraterrestre survivrait-il dans la nature sauvage du Canada ? Un extraterrestre qui avait passé sa vie à voyager dans l'espace à bord d'un vaisseau high-tech pourvu des équipements les plus récents et à la pointe de la technologie ?

Mon inquiétude pour le commandant n'avait cessé de croître, en me remplissant d'anxiété. Je chassais dans ces bois depuis l'âge de six ans, d'abord avec mon grand-père, puis seule. Mais même moi, je n'irais pas là-bas seule au milieu de la nuit à moins d'avoir une sacrée bonne raison de le faire.

Me fuir était-il une bonne raison de risquer sa vie ?

Je mis cette pensée de côté. D'abord, je devais le trouver, j'espérais sain et sauf. Ensuite, j'aurais assez de temps pour faire face aux dégâts que toute cette épreuve avait causés à mon ego.

Après avoir lacé mes bottes de randonnée, je soulevai mon sac à dos et mis le fusil sur mon épaule.

En priant pour que je n'arrive pas trop tard, je partis dans les bois.

LE COMMANDANT N'ÉTAIT pas difficile à suivre. Les semelles distinctives de ses bottes laissaient des empreintes clairement identifiables dans la terre et des empreintes profondes dans les zones couvertes de mousse, d'herbe ou d'aiguilles de pin. En plus, il avait laissé un chemin de brindilles et de branches cassées dans son sillage partout où il avait marché dans les sous-bois.

Soit il ne savait pas comment se déplacer dans les bois sans laisser de trace, soit il ne se souciait tout simplement pas que je le suive. Dans tous les cas, il semblait progresser rapidement le long de la rivière, même si je n'avais toujours aucune idée de la destination qu'il avait en tête. Il n'y avait rien par ici, rien qu'on puisse atteindre à pied en un temps raisonnable. Il s'éloignait du seul endroit qui lui permettrait de s'abriter et de se rendre en ville : ma cabane.

Ses actions n'avaient aucun sens.

Vers midi, j'arrivai enfin à l'endroit où le commandant avait fait une pause. Je fus ravie de découvrir qu'il avait allumé un feu. Il semblait aussi savoir ce qu'il faisait, ce qui était un soulagement. Le foyer semblait avoir été construit avec soin et était entouré d'un cercle de pierres venant de la rivière. Le bois qu'il avait utilisé pour faire le feu devait être bien sec. Il avait bien brûlé, il ne restait presque plus rien dans les cendres.

Il en savait aussi assez pour éteindre le feu avant de partir car les cendres étaient mouillées. Le commandant avait dû les arroser avec l'eau de la rivière. Ou peut-être avait-il pissé dessus comme certains de mes amis masculins aimaient le faire. Cette pensée me fit ricaner et je secouai la tête.

À proximité, je trouvai le récipient vide qui avait contenu les restes de chili.

— Les ordures jetées n'importe où, marmonnai-je dans ma barbe en le ramassant. Pas cool, commandant, pas cool.

Mon extraterrestre n'avait plus de nourriture sur lui. Peut-être que la faim le ralentirait suffisamment pour que je puisse le rattraper ?

Malgré la fatigue, je décidai de ne pas faire de pause. Je sortis une barre granola de mon sac à dos, et je continuai à avancer.

Chapitre 8

Le commandant

Créatures ennuyeuses, importunes et maudites !

Les insectes étaient partout. Le nuage bourdonnant était perpétuellement suspendu au-dessus de sa tête, peu importait la fureur avec laquelle il donnait des coups de fouet avec ses queues pour essayer de les chasser. Il avait arrêté de compter le nombre de piqûres.

De temps en temps, il laissait tomber son paquetage de fournitures pour s'arrêter et gratter soigneusement les piqûres. Mais cela ne procurait qu'un soulagement temporaire, en l'obligeant à s'arrêter et à gratter à nouveau quelques pas plus tard.

Les petits démons perçaient le tissu fragile de son uniforme. Contrairement aux vêtements qu'il portait au combat, l'uniforme d'intérieur avait été conçu pour être léger et aéré. Sa matière offrait peu de protection face à la nature sauvage de cette planète méconnue.

Finalement, tout son corps ne sembla plus être qu'une piqûre géante, le rendant fou de démangeaisons. Il enleva son uniforme et se gratta jusqu'à ce que des zébrures rouge foncé apparaissent à cause de ses ongles et se remplissent de sang. Pourtant, le soulagement fut de courte durée.

— Maudits petits rejetons des Damnés ! beugla-t-il dans les bois, les démangeaisons incessantes l'ayant presque rendu dingue.

Un claquement de branche derrière lui le fit se retourner.

Un gros animal noir se tenait sous les arbres. Il l'observait attentivement avec ses petits yeux ronds. En faisant claquer ses longues dents pointues, il baissa la tête vers le sol, et ses oreilles se mirent en arrière.

— Qu'est-ce que tu veux ? lança-t-il à la créature.

Au moins celle-ci était assez grosse pour frapper, contrairement aux insectes insaisissables qui le torturaient depuis des heures.

L'animal frappait le sol avec ses grosses pattes avant en soufflant, et ça lui donnait un air menaçant.

— Eh bien, vas-y ! le défia-t-il en serrant les poings et en écartant les queues, prêt à fouetter.

La créature chargea.

Lori

LA FUMÉE D'UN FEU DE camp filtrait entre les arbres. Je devais certainement être en train de rattraper le commandant. Il n'y avait tout simplement personne d'autre autour pour allumer un feu.

Il était temps, vraiment. J'avais marché péniblement dans les bois presque toute la journée, avec un bref arrêt dans l'après-midi pour reprendre mon souffle et reposer mes jambes. Il commençait déjà à faire nuit et j'envisageais de m'arrêter bientôt pour la nuit.

Venant d'un peu plus loin, je détectai une odeur distincte dans la fumée, celle de la viande sauvage rôtie. Mon estomac gargouilla. Il me restait encore beaucoup de barres granola, une boîte de haricots et deux boîtes de raviolis dans mon sac à dos, mais j'avais à peine eu le temps de manger, en me dépêchant pour rattraper le commandant toute la journée.

La lumière du feu scintillait entre les troncs d'arbres au loin. Comme s'il sentait que l'occasion de pouvoir enfin se reposer était proche, mes pieds accélérèrent presque tout seuls.

Le commandant était assis près du feu, enveloppé dans le nuage de fumée. Je poussai un soupir de soulagement. Il était vivant.

— Lori ? dit-il en sautant sur ses pieds à mon approche. Que faites-vous ici ?

Il avait l'air choqué, mais je ne pouvais pas voir son expression. À en juger par l'abondance de fumée du feu, il avait dû utiliser du bois fraîchement coupé, pas du bois vieux et sec cette fois.

Des morceaux de viande, accrochés sur des branches, rôtissaient au-dessus des flammes. Posé sur deux rochers plats, l'eau bouillait dans la casserole qui venait de ma cabane. Je n'avais même pas remarqué que la casserole avait disparu quand je suis partie.

— Comment êtes-vous arrivée là ?

Le commandant semblait avoir retrouvé son sang-froid, mais je percevais des notes d'inquiétude et de surprise dans sa voix.

— Eh bien, j'ai marché. Comme vous.

J'enlevai le fusil de mon épaule. Ce satané truc devenait plus lourd à chaque pas.

— Ce n'est pas sûr ici, dit-il avec un visage sévère. Vous pourriez vous perdre ou être attaquée par des animaux.

Eh bien, il connaissait les risques, au moins.

— Écoutez. Je marche dans ces bois depuis que j'ai six ans. Je sais ce que je fais et où je suis, répondis-je en laissant tomber aussi mon sac à dos et en étirant mes épaules. Ce que j'ai vraiment envie de savoir, c'est où diable pensez-vous aller ?

Il me dévisagea avec un air sombre à travers les nuages de fumée.

— Comment m'avez-vous trouvé ? demanda-t-il sans répondre à ma question.

Je ricanai.

— C'était la partie facile. Vous vous déplacez comme un tank, en laissant une large piste à suivre.

— Vous avez suivi une formation, déclara-t-il, en plissant les yeux vers moi.

— Bien sûr. Grand-père m'a appris des tas de choses depuis mon en-fance.

— Non. Vous travaillez pour la Coalition, dit-il d'une voix grave.

— Quelle coalition ?

Il me fallut un moment pour comprendre qu'il revenait aux mêmes absurdités.

— La Coalition des gouvernements de la Terre. Ils vous ont envoyé pour m'appréhender.

Il élargit sa posture.

Génial, maintenant il était passé des soupçons aux accusations. Je ne savais pas que je pouvais être détestée de tant de façons.

— Bon, alors, dis-je en croisant les bras sur ma poitrine et en écartant également mes pieds. Je ne sais pas ce que vous avez ajouté à cette fumée là, mais je pense que vous vous êtes assis trop près du feu. Vous avez perdu la tête. Vous savez que je travaille pour Starlight Spacelines. Je pilote la navette. C'est tout ce que je fais.

— Une couverture parfaite pour une espionne, marmonna-t-il en restant obstiné.

— Attendez une minute. Vous pensez vraiment que je suis une espionne ?

L'idée était trop ridicule pour se fâcher et je me mis à rire.

Le commandant ne partagea pas mon amusement. Son expression sévère se durcit.

— Alors pourquoi êtes-vous ici ? m'interrogea-t-il.

Je levai les mains en l'air.

— Parce que je devais m'assurer que vous ne vous soyez pas noyé dans la rivière ou qu'un ours ne vous ait pas mangé !

— Un ours ?

— Oui, un gros animal noir avec de longues dents et des griffes. Ils attaquent rarement, mais s'ils le font, ils peuvent causer de graves dommages aux extraterrestres sans méfiance qui caracolent dans les bois sans surveillance.

— Comme cet animal ? demanda-t-il en faisant un signe du menton vers le tas de fourrure sombre qui était à peine visible au loin derrière les troncs d'arbres. Si c'est le cas, je suis sur le point de le manger, ajouta-t-il en désignant la viande qui rôtissait sur le feu.

— Vous avez tué un ours ? dis-je en clignant des yeux, choquée et très impressionnée. Avec juste un couteau de chasse ?

Il secoua la tête de gauche à droite.

— Je n'ai pas pris la peine de sortir le couteau.

— À mains nues, alors ? demandai-je en ouvrant plus grand les yeux.

À en juger par la masse noire derrière les arbres, la bête était bien au-dessus de la moyenne en termes de taille.

Le commandant haussa les épaules.

— Il m'a attaqué en premier.

— Les ours noirs n'attaquent généralement pas les gens, marmonnai-je, sidérée.

Au moins, il n'avait pas besoin d'un permis de chasse si c'était de la légitime défense.

— Eh bien, personne ne lui avait dit ça apparemment, rétorqua-t-il sur un ton sarcastique. Pour être honnête, il a peut-être essayé de se retirer du combat une fois qu'il s'est rendu compte qu'il était en train de le perdre.

— Mais vous ne l'avez pas laissé faire ?

— J'avais faim.

Il se pencha pour retourner la viande sur la broche de fortune.

Les volutes de fumée entre nous m'irritaient les yeux, et je les contournai pour mieux le voir.

L'uniforme blanc du commandant gisait en rouleau sur le sol. Il portait mon Snuggie de couleur marine, avec l'ouverture sur le devant. En se redressant, il enroula les extrémités de la couverture autour de sa taille pour se couvrir. Je repérai de longues égratignures sur son visage, ses bras et sa tête. De fraîches traînées de sang brillaient sur sa peau couleur de nuit.

— Vous êtes blessé !

Je fis un mouvement vers lui, mais il m'arrêta en levant une main.

— Je vais bien, dit-il fermement.

— Était-ce l'ours ? Nous devons nous occuper des égratignures le plus tôt possible avant qu'elles ne s'infectent.

Je me précipitai vers mon sac à dos pour sortir ma trousse de secours.

— Je survivrai à une infection.

Il tendit la main à l'intérieur du Snuggie pour se gratter l'épaule, avant d'ajouter :

— Mais ces petits démons des fosses ardentes d'Ahell vont bientôt me faire sauter dans la rivière. La tête la première.

— Des petits démons ?

Je levai la tête, en regardant autour de moi. De quoi parlait-il encore ?

— Oh, vous voulez dire les moustiques ? dis-je en comprenant soudain alors qu'il continuait à se gratter, en passant de son épaule à sa poitrine.

Les moustiques étaient en abondance à cette époque de l'année, ou à n'importe quelle époque de l'année, en fait, chaque fois que les températures montaient au-dessus de zéro.

— Ouais, les moustiques sont vicieux par ici, dis-je avec bienveillance, en cherchant la crème anti-démangeaisons dans ma trousse de premiers soins.

— Ils n'ont pas l'air d'aimer beaucoup la fumée, dit-il, visiblement fier d'avoir compris.

— C'est vrai. Le spray répulsif fonctionne mieux, cela dit.

— Vous en avez avec vous ? demanda-t-il, la voix pleine d'espoir.

— J'en ai plein. J'en apporte toujours avec moi. Mais nous devons d'abord nous occuper des piqûres que vous avez, répondis-je en regardant les boutons et les zébrures sur sa peau avec un œil critique, en évaluant les dégâts. Au passage, se gratter ne fait qu'empirer les démangeaisons.

— Comme si c'était possible de ne pas se gratter, grommela-t-il.

— N'est-ce pas ?

J'étais sincèrement compatissante. Se faire piquer n'était pas amusant. Je dévissai le bouchon du tube avec la crème anti-démangeaisons et je la lui tendis.

— Tenez, mettez ça sur les boutons. Essayez d'éviter les égratignures. Ça va piquer si la peau est ouverte.

Il me la prit des mains et la renifla prudemment.

Je levai les yeux au ciel en voyant sa méfiance, puis je poussai un soupir.

— J'ai dit que je n'essayais pas de vous faire du mal, commandant. Je ne suis pas une espionne, dis-je en le regardant droit dans les yeux. Je n'ai aucune idée d'où vous est venue cette absurdité ni de pourquoi vous continuez à vous y accrocher, mais je suis celle que je dis que je suis, Lori Soranno, pilote pour Starlight et capitaine d'une navette spatiale. Je suis peut-être votre ravisseuse, dans ce cas particulier, mais je ne suis pas une espionne.

Ravisseuse, kidnappeuse... Peut-être aussi une harceleuse, maintenant. Le suivre dans les bois pourrait être considéré comme du harcèlement, n'est-ce pas ?

Je soupirai. Il avait parfaitement le droit de se méfier. À ce stade, je voulais juste le ramener à l'endroit où je l'avais pris, dans le meilleur état possible.

Alors qu'il étalait la crème anti-démangeaisons sur les boursouflures et l'urticaire sur ses bras et ses jambes, l'inquiétude éclata de nouveau en moi. Il n'y avait aucun moyen d'éviter les questions quand je l'aurais ramené sur le Conqueror. Son équipage voudrait sûrement savoir où il était allé et comment il s'était retrouvé dans cet état.

— J'avais promis de vous ramener ce matin, dis-je, j'aurais tenu ma promesse. Vous seriez en ville maintenant, si vous n'aviez pas quitté la cabane au milieu de la nuit. Pourquoi êtes-vous parti ?

Il évita de me regarder, en déplaçant son regard vers les bois à droite.

— Je ne peux pas vous laisser me ramener, dit-il après une pause.

— Pourquoi pas ?

Son questionnement sur mes compétences et mes capacités me vint à l'esprit. Avait-il peur de voler avec une femme ?

— Je suis une bonne pilote, vous savez. Je vole depuis l'âge de seize ans, sans accident ni infraction. J'ai fait des milliers d'heures de vol, sur divers appareils...

Il leva la main, en m'arrêtant.

— Lori, je ne doute pas de vos talents de pilote.

— Plus maintenant, hein ? dis-je en penchant la tête et en louchant sur lui. Vous les avez remis en question hier soir.

— J'étais impatient de retourner sur mon vaisseau le plus tôt possible et je ne réfléchissais pas rationnellement, dit-il lentement, comme s'il choisissait ses mots avec soin.

— Est-ce que ça veut dire que vous êtes désolé ?

— À propos de quoi ? demanda-t-il avec les arcades sourcilières relevées.

— À propos de la remise en question de mes compétences en tant que pilote hier soir.

Il me fixa un long moment. Son froncement se détendit quelque peu.

— Je suis désolé, dit-il finalement.

— Bien, répondis-je en acceptant ses excuses d'un hochement de tête. Donc, pourquoi ne voulez-vous pas que je vous ramène ?

Sa poitrine se souleva avec une autre profonde inspiration.

— Je ne peux pas être vu avec vous.

Ses mots piquaient. J'inspirai une bouffée d'air accompagnée d'une bonne dose de fumée, ce qui me déclencha une quinte de toux.

— Est-ce que ça va ?

Il s'approcha.

— Oui, réussis-je à dire entre les accès de toux. Pourquoi ? Pourquoi ne pouvez-vous pas être vu avec moi ?

Il serait peut-être préférable pour mon ego et ma confiance en soi de ne pas le savoir, mais je n'avais pas l'impression d'avoir beaucoup à perdre à ce moment-là. Le commandant me considérait déjà comme une espionne et une kidnappeuse. Quelle différence cela ferait-il si j'apprenais qu'il me considérait aussi comme un monstre moche comme un cul avec lequel il ne fallait pas être vu en public ?

Il s'assit par terre, en posant ses avant-bras sur ses genoux fléchis.

— Je ne peux pas vous le dire, répondit-il en me jetant un coup d'œil sous son large front.

Épargnait-il mes sentiments ? Je me mordis la lèvre. L'instant d'après, il fronça à nouveau les sourcils, en tendant la main pour se gratter l'omoplate.

— Avez-vous aussi des piqûres dans le dos ? demandai-je.

Il balança une longue suite de mots que mon traducteur ne traduisit que par « putain ».

— J'en ai partout, gémit-il.

J'arrachai le tube de crème de sa main et je fis un geste vers la couverture Snuggie.

— Enlevez ça !

— Vous voulez que je me déshabille ? demanda-t-il, un peu hésitant.

Je soufflai d'exaspération.

— Je n'essaie pas d'être à poil dans les bois avec vous, commandant. Croyez-moi, le sexe est la dernière chose à laquelle je pense en ce moment.

— Ah bon ?

Il me regarda attentivement, son expression changeant. Son front se lissa et sa bouche se détendit. Ses paupières tombèrent un peu, ses épais cils noirs ombrageant ses yeux.

— J'aimerais pouvoir dire la même chose, ajouta-t-il en marmonnant dans sa barbe.

Oh mon Dieu, que pouvait-il bien vouloir dire par là ? Cela n'avait sûrement rien à voir avec moi, il ne pouvait pas me blairer.

La façon dont il me dévisageait, cependant, me rappela le regard qu'il m'avait lancé sur le Conqueror. Une vague de chaleur déferla sur nous. Soudain, je souhaitai pouvoir me déshabiller. Mon jean était trop serré, ma chemise étouffante.

Je touchai le bouton du haut de ma chemise, en déglutissant difficilement.

— Vous n'êtes pas obligé de... euh, vous déshabiller, bafouillai-je, en déboutonnant presque le stupide bouton. Vous pourriez simplement laisser tomber un peu la couverture sur vos épaules pour que je mette de la crème sur votre dos. Ou vous savez quoi... essayez de le faire vous-même.

— Non ! s'exclama-t-il en enlevant rapidement la couverture de ses épaules et en me tournant le dos. S'il vous plaît, faites-le. Je ne peux pas l'atteindre, et je ne supporte pas les démangeaisons.

De méchants boutons rouge foncé couvraient toute l'étendue de sa peau sombre. De profondes égratignures liées à ses ongles sillonnaient son dos à tous les endroits qu'il pouvait atteindre.

Je m'accroupis puisqu'il restait assis par terre.

— Cela a l'air terrible, dis-je doucement, la compassion faisant se resserrer mon cœur. Est-ce que ça fait mal ?

Je passai mes doigts sur son dos, en craignant que mon contact ne lui cause plus de douleur.

— Pas autant que ça démange, répondit-il avec un gémissement étouffé.

Je pressai le tube pour mettre un peu de crème sur mon doigt, puis je commençai à en appliquer du haut vers le bas de son dos, en mettant la crème sur chaque piqûre tout en essayant d'éviter les égratignures. Ses muscles ondulaient sous mon toucher, et je ne pus m'empêcher de remarquer qu'il y avait beaucoup de muscles.

Un frisson parcourut ses larges épaules lorsque j'atteignis le bas de son dos. La couverture s'accumula ici, le couvrant en dessous de sa taille.

— Un autre endroit ? demandai-je, après avoir traité tout ce que je pouvais voir.

Il marmonna quelque chose dans sa barbe, en bougeant, manifestement mal à l'aise.

Je réalisai que le seul endroit non couvert de crème qui restait était ses fesses. Je me raclai la gorge, heureuse que ma rougeur ne soit pas trop apparente dans l'obscurité qui s'épaississait autour de nous. La lueur du feu de camp la masquerait sûrement aussi.

— Eh bien... j'en ai couvert la plus grande partie.

Je cherchai dans ma poche le bouchon pour fermer le tube. Il était hors de question qu'il me laisse toucher ses fesses nues.

— Attendez, dit-il en me stoppant. Il y a un autre endroit que je ne peux pas voir.

Il se leva. Debout, dos à moi, il laissa tomber le Snuggie jusqu'aux genoux.

Je regardai ses fesses en bafouillant :

— Vous voulez que je vous mette de la crème sur les fesses.

Les courbes galbées de ses fesses fermes, légèrement illuminées par la lueur du feu de camp, attiraient mon regard comme un aimant. Ses queues s'étiraient au milieu. Elles remuaient et s'agitaient alors qu'il me lança un regard perplexe par-dessus son épaule.

— Que venez-vous de dire ? demanda-t-il.

— Euh... je parlais de mettre cette crème sur vos, euh... votre derrière, expliquai-je à la hâte.

— Ce n'est pas comme ça que mon implant l'a traduit.

L'amusement brillait dans ses yeux.

Je me crispai, en pensant à toutes les façons mortifiantes dont son traducteur aurait pu mettre les mots « crème » et « fesses » ensemble dans une phrase. Mon visage devint si chaud que je me mis à douter du fait que même la lueur d'un volcan en éruption puisse masquer ma rougeur.

— Différences linguistiques..., marmonnai-je.

J'avais pensé que rien ne pouvait être pire que le fait que le commandant me prenne pour une vilaine harceleuse et une espionne. Maintenant, il pourrait éventuellement ajouter « perverse » à cette liste aussi.

— Faisons juste... euh... faisons ça. On y va ?

Je pointai ses fesses avec le tube de crème.

— Allez-y, dit-il en m'adressant un sourire décontracté.

L'amusement ne quittait pas ses yeux, en détendant son expression habituellement dure. De profondes fossettes creusaient ses joues des deux côtés alors qu'il souriait.

Bon sang, le commandant était un bel homme.

En me mordant la lèvre, je me remis rapidement au travail. Ses queues tremblaient légèrement, leurs extrémités dissimulées par la couverture regroupée à ses pieds. En m'assurant de couvrir tous les boutons et rougeurs visibles, j'essayais de ne pas penser à la fermeté de ses fesses. Pourtant, mon visage restait brûlant. La chaleur descendit dans ma poitrine. Elle coulait jusqu'au bas de mon ventre alors que je m'accroupissais pour recouvrir aussi les rougeurs à l'arrière de ses cuisses musclées.

Une fois cela terminé, je vaporisai également du répulsif sur son dos pour éloigner les moustiques.

— Terminé.

J'expirai en reculant.

Il ne se cacha pas ni ne se retourna, et je pris un moment pour admirer sa silhouette parfaite. Les courbes galbées de son corps bien bâti, recouvert d'une peau violet foncé qui brillait dans la lumière dansante du feu, le faisaient ressembler à un fragment de la nuit elle-même.

— Merci, dit-il en me jetant un coup d'œil par-dessus son épaule.

En réalisant qu'il m'avait surprise en train de reluquer ses fesses, je clignai des yeux rapidement.

— Cette viande est probablement chaude et prête, dis-je rapidement, en essayant de concentrer mon regard sur autre chose, sur n'importe quoi, mais il continuait de pivoter vers sa silhouette nue qui dominait les bois comme une sorte d'esprit forestier d'un autre monde.

Pour quelqu'un qui avait fait toute une histoire auparavant à l'idée de « se déshabiller », il semblait clairement à l'aise pour se tenir presque complètement nu devant moi maintenant.

— Je ne suis pas sûr de ce que vous venez de dire, Lori, répondit-il avec un rire dans la voix. Mais je suis certain que ce n'est pas ce que m'a dit le traducteur.

Mortifiée, je posai mon regard sur le sien. Il l'accueillit avec un sourire taquin, l'arcade sourcilière relevée. Le commandant était-il simplement amusé ou flirtait-il avec moi ? Il n'avait toujours pas remonté la couverture, et me laissait admirer ses fesses à ma guise.

Qu'est-ce que j'avais dit ?

— Viande ? Chaude et prête ? Oh, mon Dieu..., gémis-je, en frottant ma main sur mon visage. Je parlais de cette viande ! m'exclamai-je en faisant un grand geste vers les morceaux qui grésillaient près du feu. Votre traducteur a besoin d'être mis à jour ou quelque chose comme ça, grognai-je.

— C'est un ancien modèle, admit-il.

Heureusement, il remonta finalement la couverture pour couvrir ses atouts, avant d'ajouter :

— J'aurais dû le mettre à niveau il y a un moment, mais je n'ai jamais trouvé le temps de le faire. Je suis content de ne pas l'avoir fait. Ça me fait rire maintenant, dit-il en ricanant.

J'aimais le son de son rire, encore plus que le son de sa voix. Si c'était possible.

Le commandant se dirigea vers le feu pour en retirer la viande.

— Le dîner est prêt, dit-il en enlevant la casserole d'eau des rochers.

— Oh, j'ai du thé à y ajouter.

Heureuse de me concentrer à nouveau sur des choses banales, je fouillai dans mon sac à dos pour trouver une boîte de conserve avec des sachets de thé. Ensuite, j'en jetai quelques-uns dans la casserole.

Il trancha la viande sur l'un des rochers, en saisissant les côtés fraîchement coupés, puis m'en offrit un morceau avec la pointe de son couteau.

— J'ai du sel aussi, dis-je en sortant une salière et une poivrière en plastique et en lui en tendant un. Et beaucoup de poivre pour vous.

— Du poivre, répondit-il avec un large sourire qui s'étalait sur son visage à la vue de la poivrière. La meilleure épice de tous les temps.

Je lui donnai mon couteau suisse pour qu'il puisse manger avec moi. La viande sauvage n'était pas toujours la meilleure, mais elle s'avérait plutôt bonne cette fois. Après avoir marché presque toute la journée, j'avais vraiment faim.

— Alors, allez-vous me dire ou vous vous rendez ? demandai-je après avoir avalé une bouchée.

Il me jeta un coup d'œil furtif mais ne dit rien.

— Commandant, je n'ai aucune intention cachée, dis-je avec un soupir exaspéré. Je suis venue ici pour vous aider. Et vous continuez à me regarder comme si j'étais sur le point de vous vendre à vos pires ennemis.

Il resta silencieux, en ne me faisant manifestement pas confiance. Je n'avais que moi-même à blâmer. Regagner sa confiance ne serait pas facile.

— Commandant, je suis vraiment désolée de vous avoir emmené sans votre permission. Hier, la situation est devenue incontrôlable, mais je veux y remédier maintenant. Si vous avez un plan, je vous aiderai à le réaliser. Mais il n'y a absolument rien dans la direction vers laquelle vous vous dirigez. J'ai peur que vous perdiez simplement votre temps.

— Rien ? dit-il en remuant avec inquiétude.

— Pas âme qui vive, lui assurai-je avec confiance.

Il sembla réfléchir un instant à mes paroles.

— Qu'en est-il de Rocky Point ? D'après votre carte, c'est à moins d'un jour d'ici.

— Rocky Point ?

Il faudrait plus d'une journée à quelqu'un comme moi pour l'atteindre. Cependant, le commandant pouvait certainement couvrir la distance aussi rapidement. S'il n'y avait pas eu les moustiques qui le ralentissaient, je ne l'aurais jamais rattrapé.

— Pourquoi Rocky Point ? demandai-je. Qu'y a-t-il là-bas ? Est-ce que quelqu'un vient vous chercher ?

Il secoua la tête.

— C'est la ville la plus proche, d'après votre carte. De là, j'ai l'intention de trouver un moyen de transport vers la ville.

Cela aurait fonctionné s'il n'avait pas fondé son plan sur des faits largement dépassés. La carte avait au moins dix ans. Je l'avais gardé principalement comme souvenir de mon grand-père, et, à présent, sa valeur était plus sentimentale que pratique. Je l'utilisais encore occasionnellement, mais je connaissais les différences avec la réalité topographique que le commandant ne pouvait pas identifier.

— Il n'y a rien à Rocky Point, lui dis-je. Plus personne n'y habite. Ce n'est qu'un point sur la carte.

Son expression fut à nouveau sur la défensive.

— Que voulez-vous dire ?

— Il y a des années, Rocky Point était un hameau, avec trois familles vivant en marge de la société. Les enfants ont tous grandi et sont partis. Les parents ont vieilli. Certains sont décédés. D'autres ont déménagé en ville, plus près de leurs enfants. Il n'y a rien d'autre que trois cabanes en rondins barricadées et délabrées là-bas.

Ses sourcils se froncèrent, en faisant se rapprocher les piercings du milieu.

— Est-ce vrai ? Ou essayez-vous de me faire changer de cap ?

Je soufflai en levant les yeux au ciel. Je n'avais personne à blâmer pour sa méfiance à part moi-même et peut-être Maddy qui avait la gâchette facile. J'avais présenté mes excuses, cependant, et j'étais prête à l'aider comme il le souhaitait. Me pardonnerait-il un jour et passerait-il à autre chose ?

— J'essaie de vous épargner des journées de trekking inutiles à travers les bois, commandant, répondis-je en regardant droit dans ses yeux violet foncé, en voulant qu'il me croie. Je suis absolument honnête. Je n'ai aucune raison de mentir.

Sa mâchoire tressautait alors qu'il réfléchissait à mes mots.

— Quelle est la ville la plus proche, alors ? demanda-t-il.

— Mirror Lake. C'est assez grand. Il y a même une épicerie.

— C'est à quelle distance d'ici ?

— À pied ? Cela vous prendrait probablement trois-quatre jours. Mais je peux vous emmener là-bas...

— Non, dit-il en secouant résolument la tête. Votre avion est immatriculé à votre nom, n'est-ce pas ?

Donc, non seulement il ne voulait pas être vu avec moi, mais il ne voulait même pas que mon avion soit près de lui ?

— Il n'y a pas d'aéroport à Mirror Lake, dis-je catégoriquement. J'atterrirais en plein champ. Personne ne vous verra avec moi, si c'est ce dont vous avez peur.

— Je n'ai pas peur, se moqua-t-il. Un Ivodien n'a jamais peur de rien.

— Si vous le dîtes, dis-je sans dissimuler mon sarcasme tout en me levant et en brossant les aiguilles de pin mortes sur mon jean.

Il était capable de combattre un ours à mains nues, mais la moindre possibilité d'être vu avec moi le terrifiait suffisamment pour l'envoyer marcher dans les bois pendant des jours.

Chapitre 9

Lori

J e sortis le rouleau qui contenait mon abri de mon sac à dos.

— Comment aviez-vous prévu de passer la nuit, commandant ?

Il versa l'eau qu'il avait apportée de la rivière sur les charbons fumants au coin du feu. Il n'était pas comme mes amis masculins après tout. Il n'avait pas pissé sur le feu pour l'éteindre, du moins pas en ma présence.

— J'avais prévu de grimper à l'arbre et de m'attacher au tronc, répondit-il.

La survie en nature hostile n'était évidemment pas étrangère au commandant.

— C'est un assez bon plan, dis-je en hochant la tête en guise d'approbation. Si un couguar ne vous trouve pas, c'est bien.

— Qu'est-ce qu'un couguar ?

Il ramassa son uniforme par terre et le secoua pour faire tomber les feuilles mortes et les aiguilles de pin.

Après les avoir aspergés d'insecticide, lui et le Snuggie, le commandant avait finalement arrêté de se gratter.

— Un gros chat, expliquai-je en déployant la tente. Ils grimpent aux arbres.

— Je n'ai pas peur des chats, se moqua-t-il.

— Bien sûr, dis-je en souriant. Vous n'avez pas peur des couguars et vous combattez les ours à mains nues. Ce sont les moustiques qui réussissent à vous avoir.

Il grimaça, sa main se dirigeant vers un bouton sombre sur le côté de son cou.

Je repoussai sa main.

— Il ne faut pas se gratter, vous vous souvenez ?

— De petites créatures suceuses de sang et immondes, marmonna-t-il dans un souffle, mais il retira sa main sans toucher la piqûre.

— Eh bien, dis-je en tapotant sa main pour le rassurer. Pour quelqu'un de complètement nouveau dans ce domaine, et plus généralement sur Terre, vous vous êtes incroyablement bien débrouillé, commandant. Honnêtement, je craignais de vous trouver transi de froid, perdu et affamé, ou peut-être même mort.

Il me fixa puis leva fièrement le menton.

— J'ai enduré des climats beaucoup plus rudes que celui-ci et survécu à des situations bien plus périlleuses.

— Ah bon ? Comment ça ? répondis-je surprise et vraiment curieuse. Je pensais que les Ivodiens restaient principalement sur le vaisseau et tiraient avec leurs armes.

— Nous conquérons, mais nous explorons aussi. J'ai parcouru de nombreuses planètes. Lori.

Le son de mon prénom envoya des picotements et un frisson caresser mes bras, comme à chaque fois qu'il le prononçait. Je pourrais écouter sa voix pour toujours.

J'étouffai un soupir.

— Vous devez avoir des histoires sympas à raconter, dis-je avec nostalgie.

J'étais devenu pilote de navette spatiale, en espérant voyager un jour vers d'autres mondes, mais je n'avais pas encore dépassé l'orbite terrestre.

— Oui, dit-il. J'ai plein d'histoires. Les raconter occuperait de nombreuses nuits de feu de camp.

Soudain, je souhaitai que nous ayons de nombreuses nuits devant nous, pour les passer comme ça, à camper ensemble et à parler au coin du feu. Que ne donnerais-je pas pour entendre ses histoires.

Je secouai la tête, en essayant de me débarrasser de ces rêves creux.

— Eh bien, il est temps d'aller se coucher, dis-je en ouvrant le rabat d'entrée de l'abri. Je n'ai apporté qu'une seule tente. Elle est assez grande pour trois personnes, et vous êtes le bienvenu si vous voulez la partager avec moi.

Le commandant se tut. Je lui jetai un coup d'œil par-dessus mon épaule. Soit il réfléchissait à mon offre, soit le choc l'avait fait taire, parce qu'il était probablement consterné par ma proposition.

Il avait toujours été si prudent et sur la défensive en ma présence, alors je me sentis obligée de clarifier les choses.

— Vous savez que je ne veux rien dire par là. Promis, je garderai mes vêtements et mes mains loin de vous, ajoutai-je avec un sourire, dans une tentative d'alléger la tension qui pesait sur nous.

Il ne me rendit pas mon sourire.

— Partager un espace de couchage serait une grave erreur, déclara-t-il finalement.

Une grave erreur.

Toute mon existence dans sa vie n'était rien d'autre qu'une énorme erreur, n'est-ce pas ? Je me mordis la lèvre et me détournai, en essayant de cacher la piqûre d'amertume que ses mots avaient causée.

— Eh bien, bonne nuit alors, marmonnai-je, en rampant dans la tente toute seule.

Peu de temps après m'être installée dans mon sac de couchage, j'entendis la fermeture éclair de la tente s'ouvrir à nouveau.

— Je ne voulais pas vous énerver.

Le commandant se glissa à l'intérieur. Entièrement vêtu de son uniforme, il traînait son Snuggie derrière lui.

— Je ne suis pas énervée.

Je roulai jusqu'à une extrémité de la tente, loin de lui.

— Si, vous l'êtes. S'il y a quelque chose que j'ai appris sur les femmes humaines, c'est comment savoir quand elles sont énervées. Toutes n'étaient pas ravies d'être sur le Conqueror, et beaucoup n'ont pas hésité à nous le faire savoir.

Je restai immobile sans rien dire.

— Je sais que vous êtes énervée, mais je ne suis pas sûr des raisons pour lesquelles vous vous sentez comme ça, ajouta-t-il en s'étirant derrière moi.

Était-il vraiment si ignorant ? C'était un extraterrestre, pas un robot sans émotion ou une machine insensible. Ne se rendait-il pas compte à quel point sa méfiance et ses soupçons m'affectaient ?

— Les raisons ? dis-je en me retournant pour lui faire face. Bien. Je vais vous donner mes raisons, commandant. Vous m'avez traitée comme la peste ou une ennemie. Je sais que j'ai fait une erreur en vous amenant ici. Je vous ai présenté mes excuses, et je suis prête à faire n'importe quoi pour arranger ça, mais vous ne me donnez pas une chance de le faire. Vous préférez fuir dans les bois, combattre les ours et esquiver les couguars plutôt que de risquer d'être vu avec moi. Pourquoi donc ? Vous pensez que je suis trop moche ? Trop insignifiante ? Que mon grade est trop bas pour être vue en compagnie du puissant commandant ? demandai-je avec une voix qui résonnait d'une indignation que je ne pouvais plus cacher. Est-ce que ce ne sont pas des raisons suffisantes pour que je sois énervée ?

Je pris une inspiration tremblante, en luttant pour garder mon sang-froid.

— Oui, vous avez parfaitement le droit de ne pas m'apprécier, continuai-je. Mais s'il vous plaît, donnez-moi une chance d'améliorer les choses. Laissez-moi arranger ça. N'aggravez pas la situation.

Ma lèvre inférieure tremblait, et je la mordis à nouveau, en luttant pour ne pas craquer devant lui.

— Lori, dit-il doucement, en se rapprochant. Je ne vous déteste pas. Je ne pourrais pas, même si je le voulais. Croyez-moi, j'ai essayé. Au contraire...

Il tendit la main pour toucher le côté de mon visage, et je le laissai faire, hypnotisée par la chaleur inattendue de sa voix.

— Mon plus gros problème en ce moment est que je vous apprécie bien plus que je ne le devrais, poursuivit-il.

Il avait certainement une façon étrange de le montrer.

— Je vous admire, continua-t-il. Je n'ai jamais rencontré une femme comme vous de toute ma vie, et je vous trouve fascinante.

Ses aveux semblaient sincères. Cela me laissa bouche bée.

— Pourquoi est-ce un problème ? demandai-je timidement quand je finis par retrouver ma voix.

Il prit une inspiration, ses lèvres se resserrant en une ligne fine.

— Personne ne doit savoir que vous m'avez enlevé. Vous avez promis de ne rien dire à personne.

— Et je ne le ferai pas, mais j'aimerais comprendre pourquoi c'est si important pour vous. Même si l'incident est signalé, Maddy et moi serions les seules à faire l'objet de mesures disciplinaires. Il ne devrait y avoir aucune conséquence pour vous. C'est vous la victime ici.

— Exactement. Une putain de victime, dit-il en grimaçant comme s'il avait mordu dans quelque chose d'aigre. Si quelqu'un me voit avec vous, dans votre avion ou dans les parages de votre propriété, ce sera possible de faire le lien entre ma disparition du vaisseau et vous. Si mes guerriers découvrent que vous m'avez pris, ils considéreront cela comme un enlèvement.

— Pourquoi serait-ce un problème pour eux ? Les Ivodiens ne considèrent-ils pas l'enlèvement comme une chose parfaitement acceptable ? Je ne vous ai rien fait que vos guerriers n'aient fait à nos femmes. Je ne vous ai même pas enchaîné à mon lit, comme certaines de nos femmes sur le Conqueror d'après ce que j'ai entendu dire.

Pendant une minute, il resta allongé là, en respirant fortement.

— Les hommes enlèvent les femmes, dit-il finalement, avec une expression grave. Pas l'inverse.

— Je ne vois pas la différence, déclarai-je en secouant la tête, confuse. Les Ivodiens et les Ivodiennes n'ont-ils pas les mêmes droits ?

Les limitations faites aux femmes ivodiennes venaient de leur état de santé fragile, elles ne leur étaient pas imposées par des hommes dominants.

— Ils sont égaux en droits, convint-il. Mais les attentes quant à la façon dont les deux sexes sont censés agir sont très différentes.

— Je ne comprends pas...

Il se laissa tomber sur le dos, en fixant le toit de la tente. Le sujet lui parut difficile à aborder, mais il continua, en ne croisant pas mon regard.

— Pour une femme, être enlevée par un guerrier qui a risqué sa vie pour gagner le droit de l'épouser, l'enlèvement est un honneur. Pour un homme, être enlevé par une femme..., commença-t-il en poussant un soupir et en secouant la tête. Eh bien, je n'ai même jamais entendu parler d'une telle chose auparavant.

— Il y a une première fois à tout, n'est-ce pas ?

J'essayais d'alléger l'atmosphère. Son expression désolée me brisait le cœur.

Il se tourna vers moi, en s'appuyant sur un coude.

— Si le bruit courait qu'une femme m'avait roulé et neutralisé, je perdrais le respect de mes hommes.

— Quoi ? demandai-je en m'éloignant de lui. Comment ça ?

— Le commandant a le pouvoir absolu sur le vaisseau à moins que son équipage ne le juge inapte à diriger. Si mes guerriers votaient pour me retirer de mon poste, je perdrais tout ce pour quoi j'ai travaillé toute ma vie.

Ses mots me frappèrent comme un coup de poing dans le ventre.

— Non...

Je me redressai en me tenant sur mon bras.

— Disgracié, je ne serais plus jamais autorisé à occuper un poste de direction, poursuivit-il d'une voix dure et déterminée. Je serais rétrogradé au rang le plus bas, dépouillé de tous les privilèges, y compris une retraite et un mariage honorables. Je recommencerais à zéro, du plus bas de l'échelle.

Plus il parlait, plus une boule d'effroi grandissait dans ma poitrine.

— Je... je ne savais pas..., murmurai-je en m'asseyant.

Les larmes piquaient l'intérieur de mes paupières.

— Je suis tellement, tellement désolée, ajoutai-je.

— Et le pire de tout, continua-t-il sans ménagement, je serais à jamais connu comme le seul homme de l'histoire à avoir été enlevé par une femme. Mon nom de famille serait souillé pendant des générations.

Je couvris ma bouche de mes mains, les larmes coulant de mes paupières fermées.

— Je n'en avais aucune idée.

— Je sais.

Sa main chaude caressa le côté de mon visage. Son pouce essuya une larme.

— Je ne suis pas en colère contre vous, Lori, mais je dois trouver un moyen de sauver la situation, si ce n'est pour moi, du moins pour le bien de ma famille.

En ouvrant les yeux, j'étouffai un sanglot, en ne me sentant pas capable de parler.

— D'une manière ou d'une autre, je reviendrai sur le Conqueror, continua le commandant. Il y aura une enquête à mon retour, et je dois m'assurer qu'il n'y a aucune trace ni preuve qui me relierait à vous. Comprenez-vous ?

Je reniflai en hochant la tête. Il m'avait vraiment fui comme la peste. Ce n'est que maintenant que j'en connaissais les raisons.

— J'ai merdé. Tellement merdé, murmurai-je.

Il toucha mon épaule.

— D'après ce dont je me souviens, ce n'était pas entièrement de votre faute. La copilote était celle qui avait le taser.

Je secouai la tête.

— Je suis la capitaine. Tout ce qui se passe au travail est de ma faute et de ma responsabilité.

Il se pencha plus près.

— Je comprends cela, la responsabilité d'un chef, dit-il en enroulant son bras autour de mes épaules et en me faisant doucement rentrer dans le sac de couchage. Je me blâme pour ce qui s'est passé, Lori, personne d'autre. J'étais curieux à l'idée de vous connaître et j'ai sauté avec trop d'empressement sur l'opportunité de vous parler en face à face, en ignorant toute prudence.

— Vous alliez me placer en détention, lui rappelai-je.

Il plissa les yeux vers moi avec un sourire en coin, qui dévoilait une canine d'un côté. Cela lui donnait une expression plutôt prédatrice.

— Je voulais vous garder, admit-il, en me rapprochant de lui.

Ses queues glissèrent sur le sac de couchage, en enveloppant tout mon corps dans une étreinte, avant qu'il n'ajoute :

— Je ne vous trouve pas moche ni insignifiante, Lori. Je serais honoré d'être vu en public avec vous…, avoua-t-il alors que sa poitrine se soulevait avec une profonde inspiration. Dans des circonstances différentes.

— Je suis tellement désolée de vous avoir approché, alors…, dis-je entre deux respirations tremblantes.

— Pas moi, répondit-il contre toute attente. Je ne suis pas désolé de ça.

Je le regardai avec les yeux flous de larmes.

— Si je n'avais pas quitté la navette, rien de tout cela ne serait arrivé.

— Exactement, déclara-t-il en remettant une mèche de mes cheveux derrière mon oreille. Depuis que je vous ai rencontrée, vous n'avez pas cessé de m'émerveiller. Chaque minute avec vous a été une surprise palpitante. Et je ne regrette rien de tout ça.

Il me caressa l'épaule à travers ma chemise. Le mouvement léger et rythmé m'apaisa, en m'incitant à fermer les yeux et à me détendre. Après la longue randonnée, mon corps réclamait le sommeil. Blottie contre lui, je me sentais au chaud et à l'aise.

Je ne savais pas vraiment si c'était réel ou si je l'avais rêvé quand le commandant embrassa mon visage immaculé de larmes en chuchotant :

— Joyeux anniversaire, Lori. Puissiez-vous avoir une longue vie devant vous et que ce soient les dernières larmes que vous verserez.

Chapitre 10

Lori

L e lendemain matin, je me réveillai seule dans la tente.

— Commandant ? appelai-je en me précipitant vers la sortie.

L'idée qu'il ait pu mettre en œuvre son plan de marcher jusqu'à Mirror Lake me fit ressentir un coup de panique. Les derniers mots que je l'avais entendu dire avant de s'endormir, « *Puissiez-vous avoir une longue vie devant vous et que ce soient les dernières larmes que vous verserez* », ressemblaient beaucoup à un adieu.

En ouvrant la fermeture éclair du rabat de la tente, je sortis la tête. Le soulagement me submergea lorsque je vis le commandant près du foyer disposer des brindilles sèches en forme de tipi pour allumer un feu. Un tas de bois sec beaucoup plus gros gisait à proximité.

Il leva la tête en me souriant.

— Salutations, dit-il.

Son expression était trop amicale, étant donné que j'avais peut-être ruiné sa vie. La culpabilité m'inonda à nouveau.

— Bonjour, répondis-je en sortant et en frottant mes bras contre moi à cause du froid matinal. J'avais peur que vous soyez parti.

— L'idée m'a traversé l'esprit, avoua-t-il, en utilisant un briquet pour allumer le feu.

— Pourquoi ne l'avez-vous pas fait ?

— Je ne pourrais pas laisser une femme seule au milieu d'un territoire sauvage, répondit-il.

Je ne pus retenir un grognement.

— Commandant, j'ai grandi dans ces bois. Croyez-moi, je sais me débrouiller.

— Je suis sûr que oui. Mais c'est le devoir de chaque homme ivodien d'assurer la sécurité des femmes. Je vous ramènerai à votre abri où vous aurez de la nourriture et de l'eau, ainsi qu'un moyen de transport. Ensuite, je me mettrai en route.

J'ouvris la bouche pour argumenter, puis la refermai. Bien sûr, je pouvais facilement retrouver mon chemin vers la cabane. J'avais un fusil pour me défendre si besoin. Laisser le commandant m'escorter, cependant, me donnait l'occasion de le dissuader de la longue et périlleuse randonnée qu'il avait planifiée. Il nous faudrait au moins une journée pour regagner la cabane, plus longtemps si nous nous arrêtions pour nous reposer. Peut-être pourrions-nous éventuellement trouver une meilleure solution ensemble ?

— Bien, concédai-je. J'accepte vos services en tant que garde du corps pour les deux prochains jours.

À ma grande surprise, il se leva et me fit une révérence formelle.

— Ce sera un honneur d'être votre garde du corps.

Je ne pensais pas que la tâche exigeait ce niveau de formalité. En me raclant la gorge, je lui fis un rapide signe de tête.

— Nous allons prendre le petit déjeuner puis faire griller un peu plus de viande pour la route.

Le commandant prenait les choses en main, en considérant manifestement son nouveau rôle avec beaucoup de sérieux.

— J'ai une boîte de haricots et des raviolis sur moi. Il reste aussi quelques barres granola.

— Est-ce que tout cela est de la nourriture ? demanda-t-il.

— Oui. Des denrées non périssables.

— Nous les garderons pour quand nous manquerons de viande, alors, conclut-il.

Il fit griller plusieurs longs morceaux de viande et fit bouillir de l'eau sur le feu. Je repliai la tente, puis je fis du thé.

— C'est joli ici, fis-je remarquer en m'asseyant sur un rondin près du feu, en serrant une tasse de thé dans les mains.

Les yeux mi-clos, j'inhalai l'odeur familière et riche en pin des bois, en profitant du calme matinal.

— Cela me rappelle les contreforts des montagnes d'Us'ae, une lune de Rimall, dit le commandant. La couleur des feuillages est différente. Les forêts d'Us'ae sont principalement bleu foncé et marron clair, mais l'odeur est très similaire. Le sentiment de tranquillité est aussi le même.

Je le regardai par-dessus le bord de ma tasse.

— Vous la sentez aussi ? demandai-je. La sérénité ?

La paix et la tranquillité de cette région étaient quelques-unes des raisons pour lesquelles je n'avais jamais vendu la cabane après la mort de Grand-père. Au lieu de cela, j'étais venue ici à chaque fois que j'en avais eu l'occasion. Les bois étaient mon havre de paix.

Il acquiesça.

— C'est plus facile de respirer ici. Votre esprit grandit... devient plus large.

— Plus large ? dis-je en inclinant la tête.

— Sur le Conqueror, expliqua-t-il, je dois m'occuper de beaucoup de choses, à chaque minute de chaque jour. Quand je vais sur Us'ae, je peux réfléchir à autre chose qu'aux activités quotidiennes. C'est comme si mon esprit s'élargissait, en englobant plus que je n'aurais jamais cru possible.

C'était exactement ce que je ressentais ici. Toutes les petites choses banales s'évanouissaient, en me permettant de respirer librement et de ressentir plus profondément. Ici, je pouvais penser à des choses plus « larges » que ma vie quotidienne.

— Les humains ont beaucoup de chance d'avoir des endroits comme celui-ci sur Terre, déclara le commandant.

— Il n'y en a pas sur Ivodi ?

— Non. Chaque parcelle de terre habitable de ma planète est peuplée depuis des siècles. C'est ainsi que sont nés les vaisseaux de guerre. Il y a longtemps, les Ivodiens se sont battus pour envahir les planètes peuplées. Finalement, nous avons commencé à nous concentrer sur l'exploration des zones non peuplées également, raconta-t-il en commençant à emballer les restes de viande. C'est plus facile. Pas de conflits avec les locaux, plus de gains en termes de ressources. Nous revendiquons tout ce que nous trouvons.

— Y compris les femmes ? demandai-je sans pouvoir m'en empêcher. Si la planète est peuplée, bien sûr.

Il me regarda droit dans les yeux.

— Y compris les femmes.

Je clignai des yeux sous son regard. Il ne plaisantait pas. Silencieuse, j'emballai le reste de nos affaires.

Le commandant éteignit le feu en versant une casserole d'eau de rivière dessus, puis il prit son Snuggie et mon sac à dos. Alors que j'étais sur le point de balancer le fusil sur mon épaule, il me le prit aussi.

— Hé, protestai-je. Ne devrais-je pas porter au moins quelque chose ?

— Non, répondit-il en se mettant en chemin, en partant à grandes enjambées. Contentez-vous juste de suivre.

Maintenant qu'il était sprayé d'anti-moustique, rien ne le ralentissait.

— De suivre ? dis-je en me dépêchant de le rattraper, en étant sur la défensive. Pourquoi pensez-vous que j'aurai du mal à vous suivre ?

— Je ne le pense pas.

Il m'adressa un sourire affichant ses dents blanches.

Je faillis trébucher sur une racine d'arbre en le voyant me sourire comme ça, comme si nous étions amis... non, plus que des amis si l'on pouvait se fier à cette étincelle taquine et charmeuse dans ses yeux.

En retrouvant mon équilibre, j'ajustai mon rythme au sien. Au bout d'un moment, je le suspectai d'avoir ralenti un peu pour me permettre de suivre plus facilement. Je décidai de ne pas le confronter parce que, eh bien, cet homme était clairement capable de marcher trop vite pour moi. Même avec les deux sacs et le lourd fusil, ses longues jambes dévoraient le sol de la forêt à une vitesse folle comme je n'avais jamais vu auparavant.

Au lieu de cela, je me sentais reconnaissante d'avoir une cadence plus détendue qui nous permettait également d'avoir une conversation.

— Est-ce que les hommes s'entraînent dur sur les vaisseaux de guerre ivodiens ? demandai-je en haletant légèrement.

Ils le devaient, à en juger par la grande forme physique du commandant.

— Oui, répondit-il. Nous passons par des années d'entraînement intense avant de rejoindre un vaisseau.

— Combien d'années ?

— J'ai commencé l'école quand j'avais cinq ans.

— Cinq ans ? Si jeune ! m'écriai-je.

Il me lança un autre sourire. Le commandant semblait être de bien meilleure humeur ce matin. Ce devait être l'effet apaisant des bois dont il avait parlé.

— Nous commençons tôt car il y a beaucoup à apprendre, déclarat-il.

— Mais comment pouvez-vous être sûr à cet âge-là de ce que vous voudrez faire quand vous serez grand ?

Il haussa les épaules.

— D'aussi loin que je me souvienne, j'ai toujours voulu être un guerrier, comme mon père. Servir sur les vaisseaux de guerre est également l'un des rares moyens d'obtenir le droit de se marier. Il assure une lignée parentale forte, ce qui est bon pour l'avenir de notre population.

Le commandant écarta une branche feuillue de mon chemin.

— Est-ce que votre père travaillait aussi sur les vaisseaux ?

— Oui, mais il est à la retraite depuis longtemps. Mes parents vivent sur Ivodi.

Je pris un moment avant de poser la question suivante.

— Est-ce que, euh, votre père a enlevé votre mère ?

Il hocha la tête sans hésitation.

— Bien sûr. Mais leurs familles se connaissaient. Leur union était planifiée et arrangée à l'avance. Mon père a pris sa retraite à l'âge de trente-huit ans, en tant qu'honorable commandant de vaisseau de guerre. Il a ensuite enlevé ma mère. Ils se sont mariés et m'ont eu.

— Il a pris sa retraite tôt. Ou est-ce un âge normal pour les Ivodiens ?

Il tint mon coude, en m'aidant à escalader un tronc sur notre chemin.

— La plupart des guerriers ivodiens prennent leur retraite vers le milieu ou la fin de la trentaine. À cet âge, ils ont généralement fait leurs preuves au travail et au combat et ont gagné le droit d'avoir une femme. Pour leur service, ils ont le droit de choisir un terrain sur l'une des planètes pré-approuvées. Ils enlèvent une femme et fondent une famille. Lorsque les enfants sont grands et indépendants, les parents reprennent souvent leur carrière.

— Ils retournent sur le vaisseau ?

— Non. Seuls les hommes jeunes et célibataires parcourent l'espace. Il y a beaucoup d'emplois pour les personnes âgées sur Ivodi ou là où elles choisissent de vivre. Mon père est conseiller au Conseil central de tous les vaisseaux de guerre depuis plus d'une décennie maintenant. Ma mère est l'une des dix Sages de la Chambre Haute du gouvernement ivodien.

— Ouah, ça a l'air d'être un poste important, haletai-je, impressionnée.

— C'est une politicienne très estimée, reconnut-il.

— Je croyais que vous aviez dit que vos femmes restaient à la maison. Qu'elles étaient trop fragiles. Pourtant votre mère travaille ?

— Beaucoup d'entre elles travaillent. Nos femmes sont physiquement vulnérables, oui, mais elles ne sont pas faibles d'esprit. Elles sont très capables. Beaucoup occupent des postes importants dans toutes les sphères et toutes les industries. Ma mère n'a pas besoin de quitter la maison pour aller travailler. Elle assiste à distance à toutes les séances gouvernementales, sous forme d'hologramme. C'est plus sûr pour sa santé.

Son expression s'adoucissait lorsqu'il parlait de sa mère et de son père.

— Est-ce que vous voyez souvent vos parents ?

— Sous forme d'hologramme, une fois par semaine, répondit-il avec un sourire qui s'agrandissait. Ma mère insiste pour avoir de mes nouvelles au moins à cette fréquence. En personne, cela fait maintenant dix ans que je ne les ai pas serrés dans mes bras.

Une pointe de nostalgie s'était glissée dans sa voix.

Le voir ainsi était quelque chose de nouveau. Le puissant commandant était un fils qui aimait ses parents.

— Ça aide de leur parler régulièrement, n'est-ce pas ? Mes parents ont déménagé sur l'île de Vancouver lorsqu'ils ont pris leur retraite. C'est à l'autre bout du pays. Je ne les vois pas très souvent, mais j'essaie de les appeler au moins une fois par semaine. Tout comme vous.

Il me jeta un regard curieux.

— Comment vos parents se sont-ils mariés ?

— Oh, ils se sont enfuis pour se marier en cachette, répondis-je en souriant.

— En cachette ?

— Oui. Ils sont allés en Jamaïque, une île de la mer des Caraïbes, au sud d'ici, sans en parler à personne. Ils se sont mariés là-bas, puis sont revenus en tant que mari et femme.

— Cela ressemble beaucoup à un enlèvement, dit-il avec un air pensif.

— Non, ce n'est pas le cas, répondis-je en secouant la tête. Ils avaient prévu de se marier et sont partis ensemble. Personne n'a enlevé personne.

— C'est comme ça que ça se passe habituellement sur Terre ?

Si les Ivodiens avaient fait des recherches sur la Terre avant de venir ici, il était évident que leurs recherches sur nos coutumes de mariage faisaient défaut. Au moins, il posait la question maintenant.

— Il existe de nombreuses cultures et traditions matrimoniales différentes sur Terre, expliquai-je. Mais le mariage ici est normalement l'aboutissement d'une relation, pas son début. Lorsque deux personnes se marient, elles se connaissent généralement bien et ont passé du temps ensemble.

— C'est-à-dire ?

Il semblait avoir sincèrement envie de savoir.

— Ils sortent ensemble avant de se marier. Ce qui veut dire qu'ils vivent séparément, mais qu'ils s'accordent du temps pour le passer ensemble.

— Pourquoi ?

Les choses que nous prenions pour acquises étaient une nouveauté pour lui. Je me grattai le nez, en réfléchissant à une façon de lui expliquer.

— Parce qu'ils s'apprécient.

— Pourquoi vivent-ils séparément alors, s'ils s'apprécient ?

Cet homme avait des tas de questions. Il semblait sincèrement vouloir comprendre les mariages et les relations humaines. Peut-être espérait-il toujours préserver ce qui leur restait de leur frénésie d'enlèvements ? Si c'était le cas, il était peut-être sur la bonne voie. D'après ce que j'avais vu, certaines des femmes que les Ivodiens avaient ramenées étaient peut-être ouvertes à la réconciliation.

— Parce que s'apprécier ne suffit pas, répondis-je. Certains couples décident qu'ils ne veulent pas être ensemble finalement.

— Pourquoi ?

Je pris une longue inspiration.

— Eh bien, ils apprennent à mieux se connaître et réalisent qu'ils ne s'apprécient pas tant que ça après tout. Cela n'arrive-t-il pas aussi aux

Ivodiens ? Si un homme enlève une femme dans votre monde, ne s'énerve-t-elle jamais ?

Il secoua la tête.

— Je n'ai jamais entendu parler de femmes tristes d'avoir été choisies par des hommes, pas avant la Terre.

— Vraiment ? Elles acceptent juste tout ?

— Les enlèvements font partie de la culture ivodienne depuis la nuit des temps. Les femmes ont toujours été rares. Les hommes se sont battus pour avoir une chance d'acquérir une femme et de se reproduire. Seuls les meilleurs ont obtenu le droit de se marier et de perpétuer leur lignée. Traditionnellement, toutes les femmes ont été choisies. Si, pour une raison quelconque, l'une d'entre elles n'était pas enlevée, cela était considéré comme une grande honte pour toute sa famille. Les filles ivodiennes ont été élevées en rêvant d'être prises un jour par un guerrier courageux et puissant.

Je lui jetai un coup d'œil suspicieux.

— Vous parlez au passé. N'est-ce plus comme cela que ça se passe sur Ivodi ?

Il écarta une autre branche pour moi et attendit que je passe.

— Enlever une épouse est toujours le seul moyen de se marier sur Ivodi, dit-il, en me rattrapant facilement. Dans les temps modernes, cependant, la politique, l'économie et les relations familiales jouent un rôle beaucoup plus important dans la formation d'une union. Le marié est sélectionné en fonction de ses réalisations, et la mariée sait souvent à l'avance qui sera son ravisseur.

— Eh bien, c'est différent de la façon dont vous l'avez fait sur Terre alors, n'est-ce pas ?

— Pas vraiment, objecta-t-il. Les mariées sont toujours heureuses d'être choisies et enlevées. Les femmes devraient être ravies d'être revendiquées par les guerriers ivodiens.

— Ravies, hein ? demandai-je avec scepticisme.

Était-il possible d'expliquer quoi que ce soit à quelqu'un avec une confiance en soi aussi inébranlable ?

— Épouser un guerrier ivodien est un grand honneur, poursuivit le commandant. En tant qu'épouse d'un Ivodien, une femme humaine ne manquera jamais de rien. Elle vivra une vie heureuse et sera choyée par son mari qui se fera un devoir de prendre soin d'elle et de répondre à tous ses besoins et désirs.

— Ça a l'air charmant, mais j'ai un problème avec la façon dont vous vous y prenez pour avoir des épouses. Puisque vous les avez toutes renvoyées maintenant, il semble qu'elles aient aussi eu un problème avec ça aussi, n'est-ce pas ?

Il inspira profondément, les sourcils froncés.

— Je n'ai jamais entendu parler d'une résistance aussi intense, admit-il. Je ne m'attendais pas à ce que les femmes humaines soient aussi énervées d'avoir été enlevées.

— Vraiment ? Pas un seul instant ? dis-je en lui lançant un regard en coin, en ne cachant pas mon air sarcastique. Vous vous souvenez à quel point vous étiez énervé quand vous vous êtes retrouvé chez moi ?

Il grimaça.

— C'est différent.

— Comment ça ? Même si ce n'était pas mon intention initiale, j'ai fini par vous enlever.

Autant que je l'admette.

Les muscles de sa mâchoire se contractèrent et ses yeux se plissèrent.

— Vous avez promis de ne pas en parler.

— Avec d'autres personnes, non, lui assurai-je. Mais vous et moi devrions en discuter, vous ne pensez pas ? Qui sait, cela vous aidera peut-être même à comprendre votre échec à courtiser nos femmes.

— Ce n'est pas un échec, grogna-t-il obstinément. Les guerriers ivodiens n'échouent pas.

— Ouais, OK, dis-je en appuyant mes mains sur mes hanches. Vous êtes venus ici pour trouver des femmes, et vous repartirez bientôt sans elles. Ce n'est pas exactement ce que j'appellerais un succès.

Il resserra sa prise sur les sangles du fusil et du sac à dos. Ses phalanges saillaient et ses queues claquaient contre les troncs des arbres devant lesquels nous passions. Un grognement vibra dans sa poitrine.

Cependant, cela ne m'intimidait pas du tout.

— Grognez autant que vous voudrez. Les femmes humaines n'étaient évidemment pas satisfaites de vos manières de les courtiser, soulignai-je.

Il souffla, clairement irrité.

— Elles auraient changé d'avis. Il ne faut pas longtemps pour s'habituer aux bonnes choses. Les femmes avaient juste besoin de plus de temps pour s'adapter à leur nouvelle situation.

— Je ne pense pas, dis-je résolument. Vous les avez enlevées, les éloignant de leurs maisons et de leurs proches, sans leur consentement. Il n'y a pas de retour en arrière possible.

Il me lança un regard circonspect.

— Ah bon ? demanda-t-il prudemment.

— Non, répondis-je en secouant fermement la tête. Vous voyez, la plupart des femmes humaines ne restent pas là à attendre d'être enlevées. Elles ne sont pas recluses. Elles rencontrent des gens tous les jours, hommes et femmes. Certaines de celles que vous avez enlevées avaient déjà des hommes dans leur vie.

Je savais pertinemment que c'était le cas de Felicity Davis. Il aurait pu y en avoir d'autres avec des petits amis ou des fiancés.

—Nous n'enlevons pas les femmes mariées, protesta-t-il.

— Ouais, mais en ce qui nous concerne l'engagement a souvent lieu avant le mariage. Comme je l'ai dit, les gens commencent généralement à sortir ensemble avant de se marier ou d'emménager ensemble.

Nous marchâmes en silence pendant un petit moment. Le commandant semblait réfléchir à mes mots, et je le laissai faire.

— Les femmes humaines trouvent-elles les Ivodiens attirants ? demanda-t-il inopinément, en me prenant au dépourvu.

— Euh... Bien sûr.

Je clignai des yeux, en évitant les siens et en priant pour que mon visage ne redevienne pas rouge tomate.

Heureusement, le commandant semblait plongé dans ses pensées.

— Donc, l'attirance physique n'est pas le problème, alors ? demanda-t-il, avec une expression pensive.

Certainement pas de mon côté.

Je me raclai la gorge, en me forçant à penser de manière plus générale.

— L'attirance physique ? Vous voulez dire l'apparence ? Non, ce n'est pas un problème... Je veux dire, je ne peux pas parler pour toutes les femmes mais, globalement, je pense que votre équipage est très beau. Mais gardez à l'esprit que l'apparence ne fait pas tout. Certaines des femmes que vous avez prises étaient déjà fiancées à un homme. Certaines ne tomberont jamais amoureuses de vous, peu importe ce que vous fassiez. Gardez à l'esprit que certaines femmes humaines préfèrent d'autres femmes à n'importe quel homme, humain ou extraterrestre, peu importe à quel point les hommes peuvent être attirants.

— Ah bon ? dit-il en penchant la tête. Eh bien, ça rend les choses encore plus compliquées, n'est-ce pas ?

— C'est vrai, concédai-je.

— Alors, comment vous y prendriez-vous, si vous étiez à notre place ? demanda-t-il soudain.

Je retins mon souffle, plus que choquée. Le commandant du Conqueror me demandait-il conseil ? Il semblait plutôt humble à ce sujet.

— Eh bien, commençai-je lentement, en choisissant soigneusement mes mots. Tout d'abord, j'aurais étudié la culture humaine bien avant de venir ici. Des centaines de cultures, en fait, parce que la population de la Terre n'est pas homogène. Elle se compose d'une multitude de pays et de groupes au sein des pays. L'essentiel, cependant, est que les femmes doivent avoir leur mot à dire dans tout ça. Il faut leur laisser le choix.

— Vous voulez dire laisser les femmes choisir leur compagnon ? demanda-t-il en arquant une arcade sourcilière et en me fixant avec incrédulité. Cela ne fonctionnerait jamais pour les Ivodiens. C'est un homme qui enlève sa femme, pas l'inverse.

Je soupirai de frustration.

— Pourquoi est-ce que quelqu'un doit toujours se faire enlever ?

— Parce que c'est la tradition, insista-t-il obstinément.

— Les traditions changent, n'est-ce pas ?

— Pas celle-ci, protesta-t-il. Pas du jour au lendemain. Pas sur un seul vaisseau parmi des milliers. Les guerriers n'accepteraient jamais rien de tel parce que s'ils le faisaient, ils sauraient qu'ils ne pourraient plus jamais montrer leur visage sur Ivodi. Ils seraient déshonorés.

— D'accord, d'accord, j'ai compris, répondis-je en levant les mains en signe d'apaisement. Pour les Ivodiens, c'est bien d'enlever des femmes, mais c'est terrible d'enlever des hommes. Et si on laissait les femmes choisir leur ravisseur, alors ? Vous avez dit que certains arrangements de mariage se faisaient sur Ivodi, avant que l'enlèvement proprement dit n'ait lieu, n'est-ce pas ? Que diriez-vous de laisser vos hommes et nos femmes se rencontrer avant aussi ? De donner à une femme une chance de découvrir lequel de vos guerriers elle apprécie, puis d'envoyer celui-là la prendre ?

Sa mâchoire tressautait, et dans ses yeux, sa concentration était visible.

— Et si plus d'un homme veut la même femme ?

— Eh bien, il y a toujours ce risque, mais nous sommes tous des adultes, nous pouvons régler ces problèmes pacifiquement...

— Non, me coupa-t-il résolument. Un guerrier se battra jusqu'à la mort pour son élue. Si je permets à mes hommes de rencontrer des femmes non prises, des bagarres auront lieu. Je vais perdre des hommes.

— Génial, marmonnai-je dans ma barbe. J'espérais un peu que vous étiez capables de résoudre les conflits de manière civilisée, pas en vous entretuant.

Il haussa les épaules.

— Une fois qu'un guerrier a choisi une femme, elle est à lui. La lui retirer est un délit, passible de la peine de mort.

— Ah bon ? Vraiment ? demandai-je en repensant à tout ce que j'avais fait pour ramener les femmes enlevées sur Terre. Comment avez-vous réussi à leur faire renoncer à leur récompense, alors ? Ça a dû être difficile.

Il poussa un soupir.

— Vous n'avez pas idée. J'ai dû faire preuve de beaucoup d'autorité sur ce coup-là. Mon équipage était prêt à déclarer la guerre à la Coalition et à la Terre entière.

— Pourquoi avez-vous fait ça, alors ? Pourquoi avez-vous accepté de renvoyer les femmes ?

Je connaissais assez bien le commandant maintenant pour comprendre que la décision n'était pas un simple revirement de sa part. Il n'était pas soudainement devenu compatissant en décidant de laisser partir les femmes.

— J'avais mes raisons, dit-il de façon évasive.

Malheureusement, il ne me faisait toujours pas entièrement confiance.

— OK, bien.

Je laissai tomber pour l'instant, peu importait à quel point je souhaitais connaître ses raisons.

— Que diriez-vous de rendre le processus de sélection privé, alors ? proposai-je. Vous pouvez créer une base de données de tous vos guerriers éligibles. Vous publiez une photo de chacun, et leur faites écrire quelque chose sur eux-mêmes.

— Comme quoi ? demanda-t-il en semblant intrigué. Vous voulez dire leurs exploits, les missions les plus réussies et le nombre de victimes ?

La vache ! Ce n'était jamais facile avec lui.

— En fait, je pensais à des choses comme leur nourriture préférée et ce qu'ils aiment faire pour se distraire. Mais bien sûr, les missions et les exploits pourraient également être inclus, pourquoi pas ? dis-je en agitant la main et en renonçant. Laissons de côté le nombre de victimes pour l'instant, d'accord ?

Il hocha la tête, l'air concentré. Avec un peu de chance, il écoutait et prenait mentalement des notes.

— Ensuite, continuai-je en développant mon plan au fur et à mesure, vous rendez la base de données publique, afin que toutes les femmes intéressées sur Terre puissent y avoir accès. Elles pourront manifester leur intérêt pour les profils des guerriers qu'elles aimeront mieux connaître. Chaque femme sera autorisée à sélectionner un seul homme à la fois. Ensuite, les guerriers choisiront, en fonction de leur profil, quelles femmes ils aimeraient emmener en rendez-vous.

— Rendez-vous ? Ce qui veut dire passer du temps ensemble, vous avez dit.

— C'est juste. Vous vous en souvenez, répondis-je en souriant, heureuse qu'il ait prêté attention à ce que je disais. Les guerriers ivodiens pourront alors se rendre sur Terre pour emmener les femmes dîner ou les inviter sur le Conqueror pour regarder un film ou quelque chose comme ça. Avez-vous des films ? C'est comme une histoire imaginaire jouée par des acteurs sur un écran ?

— Oui, acquiesça-t-il. Mais est-ce que regarder un film avec un homme inciterait une femme à accepter d'être enlevée ?

Il semblait sceptique.

— Ce n'est pas le film, c'est l'homme et son comportement pendant le rendez-vous qui l'aideront à décider. C'est comme ça qu'ils apprendront à se connaître. L'important est qu'elle puisse dire non, à tout moment. Vous comprenez ? Il y a toujours un risque qu'elle dise non. Dans ce cas, il faudra la libérer. Mais si elle dit oui, tout au long des étapes, elle sera probablement heureuse d'être enlevée. Elle sera plus disposée à s'engager, et son engagement sera plus fort que toutes les chaînes que vous utilisez pour attacher les femmes à vos lits.

— Les chaînes ? demanda-t-il, l'air perplexe.

— J'ai entendu dire que c'est ce que vous faisiez. Vous attachez les femmes à vos lits.

Il n'arrêtait pas de me fixer, et je me mis à ricaner, un peu nerveusement, avant d'ajouter :

— Non ? Ça doit être juste une rumeur idiote, alors.

Mais quelque chose dans son regard m'empêchait de me détendre. Ses yeux mi-clos, il fit glisser son regard sur mon corps comme s'il mesurait sa taille.

— Ce n'est pas une rumeur, dit-il avec un grondement sourd dans sa voix qui la rendait douce et voluptueuse, comme du velours.

Sa lèvre supérieure se courba en un sourire qui faisait apparaître ses canines, en lui redonnant une apparence de prédateur.

— Sauf que nous n'utilisons pas de chaînes, poursuivit-il.

Ses queues s'élevèrent derrière lui. Élégantes et gracieuses, elles s'arquèrent autour de ses épaules, en s'approchant de moi.

Mon souffle se coupa.

— Et vous, Lori ? murmura-t-il. Trouvez-vous les hommes ivodiens attirants ?

Recourbées comme des arcs tendus, ses queues tremblaient comme si elles étaient prêtes à m'attaquer. Chaque pointe visait un certain point de mon corps, de la tête aux orteils.

Que se passerait-il s'il les lançait sur moi ? La fébrilité vibrait en moi. Je n'avais aucune idée de ce que les Ivodiens faisaient avec leur queue, mais j'avais bien envie de le savoir.

Le commandant avait l'air d'être prêt à me montrer, mais il n'avança pas plus loin.

Bien sûr qu'il ne le ferait pas. Il avait dit qu'il devait s'éloigner de moi, pas se rapprocher. Certaines choses rendraient cette fuite plus difficile, je le craignais, autant pour lui que pour moi. Il valait mieux ne pas les laisser se produire.

Je pris quelques respirations profondes, en comptant mes battements de cœur jusqu'à ce que les papillons dans mon estomac se calment un peu.

— Bien sûr, commandant. Je trouve les hommes ivodiens très attirants, dis-je en plaquant un large sourire sur mon visage rouge. J'ai même essayé d'en prendre un pour moi, vous vous souvenez ?

Le rappel de notre situation suffit à nous refroidir tous les deux. Cette expression sexy et torride disparut de son visage. Les queues s'éloignèrent pour traîner à nouveau tranquillement derrière lui. Mon cœur se serra de déception à l'idée que je ne découvrirais jamais l'effet que ça me ferait si elles se promenaient le long de mon corps.

Je baissai les yeux, en ne sachant pas comment gérer le silence chargé qui s'abattait sur nous comme une sorte de nuage duveteux. Même le bruit régulier de l'eau se précipitant sur les rochers de la rivière voisine s'évanouissait.

— Vous me faites remettre en question l'ordre des choses, dit doucement le commandant. Vous ébranler mon respect des règles et des traditions.

Je levai les yeux vers lui.

— Je n'ai jamais voulu être irrespectueuse...

Ma voix était presque un murmure. Je luttai pour ne pas me perdre dans le violet sombre de ses yeux.

— Il ne s'agit pas de vos intentions ou de vos actions, Lori. C'est votre simple existence qui me fait souhaiter que les choses soient différentes.

Chapitre 11

Lori

Rapprochons-nous de la rivière là-bas, commandant, dis-je en pointant du doigt le chemin entre deux arbres tombés en reconnaissant l'endroit. Je vais vous montrer l'un de mes endroits préférés ici.

Il était un peu trop tôt pour s'arrêter pour déjeuner, mais nous avions bien progressé jusqu'à présent. Une courte pause ne nous ralentirait pas trop.

Le commandant me suivit le long du chemin. En écartant les broussailles, je sortis sur la berge rocheuse. Un large ruisseau fusionnait avec la rivière sur le côté opposé, qui était plus haut que celui sur lequel nous nous tenions. L'eau du ruisseau remuait et coulait entre les rochers en une cascade d'eau.

— C'est magnifique, déclara le commandant alors que nous admirions la cascade tourbillonnante, encadrée par des sous-bois vert clair et les majestueux pins sombres de la forêt.

— Je savais que ça vous plairait.

Je souris, en me sentant exceptionnellement heureuse. Nous n'avions pas passé beaucoup de temps ensemble, mais j'avais déjà appris pas mal de choses sur les goûts du commandant. Le fait que nous semblions aimer des choses similaires me réchauffait le cœur avec un plaisir additionnel.

— Peu de gens ont vu ça. Je pense que son éloignement donne à cet endroit un charme particulier. Chaque fois que je viens ici, j'ai l'impression d'avoir atterri dans un autre monde, poursuivis-je.

Nous nous assîmes sur les rochers, en écoutant le bruit apaisant des eaux vives.

— Déjeunons ici, suggéra le commandant.

— Avez-vous faim ?

— Je pourrais manger, répondit-il en souriant. Je peux toujours manger.

Il n'était pas nécessaire de faire un feu. Nous mangeâmes les restes de viande grillée avec des haricots en conserve.

— Quelles sont ces choses ? avait demandé le commandant avec scepticisme lorsque j'avais ouvert la boîte.

— Des haricots frits avec du lard. C'est un peu comme du chili, expliquai-je en rapprochant la boîte de conserve de lui pour qu'il puisse mieux la voir.

Il renifla le contenu de la boîte, puis en prit un peu avec la cuillère de mon couteau suisse. Il courba la bouche de dégoût après la première bouchée.

— Ça n'a rien à voir avec votre chili, se moqua-t-il.

— Vous êtes difficile en termes de nourriture, n'est-ce pas ?

Je lui donnai un coup de coude dans le flanc.

Il gloussa, en fourrant une autre cuillerée de haricots dans sa bouche.

— Oh, je ne suis pas difficile. Je pourrais manger n'importe quoi quand je suis en mission, déclara-t-il après avoir mâché et avalé. Mais j'apprécie toujours un repas savoureux. Votre chili n'est incomparable à rien de ce que j'aie jamais mangé. Il fallait absolument que je prenne les restes en quittant votre demeure.

Je ris, le plaisir se répandant dans ma poitrine en entendant son compliment. J'étais sûre que mon visage rayonnait aussi.

— Merci. C'est le meilleur compliment qu'une cuisinière puisse recevoir. Je vais en faire pour vous...

Je m'arrêtai net. Je m'apprêtais à dire que je le cuisinerais pour lui quand il le souhaiterait, mais il n'y aurait jamais d'autre fois. C'était tout. Ces heures dans les bois étaient tout ce que nous avions. Mon humeur s'effondra et je marmonnai :

— Je veux dire, je suis contente que ça vous plaise.

Il avait dû sentir le changement en moi. Ses yeux lavande me fixaient intensément. Troublée par son regard, je m'accroupis près de l'eau pour rincer la boîte vide et les ustensiles, puis je les rangeai.

— Eh bien, nous devrions nous remettre en route, dis-je après qu'il avait fini sa nourriture aussi et après avoir tous les deux bu.

Le commandant resta cependant assis.

— Je n'ai pas envie.

— Vous n'avez pas envie d'y aller ? demandai-je, confuse.

Il secoua la tête, en fixant la rivière.

— Pas encore. Quand devez-vous être de retour en ville, Lori ?

— Lundi soir. Je travaille mardi. Mon vol est tôt le matin.

Il se tourna vers moi.

— Aujourd'hui, nous sommes dimanche, selon votre calendrier, et ensuite nous serons lundi puis mardi, n'est-ce pas ?

Je hochai la tête.

— Nous avons déjà parcouru une bonne distance. Même si nous restons ici pour la nuit, nous serons quand même à votre cabane demain en début d'après-midi. Vous arriverez en ville assez tôt pour bien dormir le lundi avant d'aller travailler le mardi.

— Vous voulez rester ici pour la nuit ?

Mon cœur fit un bruit sourd. Il avait raison. Je n'avais aucune raison de me presser pour retourner en ville avant mardi. Plus je passais de temps avec le commandant, plus je pouvais en apprendre davantage sur le mode de vie ivodien, plus j'avais de chances de savoir quoi faire.

Si son objectif principal était de s'éloigner le plus loin possible de moi afin que le reste de ses guerriers ne suspecte aucun lien entre sa disparition et moi, alors je pourrais peut-être encore le convaincre d'accepter de le raccompagner. Je l'emmènerais en avion jusqu'à l'autre bout du monde si cela signifiait lui épargner le risque et la difficulté de marcher dans les bois pendant des jours.

Il inclina la tête, en gardant son regard intense rivé sur moi.

— C'est un bel endroit. J'ai envie d'en profiter plus longtemps, dit-il lentement.

Je ne pouvais pas lui refuser ça.

— Nous allons rester, dis-je en souriant avec un bref hochement de tête.

Nous installâmes la tente juste à côté des rochers au bord de la rivière, avec vue sur les cascades. Le commandant alluma le feu et je fis bouillir de l'eau pour le thé.

Après avoir sorti tout le contenu de son paquetage de fortune, le commandant secoua le Snuggie.

— C'est l'un des vêtements les plus pratiques que j'aie jamais vus.

Il enfila ses bras dans les manches, en le portant à l'envers comme une cape.

— Ah bon ? dis-je en cachant un rire derrière ma main. Ce n'est pas exactement prévu pour le camping, vous savez.

— Pourquoi pas ? demanda-t-il avec l'air sincèrement surpris. C'est parfait pour bivouaquer. Vous pouvez le porter toute la journée puis dormir dessous la nuit.

Il avait raison. Étant nettement plus grand que moi, le plaid ne traînait pas beaucoup sur le sol derrière lui. Ses queues soulevaient légèrement l'ourlet, en le maintenant au-dessus du sol de la forêt. En saisissant un côté, il le jeta par-dessus son épaule avec un geste majestueux qui évoquait un empereur romain.

— Ça a été conçu littéralement pour s'asseoir sur le canapé et regarder la télévision, dis-je en riant. Mais vous lui donnez un tout nouveau genre. Je suppose qu'ils ont raison, l'habit ne fait pas le moine.

Il s'assit avec moi sur le rondin près du feu.

— J'aurais aimé avoir ce vêtement quand j'ai escaladé la montagne de Varae.

— Faites-vous de l'escalade ? demandai-je, curieuse.

Je n'en avais jamais fait moi-même, mais j'admirais l'endurance et l'agilité de ceux qui en faisaient régulièrement.

— C'était pendant les vacances ? ajoutai-je.

Il posa un avant-bras sur son genou.

— Non. J'étais en mission pour Ivodi. J'avais besoin de prélever un échantillon de lave gelée du cratère de Varae pour le Conseil. La navette m'avait déposé le plus près possible sans que je sois abattu par les indigènes hostiles. J'ai dû grimper le long des crevasses glacées, en emportant le moins de ravitaillement possible avec moi.

Sa vie ressemblait de plus en plus à un film pour moi, pleine de risques et d'aventures.

— Ouah ! Alors, vous avez réussi ? Avez-vous eu l'échantillon ?

Il m'adressa un sourire arrogant.

— Bien sûr.

Le commandant n'avait manifestement pas connu l'échec très souvent dans sa vie. Devoir abandonner les femmes humaines enlevées avait été difficile pour lui. Je me demandai ce qui l'avait poussé à se décider à faire ça finalement.

— Et les indigènes hostiles ? demandai-je.

— Les indigènes n'étaient pas mon plus gros problème. Il y avait des vers sur cette planète, dit-il en grimaçant.

— Oh. Nous aussi. Nous avons aussi des vers sur Terre. Vous n'aimez pas les vers à ce point-là ? dis-je en haussant les sourcils de surprise.

Il jeta un regard prudent autour de lui.

— Quelle est la taille des vers sur Terre ? Je ne me souviens pas.

— Comme ça. À peu près, répondis-je en levant mes index et en les écartant de quelques centimètres.

— En diamètre ?

— Quoi ? Non ! m'exclamai-je en secouant la tête en riant. Un ver aussi large ? Ce serait un cauchemar.

— Les vers sur la montagne de Varae sont aussi large que je suis grand et aussi long que cet arbre est haut, dit-il en désignant un pin massif à longues feuilles à proximité.

— Sans blague ! dis-je en penchant la tête complètement en arrière pour voir la cime de l'arbre se balancer dans la brise. C'est dingue !

— Les vers ne sont pas seulement gros, ils sont aussi incroyablement vicieux et assoiffés de sang. Ils ont toujours faim aussi. Lorsqu'un ver flaire l'odeur de sa victime, il sort sa mâchoire qui s'ouvre comme un filet, munie de dents capables de pulvériser la roche. Le filet piège la proie et les dents la déchiquettent pour que le ver puisse l'ingérer.

Les yeux grand ouverts, j'écoutais, captivée, entre la répulsion et la stupeur mêlée d'admiration.

— Ouah. Vous avez pu voir ça en action ?

— Une fois, dit-il en hochant lentement la tête. Ce n'est pas beau à voir, mais à ce moment-là, j'étais content que la proie soit un animal du coin et pas moi.

— Est-ce qu'un ver comme ça vous a déjà attaqué ? demandai-je avec une légère appréhension.

— Deux fois. Une fois à l'aller, une autre fois au retour.

— J'ai peine à imaginer ce que cela a dû être. Comment avez-vous survécu ?

Il se reposa sur son bras appuyé contre le rondin.

— L'astuce consiste à le combattre par derrière et à rester à l'écart de sa mâchoire à l'avant. Le ver ne peut que la projeter vers l'avant, pas vers l'arrière. C'est tout.

Il haussa les épaules avec confiance.

— Ça a l'air simple !

J'éclatai de rire en tapant sur mes cuisses.

Il me regarda, un léger sourire jouant sur ses lèvres. L'intensité de ses yeux me troublait, et mon rire s'estompa.

Je clignai des yeux, en détournant brusquement le regard, et glissai une mèche de cheveux derrière mon oreille.

— Et maintenant vous vous refermez à nouveau, marmonna-t-il, en semblant déçu.

— Que voulez-vous dire ? demandai-je sans croiser son regard.

— Vous êtes comme le coquillage *iechai*, Lori, dit-il d'une voix douce et hypnotisante. Il a une surface extérieure nette et polie qui se marie bien avec l'environnement. Ce n'est que lorsque l'*iechai* se sent en sécurité et à l'aise qu'il s'ouvre, en permettant d'apercevoir la magnifique perle dorée à l'intérieur. Dès qu'il détecte la moindre menace, il se referme.

On m'avait déjà dit des choses similaires auparavant, mais rien d'aussi poétique, et ça venait uniquement de personnes qui me connaissaient depuis bien plus longtemps que le commandant.

Il me fallait normalement un temps douloureusement long avant de commencer à me sentir moi-même avec une nouvelle personne, c'était la raison pour laquelle je ne cherchais jamais à faire de nouvelles connaissances. Sortir avec quelqu'un ou me faire de nouveaux amis s'accompagnait toujours d'une bonne dose de malaise.

— Vous êtes très perspicace, commandant, déclarai-je.

Ce fut tout ce que je pus dire, momentanément à court de mots.

— Ces derniers temps, dit-il de la même voix basse et songeuse, je me retrouve à vivre juste pour ces beaux aperçus de votre âme, Lori. Les morceaux de votre vraie vous.

Abasourdie, je ne pus dire un mot en guise de réponse. Que répondre à quelque chose comme ça ? Jamais personne ne m'avait parlé de cette façon auparavant.

En déglutissant difficilement, j'enregistrai chacun de ses mots dans ma mémoire. Quand il ne serait plus là, je les ressortirais et je les contemplerais, un par un. Seule. Comme une personne avare avec un coffre rempli de trésors.

Chapitre 12

Lori

Monstres crasseux et suceurs de sang !

Le commandant se frappa le cou, en lâchant une série de jurons encore plus longue.

Mon traducteur ne traduisit pas cette dernière, ou peut-être que le pauvre appareil avait juste abandonné, en ayant atteint la limite des jurons extraterrestres qu'il pouvait traduire.

— Je préfère combattre une horde de vers de Varae ! ragea le commandant. Au moins, je les vois venir. Ces bestioles ici sont les pires.

— Les moustiques sont vicieux et pénibles ici, dis-je avec empathie.

Nous avions réchauffé les raviolis que j'avais apportés avec moi pour le dîner, et nous avions maintenant quelques myrtilles précoces que j'avais trouvées à proximité pour le dessert. La plupart d'entre elles étaient encore bien vertes, cependant. Ce n'était pas encore la saison des myrtilles.

Le commandant se frotta le cou.

— Ne grattez pas, l'avertis-je.

— Mais c'est impossible de ne pas le faire, gémit-il.

— Attendez, je vais encore vous mettre du spray.

J'attrapai mon sac à dos pour prendre le flacon pompe de l'insecticide. Le fabricant avait affirmé que sa nouvelle formule était totalement inoffensive et efficace à cent pour cent, et je ne pouvais qu'être d'accord. J'avais utilisé beaucoup de différents types d'anti-moustiques en trente ans. Jusqu'à présent, celui-ci s'était avéré être le meilleur. J'adorais aussi son odeur fleurie de lavande.

— C'est un bon spray, mais il s'estompe au bout de quelques heures, dis-je au commandant. Cela fonctionne bien tant que ça dure, cela dit. Et ça sent bon, ajoutai-je en souriant.

Le commandant enleva rapidement le Snuggie, puis retira la chemise de son uniforme. Ses mains allèrent chercher le clip argenté de la fermeture de son pantalon.

— Euh... le spray peut se mettre sur vos vêtements, vous savez.

Je l'arrêtai alors qu'il était sur le point de faire descendre son pantalon le long de ses cuisses.

— Vous n'avez pas besoin de vous déshabiller, poursuivis-je.

Non pas que ça me dérangeait de le voir enlever ses vêtements. Le problème était que ça me plaisait beaucoup trop.

Au début, le commandant avait été prudent et alerte en ma présence. Quand j'avais soigné ses piqûres d'insectes la nuit dernière, il s'était montré joueur et même dragueur. Aujourd'hui, il y avait quelque chose de touchant et de légèrement mélancolique en lui.

Intentionnellement ou non, il m'avait montré les nombreuses facettes de lui-même, et jusqu'à présent, je les appréciais toutes, ce qui était... troublant. Je n'avais jamais rencontré quelqu'un que j'appréciais aussi profondément et complètement. Qu'est-ce que cela signifiait ? Et où cela pourrait-il mener ?

Il m'attendait, debout à moitié nu, avec son éclat prune pourpre.

— Mais la dernière fois, je n'avais pas de vêtements quand vous m'avez vaporisé du spray, souligna-t-il.

Était-il déçu que je ne le laisse pas se déshabiller entièrement ?

— Hier soir, vous étiez déjà déshabillé quand je vous ai trouvé, vous vous souvenez ? répondis-je en lui tendant le vaporisateur. Tenez, faites le devant. N'oubliez pas de fermer les yeux et de retenir votre respiration. Cette formule est totalement inoffensive, ils ont enfin fini par trouver quelque chose qui repousse les moustiques sans nuire aux gens. Mais respirer le liquide n'est toujours pas une bonne idée.

— Bien.

En fermant les yeux, il aspergea son torse d'une généreuse quantité de répulsif.

Au moment où il eut fini, je restai bouche bée devant lui, la bouche grande ouverte. Sa peau gris-violet foncé était normalement la couleur que le ciel prenait parfois juste après le coucher du soleil. Maintenant, elle brillait d'un bleu et d'un vert irisés partout où le jet l'avait touché. Ses bras et sa poitrine semblaient couverts d'étoiles dans une brume scintillante.

— Qu'est-ce que c'est que ça ?

Il tendit sa main gauche devant lui, en examinant attentivement son bras.

— Ça n'a pas fait ça fait la nuit dernière, n'est-ce pas ?

Je ne me souvenais clairement pas de lui en train de briller comme ça.

Il tourna son bras, en étudiant la lueur.

— C'est peut-être l'effet de la deuxième couche ? Ça brille là où la couche de spray est superposée à celle d'hier.

Ça devait être ça, combiné avec quelque chose dans sa peau.

— Vous brillez dans le noir. Tellement, dis-je en n'arrêtant pas de le fixer. C'est vraiment très beau.

— Je ne pense pas avoir été qualifié de beau auparavant, déclara-t-il en étouffant un rire.

Hypnotisée, je ne pouvais pas détacher mes yeux de lui. La lueur soulignait les creux et les bosses du relief bien défini de son torse. De fines gouttelettes d'aérosol avaient atteint son visage. Ses hautes pommettes semblaient maintenant saupoudrées de minuscules étoiles.

— Vous ressemblez à un ciel nocturne, saupoudré de magie, dis-je dans un souffle.

Il croisa mon regard et le sourire amusé disparut de son visage. Il fit un pas de plus, puis un autre, en marchant doucement comme un prédateur dans les bois.

Je retins mon souffle, mais je ne reculai pas. Au lieu de cela, je cherchais quelque chose à dire, n'importe quoi pour briser ce silence chargé qui s'installait entre nous.

— C'est une réaction bizarre au spray, marmonnai-je alors que son torse n'était qu'à quelques centimètres de mon visage. Comment vous sentez-vous ?

Je m'aventurai à lever les yeux vers son visage saupoudré de lumière étoilée. Ses yeux lavande brillaient dans la nuit, comme deux étoiles. Il était vraiment beau. Fort et puissant. Une merveille hors du commun qui était descendu des étoiles pour se tenir ici dans les bois avec moi.

Pour passer une dernière nuit avec moi.

— Personne ne m'a jamais regardé comme vous le faites, Lori. Avec émerveillement et admiration, murmura-t-il. Ça me donne envie d'être l'homme que vous pensez que je suis.

— Il y a beaucoup à admirer en vous, commandant.

Son apparence et son attitude avaient peut-être d'abord attiré mon attention, mais plus j'avais appris à le connaître, plus j'avais découvert de choses à apprécier.

J'aimais son esprit protecteur envers moi. Ici, dans l'endroit qui était pratiquement ma maison et où il était un étranger, il trouvait encore des moyens de s'occuper de moi. Pendant tout ce temps, il avait été attentif à mes besoins, des repas à la marche dans les bois. Je l'avais appelé mon garde du corps, mais il s'était avéré être bien plus que cela.

Bien sûr, je pouvais prendre soin de moi, mais le fait qu'il le fasse remplissait mon cœur de tendresse et de reconnaissance. Les sentiments montaient dans ma poitrine, en ne demandant qu'à être exprimés d'une manière ou d'une autre.

Comme toujours, je savais que j'échouerais si j'essayais d'y mettre des mots. Du coup, je n'essayai même pas. Au lieu de cela, je levai la main, en touchant doucement l'éclat sur son torse.

— Peut-être est-ce une réaction allergique retardée au spray ? dis-je en me concentrant sur le sujet qui me semblait plus sûr. Est-ce que ça fait mal ?

— Non.

Il se pencha vers moi, si près que sa respiration fit bouger les cheveux sur le dessus de ma tête.

— D'autres symptômes ? demandai-je doucement en évitant son regard. Essoufflement ?

Je ressentais cela moi-même, même si cela n'avait rien à voir avec le spray et tout avec l'homme qui se tenait si près de moi.

— Engourdissement ? poursuivis-je. Raideur de la nuque ?

— Raideur. Oui.

Sa voix coulait profondément et lentement sur moi, comme un caramel épais et fondu réchauffant ma peau.

— Au niveau de votre nuque ?

Je levai les yeux, et ils furent immédiatement piégé dans le violet profond de ses yeux. Ils semblaient tellement plus sombres maintenant que le soleil s'était couché.

Ses paupières tombaient à moitié et un coin de sa bouche se souleva pour former un sourire en coin.

— Plus bas, Lori. La raideur est bien plus bas que ma nuque, murmura-t-il, ses queues se dressant derrière lui.

Une bouffée de chaleur sembla me mettre le feu au visage. La chaleur parcourut ensuite mon corps.

Plus bas...

Comme de lui-même, mon regard se déplaça vers le bas. Il glissa le long des arêtes dures de ses abdominaux, jusqu'à la ceinture de son uniforme, et... plus bas, là où sa raideur se pressait contre le tissu fin de son pantalon.

La respiration du commandant devenait irrégulière, mais il ne voulait pas me toucher, en gardant juste une petite distance entre nous.

— Vous ne m'avez jamais dit de quoi vous vouliez me parler, Lori, dit-il alors que ses narines s'écarquillèrent lorsqu'il inspira. Pourquoi m'avez-vous approché, sur le Conqueror ?

Oh, non... Je ne pouvais pas lui dire sans lui révéler mes sentiments envers lui, des sentiments qui avaient dépassé de loin le simple béguin ou l'engouement, à présent. Je ne pouvais pas gérer cette conversation, pas avec lui à moitié nu qui se tenait si près de moi.

— À ce stade, je préfère que vous me preniez pour une espionne, répondis-je en réussissant à sourire.

Il ricana.

— Je n'ai jamais vraiment cru que vous étiez une espionne, ma belle. J'ai juste essayé très fort de me convaincre que vous en étiez une.

— Pourquoi ?

Mon cœur s'emballa d'un doux plaisir à cause du mot affectueux qu'il venait d'utiliser. Dit de sa voix profonde, l'effet était presque physique. « *Ma belle* » caressait quelque chose de si profond en moi, c'était dans un endroit que personne n'avait pu atteindre avant lui.

— J'espérais que me convaincre que vous étiez une espionne m'aiderait à me retenir et à rester éloigné de vous, expliqua-t-il.

Était-ce aussi ce que j'essayais de faire ? Je n'avais même jamais demandé son prénom parce que, dans mon esprit, m'adresser à lui par son grade m'aidait à maintenir la distance entre nous.

— C'était stupide de ma part, poursuivit-il avec un rire plein d'autodérision. La dernière chose dont j'ai envie, c'est d'être loin de vous. Dites-moi, de quoi vouliez-vous me parler ? demanda-t-il sur ce ton autoritaire qui me faisait faiblir genoux et auquel il était impossible de désobéir.

Je déglutis difficilement et j'avouai :

— J'espérais vous inviter ici. Pour passer le week-end avec moi.

Ses queues s'incurvèrent, en nous mettant en cage sans que nous ne nous touchions.

— Qu'aviez-vous prévu de faire si j'acceptais ? insista-t-il.

Je lâchai un petit rire chargé de nervosité.

— Je ne suis jamais allée aussi loin dans mes fantasmes, admis-je.

— Moi si, déclara-t-il de manière inattendue.

Mon souffle se coupa.

— Vous avez fantasmé à propos de nous ?

Il lécha ses lèvres, en me faisant un faible sourire.

— C'est tout ce que j'ai fait ces derniers temps, Lori. Dès l'instant où j'ai vu ce rougissement..., dit-il alors que le bout de l'une de ses queues caressait ma joue de manière tendre, comme le frôlement d'un doigt. Je me suis demandé quel effet ferait le contact de votre peau, continua-t-il avec un autre frôlement de queue, cette fois, dans mon cou. Je me suis demandé ce que ça ferait de vous embrasser, dit-il en caressant ma poitrine et en descendant jusqu'à mon décolleté dans l'ouverture de ma chemise. De vous lécher, finit-il presque dans un murmure.

À part ce point de contact, nos corps ne se touchaient nulle part ailleurs. Pourtant nous étions si proches, nos chaleurs se mêlaient, en chargeant l'air d'énergie et de tension.

— Chaque minute depuis, continua le commandant d'une voix rauque, j'ai imaginé à quoi vous ressembleriez avec vos jambes écartées pour moi. Quel goût vous auriez. J'ai pensé à toutes les positions dans lesquelles j'aimerais vous prendre, et je continue à penser à d'autres.

La chaleur m'envahissait, en me faisant vaciller sur mes pieds. Tremblante, je fermai les yeux, en laissant tomber ma tête. Mon front s'appuya contre son torse.

— Toutes les choses que je vous ferais si vous étiez mienne, grogna-t-il.

Je n'en pouvais plus, mon désir de lui devenait irrésistible.

— Supposons que je le sois, dis-je dans un demi-chuchotement. Pour une nuit, faisons semblant que je vous appartienne.

Incapable de résister plus longtemps, je fis un petit pas, en réduisant la distance entre nous.

Ses queues fouettaient autour de moi, en me ligotant et en me réclamant. Il enroula ses bras autour de moi aussi.

Tout l'air sortit de mes poumons et mes genoux fléchirent. Il ne me tenait fermement, cependant, et ne me laissa pas tomber.

En pressant un côté de son visage contre ma tête, il s'immobilisa une seconde.

— Te tenir dans mes bras est encore mieux que ce que j'avais imaginé, ronronna-t-il au-dessus de mon oreille.

En faisant glisser une main sur mon dos et mon cou, il passa ses doigts dans mes cheveux, en cassant l'élastique qui retenait ma queue de cheval. Mes cheveux châtains ondulés tombèrent librement sur mes épaules. Le commandant y passa ses doigts, les empoigna, puis les lâcha.

— C'est fantastique, murmura-t-il, en enfouissant son visage dans mes cheveux. Ça sent comme toi.

Je souris, en profitant de chaque instant de son affection. Ce devait être la première fois que le commandant jouait avec des cheveux puisque les Ivodiens n'en avaient pas.

Il prit ma nuque dans sa main, en caressant ma peau.

— Retire tes vêtements, ordonna-t-il.

Je levai mes doigts tremblants vers les boutons de ma chemise, mais il attrapa ma main.

— Laisse-moi faire.

Il garda ma main dans la sienne, mais un contact doux effleura ma taille. Je sentis quelque chose d'autre qui traînait dans mon dos jusqu'aux boutons de ma chemise à l'avant.

Ses queues.

Deux d'entre elles se glissèrent sous la ceinture de mon jean, en arrachant le bouton et la fermeture éclair. Deux autres soulevèrent ma chemise. Le commandant gardait ses mains sur moi, l'une dans mes cheveux, les doigts de l'autre glissés dans les miens. Il laissa ses queues s'occuper de me déshabiller. Une fois ma chemise et mon jean enlevés, il se pencha en arrière, en étudiant mon visage.

— Laisse-moi te regarder, dit-il avec une voix rauque.

En faisant descendre doucement ses mains le long de mes épaules, il fit glisser les bretelles de mon soutien-gorge. En se penchant sur moi, il ouvrit habilement mon soutien-gorge.

— Tu sais comment faire ça ? haletai-je de surprise.

Il frotta son nez contre les cheveux sur ma tempe.

— Cela faisait partie du cours que j'ai suivi.

— Quel cours ?

— Sur la façon de donner du plaisir à une femme.

Il fit glisser ses paumes de haut en bas dans mon dos, en provoquant des vagues de plaisir qui ondulait le long de ma peau.

— Il y a un cours pour ça ? demandai-je dans un souffle.

— Humm, fit-il contre le côté de mon cou en me déposant une traînée de baisers. Chaque homme ivodien doit y assister pour avoir le droit d'avoir une femme. Il a été mis à jour avec des informations sur les femmes humaines lorsque la Terre a été approuvée pour les enlèvements.

— Ils t'ont appris à ouvrir un soutien-gorge à ce cours ? demandai-je en clignant des yeux, complètement abasourdie.

— Entre autres, répondit-il en pinçant doucement le lobe de mon oreille. Je connais mille soixante-quatorze façons de donner du plaisir à une femme de la Terre.

Il laissa mon soutien-gorge tomber par terre.

L'air frais de la nuit taquinait ma peau exposée. Mes tétons se dressaient.

— Mille...

Je pouvais à peine respirer.

En passant un bras autour de ma taille, il déplaça l'autre vers ma poitrine. Chaude et large, sa main couvrit complètement l'un de mes seins.

— Est-ce que... Y a-t-il eu un examen aussi ?

J'avais essayé de faire une blague, mais le ton avait mal sonné. La question était sortie dans un souffle, avec un léger gémissement à la fin quand il avait doucement pincé mon téton.

Deux de ses queues glissèrent le long de mes jambes, en emportant avec elles ma culotte rose.

Le commandant recula. En arquant les sourcils, il m'adressa un sourire en coin.

— L'examen a lieu maintenant, ma belle. Tu me diras si je fais une erreur.

Je pris une inspiration avec un hoquètement de surprise alors que ses queues s'enroulaient autour de mes chevilles et tiraient. Je m'inclinai en arrière, en agitant mes bras, mais je ne tombai pas. Le commandant lâcha ma taille, mais deux autres queues remplacèrent ses bras, en me soulevant.

— Tu es en sécurité, m'assura-t-il en reculant d'un pas. Maintenant, laisse-moi te regarder.

Ses queues serpentaient autour de moi. Deux étaient enroulées autour de mes chevilles, deux autour de ma taille. Deux autres glissèrent le long de mes côtés, en emprisonnant mes bras. Pieds et poings liés et légèrement inclinée vers l'arrière, j'étais suspendue au-dessus du sol de la forêt.

— Oui, siffla-t-il avec satisfaction. J'ai rêvé de te prendre, juste comme ça.

Je couinai quand ses queues écartèrent mes jambes, en m'exposant complètement à lui.

Il gémit faiblement. Ses queues me rapprochaient de lui. Je me balançais dans les airs comme dans une balançoire, sans défense et brûlante de désir.

Le renflement de son pantalon se pressa contre mes jambes. Un grondement sourd résonna au plus profond de sa poitrine.

Il se pencha sur moi.

— Ce léger rougissement séduisant, murmura-t-il avant d'embrasser ma joue.

Ses lèvres étaient fraîches contre ma peau rougie.

Je tendis la main pour le toucher, mais il la balaya avec sa queue, en déplaçant mes mains au-dessus de ma tête.

Sans chaînes mais avec tellement plus de force, ses queues me retenaient, en me positionnant pour lui comme une poupée de chiffon ou une marionnette.

— Embrasse-moi, demandai-je en tournant mon visage vers le sien. Touche-moi, si je ne peux pas te toucher.

En prenant ma tête entre ses mains, il approcha sa bouche de la mienne.

— Je veux te respirer, te goûter, te sentir. Partout, murmura-t-il entre des baisers chauds et mordants alors qu'il dévorait ma bouche.

Sa langue fourchue effleura la mienne, en envoyant une vague de frisson le long de mon corps.

Je me tordais dans mes liens qui étaient plus doux que des chaînes mais me faisaient l'effet d'être tellement plus serrés. Indestructibles. Il n'y avait pas moyen d'échapper à ce lien. Sa septième queue se glissa entre nous, la pointe effleurant mes tétons. Le désir m'inonda d'un tsunami de chaleur.

— J'ai envie de toi..., gémis-je alors qu'il embrassait mon corps. Tellement...

La chaleur tourbillonnait et s'enroulait au bas de mon ventre, en augmentant en intensité. Pieds et poings liés, je ne pouvais rien faire. En me tendant un peu plus malgré mes chevilles attachées, j'appuyai plus fort mon entrejambe contre le renflement de son pantalon.

En glissant sa main entre nous, il ouvrit d'un coup sec la fermeture de son pantalon. Je me frottai contre sa main en désespoir de cause.

— Tu es tellement impatiente, murmura-t-il avec un sourire dans la voix.

En glissant un doigt entre les plis de ma chair humide, il grogna avec un air approbateur, en me trouvant chaude et lisse.

Il déplaça son doigt en moi, en embrassant ma poitrine. Sa langue dansait sur mon téton, en titillant et excitant chaque nerf de mon corps.

Il laissa échapper un gémissement de douleur.

— Je dois entrer en toi, maintenant. Ou je vais perdre la tête.

Je ne pus que gémir en guise de réponse, en ayant l'impression d'avoir déjà perdu la tête. Quelque chose de chaud et d'arrondi se pressa contre mon entrejambe, le bout de son érection. Je sursautai dans mes liens, le souffle coupé par l'excitation.

— Viens ici, ma douce Lori.

Ses queues me déplacèrent plus près, en m'empalant sur son membre dur.

Le frottement accompagné d'une sorte de coup de langue contre mon point le plus sensible me fit trembler. Mes hanches se mirent à bouger, mes yeux s'écarquillèrent. Il s'enfonça juste d'un centimètre de plus, et la même sensation se reproduisit, en augmentant le plaisir en moi.

— Oh mon Dieu, gémis-je sauvagement, à peine capable de tenir le coup. C'est tellement bon. Qu'est-ce que c'est ?

Son sourire devint arrogant.

— Une des mille soixante-quatorze façons de te donner du plaisir, ma beauté.

« *Ils peuvent lécher avec leurs bites.* » Les paroles de Maddy résonnèrent dans ma tête.

Cela ressemblait effectivement à un coup de langue doux mais ferme contre mon clitoris gonflé. Encore un centimètre, et je frottai frénétiquement mes hanches contre lui, rendue folle de désir.

Le commandant s'enfonça plus loin. Chacun de ses va-et-vient était accompagné d'un « léchage » ferme et chaud là où j'avais envie de lui.

Le plaisir à l'intérieur de moi échappa à tout contrôle et explosa en une myriade de feux d'artifice à travers chaque centimètre de mon corps.

— Je te tiens, dit-il doucement, ses queues ramenant mes chevilles derrière son dos.

Mes jambes enroulées autour de ses hanches, ses queues amenèrent mon torse dans ses bras, en libérant mes poignets.

J'enroulai mes bras autour de son cou, en chevauchant les vagues de plaisir du meilleur orgasme que j'aie jamais connu. Et il courait vers le sien, en me martelant frénétiquement.

Il exhala un souffle tremblant, en jouissant à l'intérieur de moi. Je continuai à m'accrocher à lui. Ses queues s'enroulèrent autour de nous, en nous liant ensemble comme si nous ne formions qu'un. La lueur sur sa peau nous illumina comme la lumière des étoiles.

Le plaisir intense s'estompa lentement. Un bonheur absolu et total m'emplissait alors qu'il me tenait dans ses bras.

Il passa ses doigts dans mes cheveux, en déposant un petit baiser tendre sur le côté de mon visage.

— Enchaînée ou pas, ta place est dans mon lit, Lori.

Ses traits durs et ciselés s'adoucirent lorsqu'il me regarda. La nuit dans ses yeux était tendre et chaude.

Je longeai du doigt la rangée de piercings de son nez à son front, qui allait presque jusqu'au milieu de sa tête. Il plissa les yeux avec un sourire, puis attrapa ma main et l'embrassa.

— Comment t'appelles-tu, commandant Nex ? demandai-je. As-tu un prénom ?

— Oui. Brigan. Brigan Nex, déclara-t-il.

Brigan...

Ça lui allait bien.

Il n'était plus seulement « le commandant » pour moi, il était plus proche, plus précieux, plus difficile à quitter. Tout comme je l'avais craint.

Ma tendresse envers lui me serrait le cœur de douleur et de douceur. Mes bras étroitement enroulés autour de lui, j'appuyai ma tête contre la sienne.

— Je t'apprécie vraiment, vraiment, Brigan.

Il caressa mes cheveux, en y passant ses doigts. Ses queues se détendirent autour de nous, en retombant lâchement. Je souhaitais que nous puissions rester comme ça pour toujours, éclairés uniquement par la lueur de sa peau et la lumière des étoiles au-dessus de nous.

— Viens, Lori, dit-il, se dirigeant vers notre tente. Il y a encore tant de façons dont je peux te faire hurler de plaisir, et la nuit est courte.

— Brigan..., murmurai-je en me blottissant contre lui dans ses bras.

La nuit à venir semblait incroyablement courte.

Chapitre 13

Brigan

Lori murmurait quelque chose dans son sommeil. Il l'avait gardée éveillée jusque tard dans la nuit, en lui faisant l'amour de tant de manières délicieuses. Il n'avait pas voulu s'arrêter. Il ne pouvait pas être rassasié d'elle. Mais il l'avait prise tellement de fois, qu'ils avaient fini tous les deux épuisés, en s'endormant tels qu'ils étaient, enroulés dans les bras de l'autre et ses queues.

Ce matin, il s'était réveillé avec sa tête appuyée sur son torse, ses cheveux doux lui chatouillant la peau. La chaleur du corps nu de Lori s'infiltrait dans le sien.

Les sons légers et stridents des insectes volants l'atteignirent, mais les insectes ne piquaient pas. Le spray devait fonctionner à nouveau, même si l'étrange éclat de sa peau avait maintenant disparu sans laisser de trace.

Une lumière grise filtrait à travers le tissu orange de la tente. La nuit était finie, et ça lui faisait mal d'y penser. Il devrait lui dire au revoir bientôt. Mais il ne pouvait tout simplement pas...

Lori était à lui.

Elle était faite pour lui.

Il embrassa son épaule et elle gémit, les yeux fermés. Il continua à l'embrasser, en ayant besoin d'entendre plus de ses gémissements.

Sa peau sentait l'air frais, les longues aiguilles des arbres de cette forêt et l'odeur fleurie des embruns qui éloignaient les vilains insectes volants. Elle sentait cette escapade, le meilleur voyage de toute sa vie.

Il la retourna et suça le bout de son sein. Le cours lui avait appris que les femmes humaines aimaient généralement qu'un homme fasse attention à leurs seins, en particulier aux pointes. Maintenant il savait avec certitude que Lori aimait ça aussi. Ses tétons étaient encore rouges et chauds après toute l'attention qu'il leur avait prêtée toute la nuit.

À présent, il pouvait écrire son propre cours, un cours sur la façon de faire l'amour avec Lori d'une manière qui la ferait jouir encore et encore. En même temps, il voulait en savoir tellement plus sur elle.

En mettant ses dents autour de son téton, il le fit doucement rouler entre elles, en serrant juste assez pour la faire haleter.

— Comm... Brigan ? murmura-t-elle en étirant tout son corps.

Il laissa le téton sortir de sa bouche, puis il glissa plus bas.

— Quelle heure est-il ? demanda-t-elle avec un air endormi.

Il effleura ses tétons avec ses queues tout en écartant ses jambes.

— Il est temps de te goûter, ma chérie, gloussa-t-il doucement.

Le petit endroit sensible entre ses plis s'insérait parfaitement dans la fourche de sa langue. Ils étaient tout simplement faits l'un pour l'autre.

Elle couina lorsqu'il le lécha, puis essaya de ramener ses jambes l'une contre l'autre. Il enroula une queue autour de chacune de ses cuisses, en les tenant doucement mais fermement écartées. Il y avait des moyens de la faire jouir même avec les jambes fermées, mais il se sentait égoïste ce matin. Il voulait qu'elle s'ouvre à lui pleinement et complètement, comme une fleur. Il voulait goûter chaque partie sacrée d'elle.

En tenant ses jambes écartées avec ses queues, il agitait sa langue sur l'endroit qui la faisait gémir de plaisir. Il continua à lécher et à sucer jusqu'à ce que ses murmures se transforment en gémissements bruyants.

— Brigan..., haleta-t-elle.

Le son de son prénom sur ses lèvres, dit de sa voix haletante entre des gémissements de plaisir, rendit sa bite dure comme du roc. Chaque pétale dessus gonfla pour devenir chaud et épais.

Il gémit, en suçant plus fort.

Les gémissements de Lori s'interrompirent. Sa respiration s'arrêta, puis éclata une série de petits halètements torturés alors qu'elle jouissait fort sur sa langue. Il tenait ses hanches, en léchant chaque partie frissonnante, en prolongeant l'apogée de son orgasme aussi longtemps qu'il le pouvait pour lui donner le plus de plaisir possible.

— Oh, quelle façon de se réveiller..., finit-elle par dire en expirant.

Son corps se détendit dans les méandres de ses queues. Il se redressa sur ses bras tendus.

— Bonjour, dit-elle en plissant les yeux avec un air endormi et un sourire langoureux. C'est une magnifique matinée, devrais-je ajouter.

Elle émit un doux rire, et il adora le son adorable et féminin.

Il se hissa sur son corps et roula sur le côté près d'elle. Son sexe lui faisait mal et palpitait de tension. Mais il pourrait rester allongé avec elle comme ça pour toujours, tant qu'elle continuait à lui sourire comme ça.

Elle leva la main vers son visage.

— À quoi servent ces piercings ? Est-ce qu'ils signifient quelque chose ?

Elle toucha les croissants horizontaux de son insigne implantés dans la peau en haut de son visage et jusqu'à son crâne.

Les toucher avec désinvolture de cette façon n'était pas autorisé sur Ivodi. Le petit doigt de Lori qui les longeait lui donnait le sentiment presque salace de briser un tabou. Il appréciait trop son toucher pour ne serait-ce que penser à l'arrêter.

Au lieu de cela, il prit sa main dans la sienne, en la faisant bouger.

Il appuya le bout de son doigt sur le premier croissant de l'arête de son nez.

— Mon grade actuel, dit-il en le déplaçant jusqu'à celui au-dessus du premier. Le grade que j'occupais avant lui, continua-t-il. Ma mission la plus réussie. Le premier vaisseau sur lequel j'ai volé. L'école que j'ai fréquentée. La ville où je suis né.

— Et celui-là ? demanda-t-elle quand ils parvinrent jusqu'au croissant le plus haut sur son crâne.

— Celui-là signifie « Nex ».

Il fit glisser son doigt le long de son nom de famille gravé sur la surface lisse.

— C'est le plus important, n'est-ce pas ?

Elle avait dû prêter attention au salut ivodien lors de ses voyages sur le Conqueror.

Il hocha la tête, en relâchant sa main. Elle la laissa tomber entre eux, et il la reprit immédiatement, en entrelaçant leurs doigts.

— Le croissant supérieur représente tout ce qui est cher à un Ivodien : sa famille, son cœur et son honneur, déclara-t-il.

— Tes guerriers ont touché celui-là quand ils t'ont salué.

Elle se révélait être très observatrice.

Il acquiesça. Un sentiment de fierté réchauffa sa poitrine.

— C'est le plus grand signe de respect.

— Tu as touché celui-ci en me saluant.

Elle tapota le piercing en bas de la rangée.

— C'est d'usage quand on salue les étrangers, notamment dans le cadre du travail ou d'une mission.

Elle arqua l'une de ses délicates arcades sourcilières. C'était typique des humains, ils avaient une bande de courts poils noirs qui la longeait. Il avait envie de la toucher.

— Les étrangers ? demanda-t-elle. Mais je ne suis plus une étrangère, n'est-ce pas ?

— Non. Bien sûr que non, répondit-il en souriant.

En cédant à son impulsion, il fit glisser le bout de son doigt le long de son front. Les poils étaient soyeux, mais pas aussi doux que les cheveux sur sa tête. Ses pensées s'envolèrent ensuite vers ceux qu'elle avait entre les jambes, et son érection revint en force avec une nouvel élan de désir.

— Alors, si je ne suis plus une étrangère, que toucheras-tu maintenant quand tu me verras ? demanda innocemment Lori.

Il sourit de joie.

— Ça, dit-il en tendant la main derrière elle pour empoigner ses fesses délectables, en la faisant couiner. Et ça, poursuivit-il en effleurant sa poitrine, puis en plongeant sa main dans ses cheveux à l'arrière de sa tête. Tout ça, termina-t-il en la prenant dans ses bras et l'entourant de toutes ses queues.

Elle était tellement à sa place dans ses bras et contre lui. Elle était faite pour lui.

Lori rit doucement contre sa bouche alors qu'il déposait un baiser sur ses lèvres.

— Mais qu'est-ce que c'est ? demanda-t-elle quand il la laissa reprendre son souffle.

Ses doigts délicats effleurèrent la rangée de minces dispositifs de localisation implantés dans sa peau, cinq d'entre eux de chaque côté de sa tête, juste au-dessus de ses tempes. Il n'était pas sûr de vouloir parler d'eux, en sentant que cela pourrait amener leur conversation sur un sujet qu'il préférait éviter. Cette matinée était trop agréable pour être gâchée.

— Est-ce que ces cure-dents signifient quelque chose ? insista-t-elle.

— Des cure-dents ? dit-il en riant.

— Eh bien, qu'est-ce que c'est ?

Le contact de ses doigts envoya des frissons de plaisir dans sa colonne vertébrale. Il ne pouvait pas refuser de lui dire.

— Ce sont des dispositifs de localisation, expliqua-t-il en soupirant. Si j'en casse un, ça enverra un signal de détresse au Conqueror. Une navette viendrait alors me chercher.

Les dispositifs de localisation avaient été implantés dans sa peau sur sa tête car les bagages pouvaient être emportés, les vêtements pouvaient être détruits et les membres pouvaient être perdus au combat. L'activation d'un tel dispositif était le dernier recours lorsque tout le reste avait échoué et que la seule solution qui restait était de battre en retraite.

C'était un symbole d'échec et de défaite à ses yeux. Les Ivodiens n'échouaient jamais.

Ses grands yeux gris s'écarquillèrent alors qu'elle s'éloigna de lui.

— Tu veux dire que tu aurais pu appeler à l'aide tout ce temps ? Si facilement ? Et tu ne l'as pas encore fait ?

Il n'avait jamais utilisé de dispositif de localisation de toute sa vie. Il n'allait certainement pas en utiliser un maintenant.

— Je vais retourner à mon vaisseau tout seul, dit-il résolument.

Une ombre passa sur ses traits.

— Parce que tu ne veux pas que les autres me voient avec toi, dit-elle doucement.

Comme il l'avait craint, la conversation s'orienta sur le sujet qu'il ne voulait pas aborder : se séparer d'elle.

— Pas tout de suite, répondit-il.

Son regard se posa sur le sien. L'espoir dans ses yeux le stupéfia. Elle ne voulait pas non plus se séparer de lui. Le triomphe remplissait sa poitrine, comme s'il venait de gagner la bataille la plus grande et la plus importante de sa vie.

Il pouvait se mentir autant qu'il voulait, mais il ne pouvait pas la quitter. Lori était faite pour lui. Il avait simplement besoin de trouver un moyen de rendre ça possible.

— Pas tout de suite ? répéta-t-elle en le regardant avec espoir.

Il secoua la tête et prit son visage dans ses mains.

— Cela ne peut pas s'arrêter comme ça.

Maintenant qu'il l'avait eue, goûtée, possédée, une nuit n'était pas assez. Il avait besoin d'elle pour la vie.

Un large sourire se dessina sur ses lèvres.

— Non, Brigan, ça ne peut pas s'arrêter comme ça, répéta-t-elle.

Le son de son prénom dans sa bouche intensifiait les battements de sa bite. Ses hanches basculèrent malgré lui contre les siennes. Elle se mordit la lèvre, son joli rougissement faisant son apparition.

En faisant glisser l'une de ses queues le long de sa cuisse, il l'enroula autour de son genou, en ramenant sa jambe sur sa hanche. La rangée de pétales dressés le long de sa bite se frottait contre son sexe.

Elle prit une inspiration tremblante.

— Oh, mon Dieu… Qu'est-ce que c'est ? Je dois voir.

Elle se pencha en arrière, en tendant la main.

— Tu n'as pas encore vu de bite ivodienne, sourit-il avec un air suffisant.

Il était universellement reconnu que les Ivodiens étaient très bien équipés dans ce domaine.

— Non, ria-t-elle. Jamais, même si l'une d'elles a passé une grande partie de la nuit au fond de moi.

Son érection palpita plus fort en entendant ses mots. De toute évidence, son membre aspirait à être de nouveau en elle.

Elle le prit de ses doigts légers et délicats. Il gémit, en rejetant la tête en arrière quand elle passa son pouce sur ses pétales gonflés. Le désir pulsait dans tout son corps, brûlant et impérieux.

— Ce sont les « langues » qui permettent de lécher…, murmura-t-elle, alors qu'il s'abandonnait dans le plaisir de son toucher et de ses caresses.

— Des langues ? haleta-t-il, en luttant pour ne pas exploser dans sa main.

— Humm. Comme la mienne. Tu vois ?

Elle tira sa langue rose et arrondie. Il ne put s'empêcher d'essayer de l'attraper dans un baiser. Elle rit, en retirant rapidement sa langue, et il embrassa ses lèvres souriantes à la place.

Les sept pétales alignés sur le dessus de sa bite ne ressemblaient en rien à sa langue fine et fourchue. Mais ils ressemblaient beaucoup à celle de Lori. Lorsqu'il n'était pas excité, ils reposaient à plat contre sa hampe, comme des pétales de fleurs dans un bourgeon. Quand il était dur, comme il l'était en ce moment, ils gonflaient et s'érigeaient. Pas aussi durs que sa bite, ils étaient assez fermes pour se frotter contre ce bourgeon sensible au sommet des plis de Lori quand il s'enfonçait en elle.

Il se souvenait des gémissements sauvages qu'elle avait poussés quand il l'avait prise la nuit dernière. Il fallait qu'il les réentende.

En la faisant rouler sur le dos, il s'installa entre ses jambes.

— Laisse-moi te montrer à nouveau mes « langues de bite » en action, grogna-t-il, en s'enfonçant en elle.

— Oh mon Dieu, oui...

Elle laissa échapper un long soupir, en cambrant le dos, son corps si doux et souple entre ses mains.

Il poussa plus fort et le monde s'effondra.

Il n'y avait plus qu'elle. Lori et lui. Juste eux deux dans tout l'Univers.

Chapitre 14

Brigan

C'est l'heure du petit-déjeuner, déclara Lori.

En sortant ses pieds de l'abri, elle enfila ses solides bottes de randonnée, puis sortit en disant :

— Tu feras le feu pendant que je pêcherai un poisson pour nous. D'accord ?

Tout ce qu'il leur restait pour manger, c'étaient deux petites barres de rationnement de Lori qu'elle appelait « granola ». Cependant, il ne se faisait pas de souci sur le fait de pouvoir subvenir à ses besoins dans ce domaine. Il y avait beaucoup d'animaux dans les environs. Avec l'arme que Lori avait apportée avec elle, aussi primitive soit-elle, il n'aurait même pas à chasser ou à combattre une proie.

Le poisson était ce qu'il y avait de plus simple, puisque la rivière était juste là. Mais elle voulait le faire elle-même.

— Comment comptes-tu l'attraper ? demanda-t-il, curieux et plutôt inquiet.

Ils n'avaient pas de cannes à pêche, mais il pouvait attraper un poisson avec ses mains et ses queues s'il le fallait. Les hauts rapides mousseux de cette partie de la rivière rendraient la tâche difficile, mais pas impossible. Il se demanda comment cette femme humaine avait l'intention d'y parvenir, sans avoir une seule queue.

— Avec ça ! dit-elle en attrapant une petite pochette dans son sac à dos, puis en sortant une bobine argentée avec une fine ligne claire. À moins d'aller pêcher près de la cabane, Grand-père n'emportait jamais de canne à pêche avec lui. Il avait l'habitude de dire : « Un bâton est la chose la plus facile à trouver dans les bois. Pourquoi en traînerais-je un avec moi ? » Il s'était moqué de moi quand je lui avais suggéré de prendre une canne à pêche télescopique.

En bavardant, elle regardait autour d'elle, puis elle ramassa un petit bâton au sol et attacha le moulinet au milieu.

— Je n'ai pas besoin de lancer. Les rapides emporteront l'hameçon, expliqua-t-elle. Je n'ai qu'à grimper là-bas et faire attention à ce qu'il ne se coince pas dans les rochers. Il y a beaucoup de truites par ici. Je parie que j'en attraperai une avant même que tu ne n'aies commencé à faire le feu, le taquina-t-elle en se dirigeant vers la rivière.

Il combattit l'envie intense de l'arrêter.

Son instinct l'intimait de garder Lori dans la sécurité de la tente pendant qu'il s'occupait de la nourriture pour leur petit-déjeuner. Il combattait son instinct avec acharnement uniquement par respect pour elle et sa culture.

Lori n'était pas une Ivodienne. Les femmes humaines n'étaient généralement pas aussi surprotégées. Il sentait qu'elle n'apprécierait pas qu'il restreigne ses activités ou qu'il doute à nouveau de ses capacités.

Cela ne signifiait pas qu'il pouvait vaquer à ses occupations en toute sérénité, en la laissant à elle-même. Il la regardait furtivement pendant qu'il faisait le feu, en s'assurant qu'elle allait bien.

Lori avait prouvé qu'elle était une femme capable. Il était ravi de la voir sauter avec confiance de rocher en rocher entre les rapides. L'eau blanche se précipitait autour de ses chevilles, en éclaboussant le bas de son pantalon bleu. Elle écartait les pieds pour garder l'équilibre. Ajustant le leurre, elle lança l'hameçon aussi loin qu'elle put. Le courant l'entraîna et elle laissa la ligne se dérouler du moulinet. En tenant le bâton avec la ligne dans une main, elle éloigna l'autre bras de son corps pour garder l'équilibre.

Il regarda sa silhouette, petite mais forte et capable. Elle s'intégrerait parfaitement dans le style de vie qu'il s'était imaginé sur Us'ae. Sa terre là-bas était plus montagneuse que cette région. Mais il y avait aussi des rivières, un grand lac et beaucoup de poissons.

Il se voyait passer des jours comme ça avec Lori. Tous les deux marchant sous les grands arbres bleus de sa propriété, attrapant des poissons de couleur arc-en-ciel dans les ruisseaux laiteux, dormant sous un léger abri à la belle étoile. Faisant l'amour quand ils en avaient envie.

Avec Lori, il ne serait jamais déchiré entre l'idée de partir en randonnée ou de rester à la maison avec sa femme. Ils iraient ensemble. Partout.

Tout ce qu'il avait à faire était de faire de Lori sa femme.

Cette idée lui réchauffait le cœur. C'était si évident. Elle était née pour être avec lui. Il le sentait.

Un plan commençait à se former dans sa tête. Il devrait lui dire au revoir, mais seulement temporairement. Il était hors de question qu'il se sépare définitivement de Lori. Son cœur et son esprit l'avaient capturé avant même qu'il ne réclame son corps.

Il l'emmènerait dans sa cabane, puis retrouverait son chemin vers son vaisseau. Avant que le Conqueror ne quitte la Terre, son équipage effectuerait sa dernière série d'enlèvements, en attrapant les quatre-vingt-dix-sept femmes pour lesquelles ils étaient venus ici. Lori serait la mariée numéro quatre-vingt-dix-huit.

Avec Lori à ses côtés, cela ne le dérangeait pas de prendre sa retraite maintenant plutôt que des années plus tard comme il l'avait prévu. Lori valait la peine d'abandonner ça. Il ne quitterait pas cette planète sans elle. Elle devrait venir avec lui.

— J'en ai un !

Sa voix excitée s'élevait au-dessus du bruit de l'eau qui se précipitait.

Elle lui adressa un sourire par-dessus son épaule. Un sourcil haussé, lui donnant une expression effrontée. Il souhaitait pouvoir embrasser ce sourire et ce visage maintenant.

Sa ligne tendue comme une corde l'obligeait à sauter sur les rochers plus loin dans le ruisseau pour suivre les poissons qu'elle avait pêchés.

— C'est un gros !

Son inquiétude augmentait à mesure qu'elle s'éloignait de lui. En lâchant le briquet qu'il s'apprêtait à utiliser pour allumer le feu, il se redressa de toute sa hauteur. Chaque muscle de son corps se contracta, prêt à sauter pour lui venir en aide si nécessaire.

Le poisson était évidemment gros, en tirant sur la ligne alors qu'il combattait pour sa vie. Et Lori n'avait que des rochers inégaux et glissants pour marcher. L'eau rapide essayait de la renverser à chaque pas.

Elle changea de position pour trouver un meilleur équilibre. Le poisson tira à nouveau. Lori agrippa le bâton à deux mains, en calant ses pieds. Un rondin court rebondit dans le ruisseau avec les rapides. Son attention absorbée par le poisson qui se débattait, Lori ne le vit pas se diriger vers elle.

— Derrière toi ! cria-t-il pour l'avertir.

Elle rejeta la tête en arrière, en jetant un coup d'œil en amont par-dessus son épaule. Le poisson tira à nouveau, plus fort qu'avant. Sa botte gauche glissa du rocher sur lequel elle se tenait. Sa jambe entra dans l'eau jusqu'à sa hanche et sous un gros rocher en amont.

— Lori !

Il courut.

Pas assez rapidement.

Poussé par le ruisseau, le rocher roula sur la jambe de Lori, en la renversant. Elle n'eut pas la possibilité de crier. L'eau se précipitait sur elle en trombe, en l'emportant sous les remous houleux.

Son rugissement assourdissant couvrit le bruit des rapides alors qu'il se lançait à travers le ruisseau vers elle. En deux énormes bonds, il fut à ses côtés.

Elle combattait le torrent d'eau. Sa tête surgit, sa bouche ouverte et à bout de souffle.

Il l'attrapa sous les bras, en soulevant sa tête hors de l'eau.

Elle hurla de douleur quand il essaya de la prendre dans ses bras.

Frénétiquement, il fouilla avec ses queues sous l'eau autour de son corps. La roche avait écrasé sa jambe, en la piégeant.

Il entoura sa tête avec ses queues, en la maintenant hors de l'eau pour qu'elle puisse respirer. En emplissant ses poumons d'air avec une grande inspiration, il plongea en dessous.

L'eau tourbillonnante et vive l'aveugla quand il essaya d'ouvrir les yeux. Il trouva son chemin au toucher le long de son corps vers l'énorme rocher emprisonnant sa jambe au-dessus de son genou.

Avec ses pieds, il trouva quelques rochers stables et appuya ses bottes dessus. En pressant son épaule contre le rocher qui retenait Lori captive, il le poussa de toutes ses forces. Le rocher céda sous sa force. Il le fit rouler de la jambe de Lori, puis laissa la rivière l'emporter quelques mètres plus loin.

L'eau entraînait Lori, en essayant de l'éloigner de lui. En enroulant ses queues autour d'elle, il ne la laissa pas partir.

En l'attirant plus près, il la prit dans ses bras. Ses queues berçaient sa jambe comme une écharpe.

— Lori ?

Elle était si pâle qu'elle ressemblait à une créature exsangue de la rivière elle-même. L'eau coulait sur son visage, des gouttelettes se coinçaient dans ses cils. Ses yeux bleu-gris s'écarquillèrent, et elle lui adressa un léger sourire.

— Il s'est enfui, dit-elle d'un air désolé.

Il lui fallut un moment pour réaliser qu'elle parlait de ce satané poisson.

— On s'en fout du poisson, grinça-t-il entre ses dents, en progressant à travers l'eau vers le rivage.

Il savait déjà que sa jambe était en mauvais état. Elle pendait mollement dans les méandres de ses queues, en n'offrant aucune résistance lorsqu'elle était secouée. Le tissu bleu de son pantalon s'était rapidement imbibé de rouge avant même que l'eau de la rivière n'ait eu le temps de se retirer.

— Ça va aller, Lori, dit-il fermement pour la rassurer et se rassurer.

— Je suis tellement, tellement désolée, Brigan. Mon pied a glissé et a renversé un rocher qui devait supporter ce gros-là, dit-elle sur un ton énergique, en dépit de son état.

De toute évidence, la douleur ne s'était pas encore complètement déclarée.

— J'ai laissé partir le poisson. J'ai failli me noyer. Quel bordel ! poursuivit-elle en secouant la tête. Cela ne m'était jamais arrivé auparavant.

Il la posa sur le carré de mousse près du feu qu'il n'avait jamais allumé. Essayer de la faire entrer dans la tente ne ferait qu'aggraver l'état de sa jambe.

— Merci de m'avoir sorti de là. Est-ce que ça va ? demanda-t-elle, comme si c'était lui le blessé.

— Je vais bien.

Il attrapa le couteau dans son fourreau à proximité.

Elle étudia son visage, en tremblant légèrement. Le contre-coup devait être en train d'arriver. Il avait vu suffisamment de blessures dans sa vie pour lire facilement les signes. Les humains et les Ivodiens n'étaient pas si différents après tout.

— Brigan..., dit-elle en grimaçant.

— Ça fait mal. Je sais.

Il sortit le couteau du fourreau.

— Un peu, gémit-elle doucement. Nous devrons fabriquer une attelle et trouver quelque chose que je pourrais utiliser comme béquille. Je sauterai jusqu'à la cabane à partir d'ici.

Elle parvint à sourire mais ça ne dura pas longtemps.

Il força ses queues à abaisser sa jambe au sol aussi doucement qu'il le pouvait. Pourtant, ce n'était pas assez doux.

Elle serra les dents, en s'étranglant avec un gémissement de douleur.

En voyant l'étrange angle de son pied par rapport à sa jambe, il sut qu'elle avait des os cassés. Il avait juste besoin de se faire une meilleure idée de la gravité de la situation. En attrapant le bout de la jambe de son pantalon, il coupa le tissu de sa cheville à sa cuisse.

Elle prit une inspiration.

Son cœur faillit s'arrêter à la vue de sa jambe. Un cri silencieux resta coincé dans sa gorge. Il l'étouffa, terrifié à l'idée de l'effrayer.

Son os était clairement brisé. Des fragments transperçaient le muscle et la peau à trois endroits, en tachant sa peau lisse d'épais filets de sang. La matière solide de son pantalon avait protégé sa peau contre d'autres dégâts, mais la blessure aux muscles et aux os était clairement grave.

Il n'y avait aucun moyen d'arranger ça. Aucune attelle ne suffirait.

D'une main tremblante, Lori écarta les mèches humides de ses cheveux de son visage. La transpiration perlait sur son front, en se mêlant aux gouttes d'eau de la rivière.

Elle regarda sa jambe avec horreur.

— J'ai une radio à la cabane.

Elle haleta dans un effort pour garder son calme. Ses dents claquaient, ses tremblements se transformant en secousses de tout son corps.

— Pour les urgences, poursuivit-elle. Tu devras envoyer un signal de détresse à la GRC, le poste de police local...

Pensait-elle qu'il la laisserait ici ? Seule ?

Il la porterait jusqu'à la cabane, mais ça ne servirait à rien. Il lui faudrait plusieurs heures pour y arriver, même s'il courait tout le long sans s'arrêter. Au moment où les autorités locales enverraient de l'aide et qu'elle arriverait, sa jambe aurait commencé à s'infecter. La petite trousse médicale que Lori avait sur elle était loin d'être suffisante pour stériliser les trois entailles profondes dans sa peau et ses muscles qui avaient été complètement immergés dans l'eau de la rivière.

— Brigan, je vais m'en sortir ici, essaya-t-elle de le convaincre, alors même qu'elle ne pouvait plus lever la tête, allongée sur le sol où il l'avait placée. Ton secret sera également en sécurité. Tu n'auras pas à leur dire qui tu es. Tu n'as même pas besoin de parler...

Sa respiration dure et peu profonde la privait de mots. Elle parlait entre deux respirations.

— Une fois arrivé à la cabine, continua-t-elle, envoie le code de détresse... et laisse la carte avec ma position pour qu'ils me trouvent... Personne ne saura... que tu étais ici.

Même dans son état grave, elle s'inquiétait pour lui.

La mousse sous elle fut rapidement imbibée de sang. Elle en perdait trop, ce qui lui disait que de gros vaisseaux sanguins avaient dû être perforés dans sa jambe. Il enroula fermement une de ses queues autour de sa jambe, haut sur sa cuisse, pour arrêter le saignement, mais chaque minute pouvait être cruciale.

Même s'il l'amenait dans un centre médical à temps, il craignait que les humains ne soient tout simplement pas assez avancés sur le plan médical et technologique pour lui fournir des soins adéquats. Ils ne seraient pas capables de guérir complètement une blessure aussi grave. Même si Lori survivait, elle ne retrouverait peut-être jamais le plein usage de sa jambe.

— Je vais m'en sortir, lui assura-t-elle doucement.

Il acquiesça.

— Oui, tu vas t'en sortir.

Il n'y avait qu'une chose à faire.

Il leva la main vers la rangée de dispositifs de localisation sur le côté de sa tête.

Ses yeux s'écarquillèrent. Le choc éclipsa la douleur en eux.

— Non... Brigan, tu ne peux pas..., dit-elle alors que des larmes brillaient dans ses yeux, en se mêlant aux gouttelettes d'eau de la rivière sur ses cils. Tu vas tout perdre.

Il s'en foutait de ça. Plus rien n'avait d'importance.

— Rien ne serait pire que de te perdre.

Il appuya au centre de l'une des capsules de localisation. Fort. L'appareil n'avait pas été conçu pour se casser facilement. La vibration résonna dans son crâne quand il se brisa.

Elle ferma étroitement les yeux. Des larmes coulèrent sur les côtés de son visage, et il savait que ce n'était pas seulement dû à la douleur.

— Qu'as-tu fait ? sanglota-t-elle. Que va-t-il t'arriver maintenant ?

Ce fut à son tour de mentir.

— Ça va aller.

Il prit cette couverture amusante mais pratique dans leur tente et l'enroula tout autour de son corps tremblant.

— Ça va aller, Lori, dit-il en berçant sa tête sur ses genoux, en souhaitant pouvoir enlever sa douleur et la ressentir à sa place. Ils seront là dans vingt minutes. Nous soignerons ta jambe. Et tu reviendras ici, en bonne santé et heureuse. Tu pourras randonner et pêcher, chasser et camper aussi longtemps que tu le voudras.

— Je ne veux rien faire de tout ça sans toi, gémit-elle.

Pourrait-il un jour revenir sur cette planète ? Aurait-elle encore envie de lui s'il le faisait ? Déshonoré, sans richesse et sans droit de se marier tant qu'il ne l'aurait pas récupéré au bout d'une décennie ou plus ?

Il la tenait dans ses bras. Il essuyait la sueur de son front et les larmes de ses joues. Et il murmurait des mots apaisants à son oreille.

Un disque d'argent de la navette ivodienne plana au-dessus de la cime des arbres, sa forme, reconnaissable entre toutes, n'avait rien à voir avec les aéronefs qu'on trouvait sur Terre. Les navettes du Conqueror étaient aussi rapides que ses chambres médicales étaient efficaces. Rien n'était plus important que de garder ses guerriers en sécurité et en bonne santé.

— Tu vas bientôt te sentir mieux, murmura-t-il à Lori.

Elle n'ouvrit pas les yeux, épuisée ou évanouie de douleur.

Prudemment, il la prit à nouveau dans ses bras, en enroulant délicatement ses queues autour de sa jambe.

Un large rayon de lumière verte descendit du milieu du disque d'argent au-dessus. Une silhouette attendait à l'intérieur.

— Commandant Nex. Content de vous voir et de constater que vous allez bien, le salua le capitaine de la navette. Nous sommes prêts à embarquer. Sera-ce une personne ou deux ? demanda le mâle en glissant un regard vers Lori dans ses bras.

— Deux, répondit-il en se levant prudemment et en tenant Lori contre son torse. J'ai aussi besoin que la chambre médicale soit prête tout de suite, capitaine.

Le pilote remonta dans la colonne de lumière et disparut à l'intérieur du milieu arrondi du disque. Le rayon ramassa Lori et Brigan pour les transporter jusqu'au centre de la navette.

Il embrassa le front de Lori alors que le rayon de lumière les faisait monter, en chuchotant contre sa peau glacée.

— Ça ira, ma belle. Je m'en assurerai. Même si c'est la dernière chose que je dois faire.

Chapitre 15

Lori

Il est temps de se réveiller, capitaine Soranno, dit une voix féminine aimable en anglais.

La note métallique qu'elle contenait la faisait ressembler à une intelligence artificielle. Un robot.

Comment un robot était-il arrivé dans la cabane de mon grand-père ?

J'inspirai une bouffée d'air. De l'air assaini, respirable et sans parfum.

Pas d'odeur de mousse ni d'aiguilles de pin. Aucune fraîcheur de la rivière.

La rivière.

Les rapides et les rochers autour de la cascade.

Mon havre de paix m'avait presque tuée. Je me serais noyée sans le commandant.

Brigan...

J'ouvris les yeux, accueillie par l'obscurité.

La pénombre recula lentement, et fut remplacée par une douce lumière jaune.

J'étais allongée sur un lit dans une grande pièce noire et argent. L'endroit était construit avec des lignes fluides et lisses, typiques des intérieurs de vaisseaux et d'aéronefs. Cela ne ressemblait cependant à rien de ce que j'avais vu auparavant.

Tout le mur à ma gauche était un ciel nocturne rempli d'étoiles... incluant la Terre. L'énorme disque bleu brillant de ma planète natale m'accueillait à travers la fenêtre géante. J'étais dans l'espace, sur un vaisseau en orbite autour de la Terre.

— Bienvenue sur le Conqueror, dit la même voix robotique.

— Où est Brigan ? grinçai-je, la gorge sèche. Le commandant Nex ?

— Le commandant a été informé que vous étiez réveillée, répondit la machine sur un ton impassible.

— Où est-il ?

— Il remplit ses fonctions.

Comme si cela expliquait quelque chose.

J'appuyai mes mains sur la surface rembourrée en dessous de moi et m'assis. Je portais un vêtement argenté bizarre. Ample et confortable, il était doux comme de la soie mais avec un éclat métallique. Le tout semblait tenir avec une seule attache souple sur mon épaule gauche.

Le lit était immense. Sa literie noire et soyeuse avec des coutures argentées était luxueuse. Plusieurs sortes de traversins longs et épais servaient d'oreillers. Deux d'entre eux étaient calés sous un cylindre en plastique entourant ma jambe gauche.

— Il y a un verre d'eau sur la table à votre droite, retentit de nouveau la voix de l'IA.

Je jetai un coup d'œil à ma droite. Une table en argent, dans le même style lisse et épuré que le reste de la pièce, se tenait à côté du lit, avec un verre en forme de cône inversé dessus. Je me rapprochai et l'attrapai.

— S'il vous plaît, n'essayez pas de sortir du lit, avertit l'IA. Vous êtes en convalescence après votre chirurgie.

En buvant dans le verre en forme de cône, je regardai le truc blanc sur ma jambe gauche. Il mesurait environ trente centimètres de diamètre mais semblait aussi léger qu'un cerf-volant. La matière plastique était tendue sur un cadre à fines nervures.

Je ne sentais rien sous ma hanche gauche. Pas de douleur. Aucune sensation. Comme si la jambe n'était pas là du tout.

Avais-je perdu ma jambe ?

Je reposai le verre sur la table, en luttant pour garder ma main tremblante stable, et je m'appuyai contre la pile de traversins moelleux derrière moi, en fermant les yeux. Je me souvenais de Brigan qui m'avait emportée loin de la rivière. Il avait ensuite coupé mon jean, en exposant mes blessures.

Les images de chair mutilée, de peau déchirée et de morceaux d'os qui en sortaient me traversèrent l'esprit. Une image vraiment horrible. S'ils n'avaient pas réussi à sauver ma jambe, ce ne serait pas surprenant.

La terreur me coupa le souffle, et me serra si fort la poitrine que j'en avais mal.

— Lori ! m'appela une voix profonde et familière en perçant l'obscurité qui menaçait de m'étouffer.

— Brigan ?

J'ouvris les yeux, en le cherchant.

La chambre était désespérément vide.

— Où es-tu ? demandai-je en ayant voulu que ma voix ne tremble pas.

Le besoin de le voir submergeait tous mes sens, en repoussant même l'obscurité.

— Je suis en route.

Une minute plus tard, un panneau dans le mur opposé au lit glissa et mon commandant se précipita à l'intérieur.

— Je suis là, dit-il.

Il remit le disque de l'appareil de communication sur le haut de son bras, puis se précipita vers moi et s'agenouilla à mes côtés.

— Lori, ma vie.

Uniforme propre, impeccable, blanc. Pas une trace des piqûres de moustiques laissées sur sa peau qui avait la nuance de violet la plus foncée. Il semblait que rien ne s'était passé du tout. Sauf son expression. L'inquiétude et la tendresse dans ses yeux étaient celles dont je me souvenais lorsque j'étais dans les bois.

— Comment te sens-tu, ma vie ?

Il caressa mon visage si doucement, que cela fit fondre mon cœur, et monter les larmes aux yeux.

Des mots remplissaient ma poitrine, les plus beaux et les plus merveilleux mots pour exprimer ma gratitude envers lui, mais je ne pus en prononcer aucun. L'émotion me saisissait la gorge.

Silencieusement, j'enroulai mes bras autour de son cou et enfouis mon nez dans la peau juste au-dessus du col de son uniforme. Il sentait la chaleur et le confort, et tout ce que je souhaitais dans ma vie.

Il embrassa mes cheveux, mon visage, mes lèvres, puis posa son front contre le mien, en poussant un soupir.

— Y a-t-il quelque chose dont tu as besoin ? demanda-t-il doucement. As-tu faim ? Soif ?

Ma bouche semblait s'être à nouveau complètement desséchée.

— Un peu d'eau, répondis-je en hochant la tête, et en le lâchant à contrecœur.

Il me passa le verre posé sur la table, puis s'assit sur le lit à côté de moi pour m'aider à boire. L'eau délogea le sentiment d'oppression dans ma gorge.

— Comment vas-tu ? lui demandai-je en lui rendant le verre.

Il avait évidemment toujours son grade et sa position, mais pour combien de temps ?

— Je dois demander à un médecin de venir te voir.

Il ne répondit pas à ma question, mais attrapa à nouveau l'appareil de communication. J'attrapai sa main. Je n'étais pas encore prête à recevoir du monde dans notre petite bulle.

— Depuis combien de temps suis-je là ? demandai-je.

— Deux jours complets. Nous sommes jeudi, selon ton calendrier.

Son appareil de communication bipa doucement. Apparemment, les gens ne se souciaient pas de mon souhait d'avoir mon commandant pour moi toute seule pendant un petit moment.

— Commandant, dit une voix masculine depuis l'appareil. La navette de la Terre est prête à accoster.

Bien sûr. Nous étions jeudi, le jour de notre vol prévu. Quelqu'un avait dû me remplacer et volait avec Maddy aujourd'hui.

Avais-je encore un travail ?

Sans doute pas, à moins que quelqu'un n'ait informé Starlight de mon état.

Brigan inclina la tête vers l'appareil sur son bras.

— Autorisez l'amarrage, ordonna-t-il. Le superviseur de pont a le contrôle total, cette fois. Je ne sortirai pas sur le pont.

— Brigan, dis-je en posant ma main sur son genou au moment où l'appareil s'était enfin tu. Que s'est-il passé ces deux derniers jours ? Qu'est-ce que j'ai manqué ?

Il mit aussitôt sa main sur la mienne.

— Au moment où nous t'avons mise sur le Conqueror, tu as subi une intervention chirurgicale, répondit-il. Ils t'ont ensuite gardée sous sédation pour laisser ton corps guérir.

Il ne dit pas quel type de chirurgie, et je redoutais de demander. J'évitais de regarder le cylindre blanc qui pouvait ou non contenir ma jambe.

Il avait dû le remarquer.

— Lori, tout ira bien, me rassura-t-il en se penchant plus près, et en remettant une mèche de cheveux derrière mon oreille. L'une des choses pour lesquelles les Ivodiens sont vraiment doués est le traitement des blessures. Nous avons derrière nous des siècles de guerres, de batailles et de missions d'exploration dangereuses, dit-il en prenant mon visage dans ses mains. Tu guériras complètement. Dans seulement trois semaines, tu pourras faire toutes les choses que tu aimes faire : pêcher, faire de la randonnée, chasser.

— Oh, Dieu merci..., soupirai-je.

Le soulagement me submergea, en me laissant sans voix pendant un moment.

Brigan me sourit, puis m'embrassa le bout du nez.

— Mais, et toi ? demandai-je, l'inquiétude s'infiltrant à nouveau fébrilement dans mon cœur.

Il continua de sourire, mais l'étincelle s'éteignit dans ses yeux.

— Eh bien… l'incitai-je alors qu'il restait silencieux. Tu es toujours le commandant, n'est-ce pas ? dis-je en pointant du doigt l'insigne de son grade sur sa manche gauche.

— Pour l'instant.

Il s'assit.

— Que veux-tu dire ? Que se passe-t-il ?

— L'enquête est presque terminée, répondit-il évasivement.

— Et ? Que va-t-il se passer maintenant ?

Il resta silencieux, en regardant au loin, par la fenêtre géante.

— Brigan, s'il te plaît, le suppliai-je en prenant sa main dans les deux miennes. Je ne suis pas une étrangère, souviens-toi. S'il te plaît, dis-moi tout.

Il me regarda longuement, toujours sans prononcer un mot, puis caressa mes articulations avec son pouce.

— Tu n'es pas une étrangère, Lori, finit-il par dire. C'est loin d'être le cas. Tu es tout pour moi, toute ma vie.

— Je suis ta vie ? demandai-je en souriant, une bouffée de plaisir réchauffant mon visage. Tu… euh, nous ne nous connaissons pas depuis si longtemps…

C'était ma raison qui parlait. Mon cœur accueillait son affection, en aspirant à lui rendre au centuple.

Il caressa mes bras nus, puis m'attira pour un rapide baiser.

— Je suis un Ivodien, tu te souviens ? me rappela-t-il en interrompant son baiser, mais en continuant de tenir mes bras. Il ne nous faut pas longtemps pour savoir ce que nous ressentons. Un regard sur une femme dans la rue suffit souvent pour savoir que c'est l'élue. La première fois que j'ai vu ton visage rougissant et que j'ai entendu ce premier « Bonjour » maladroit, j'ai su que je te voulais pour la vie.

— Tu as voulu me placer en détention.

J'arquai un sourcil en repensant à cette folle journée où j'avais fini par l'enlever du Conqueror.

Il glissa ses queues tout autour de moi.

— Je voulais te garder. Même si plus tard, j'ai essayé de me convaincre que je ne pouvais pas.

J'étendis ma main sur son large torse, en ayant plus besoin de le toucher que d'air pour respirer.

— Que va-t-il nous arriver maintenant, Brigan ?

Il gémit.

— Je déteste t'énerver.

— Me garder dans l'ignorance serait plus énervant, crois-moi.

Il poussa un soupir.

— L'équipage pense que je t'ai enlevée, dit-il finalement.

— Bien, dis-je en haussant les épaules. Laisse-les penser ça.

Je me fichais que ce ne soit pas vrai. Ce n'était même pas une question de principe. J'étais plus qu'heureuse de jouer le rôle de la mariée enlevée si cela aidait Brigan de quelque manière que ce soit.

Mais, l'inquiétude sur son visage ne s'apaisa pas. Les bouts de ses queues battaient, en envoyant des ondulations sur toute leur longueur.

— Mon enlèvement était une hypothèse naturelle de leur part, dit-il. Avant le début de l'enquête, ajouta-t-il.

— Et maintenant ? demandai-je en fronçant les sourcils, son inquiétude s'infiltrant en moi aussi. Qu'est-ce qu'ils pensent maintenant ?

— Maintenant, il y a quelques interrogations.

— Comme quoi ?

Il me dévisagea.

— Par exemple, pourquoi suis-je allé dans ta cabane au lieu de t'amener ici.

Je m'appuyai contre les coussins, en me sentant abattue.

— Et si on leur disait que tu es venu avec moi pour fêter mon anniversaire ?

Était-ce une raison suffisante ? Était-ce crédible ?

— Je leur ai dit quelque chose dans ce sens puisque c'était ton anniversaire. Un mensonge pur et simple serait cependant facilement détecté par le dispositif de communication. Même si je voulais mentir à mon équipage.

— Tu penses qu'ils t'ont cru ?

Il posa ses avant-bras sur ses genoux.

— Le vote a lieu cet après-midi. On verra bien assez tôt s'ils me croient et s'ils me font encore confiance pour les diriger.

Il prit une autre inspiration profonde, en enfonçant sa tête entre ses larges épaules.

— Il y a plus, n'est-ce pas ? demandai-je en sentant les mots tus.

Il tourna la tête vers moi.

— Tu veux que je te raconte tout ?

— Tout, dis-je fermement. Peu importe à quel point tu penses que cela puisse être énervant.

Il hocha la tête, en redressant son dos.

— J'ai un accord avec la Coalition des gouvernements de la Terre, dit-il catégoriquement comme s'il faisait une grave confession.

— C'est vrai, répondis-je quand ça me frappa. L'accord prévoyant le retour de toutes les femmes enlevées. Ce qui veut dire que tu ne peux pas me garder ici.

La Terre avait fait comprendre aux Ivodiens que les enlèvements ne seraient pas tolérés. Si je me faisais passer pour une épouse enlevée, cela signifierait une rupture d'accord de la part de Brigan.

— Et si je disais à la Coalition que mon enlèvement ne me dérangeait pas ? suggérai-je, en m'accrochant désespérément à ce mince espoir.

Maintenant que je l'avais, je ne pouvais plus me séparer de lui.

Nous laisseraient-ils tranquilles si je disais que je voulais rester ? L'une des femmes avait-elle déjà essayé de faire ça ?

Il m'adressa un sourire dénué d'humour. Il ne semblait pas partager mon espoir, mais il allait me dire pourquoi.

— Quoi d'autre ne me dis-tu pas, Brigan ? S'il te plaît, dis-le. Je ne jugerai pas. J'ai besoin de bien comprendre le problème pour t'aider à trouver une solution. Je suis impliquée aussi, tu te souviens ?

Il plissa les yeux alors que sa mâchoire tressautait.

— J'ai bien peur que la solution soit évidente, ma vie. La Coalition a capturé mon commandant en second. Ils le tiennent comme garantie contre tous les enlèvements par les Ivodiens. Si je te garde, je le ferai tuer.

— Quoi ?

L'horreur me transperça comme des flèches glacées. Cela changeait tout. Ce que je ressentais n'avait plus d'importance. La vie d'un homme était en jeu.

— Non..., dis-je en prenant une grande inspiration, et en me penchant en arrière. Ils ne peuvent pas faire ça.

Pourraient-ils le faire ?

Ses arcades sourcilières se rapprochèrent.

— Les humains sont intelligents, répondit-il. Ils ont compris que la seule chose qui me ferait revenir sur ma promesse envers mes hommes, c'est menacer l'un des nôtres.

Je joignis les mains sur mes genoux.

— Est-ce qu'ils libéreront un jour ton commandant en second ?

— Notre accord stipule que vendredi est sa date de libération, après que les dernières épouses enlevées auront quitté le Conqueror.

— C'est demain.

Nous nous tûmes tous les deux.

J'essayai de digérer ce qu'il venait de dire, en le considérant du point de vue des guerriers ivodiens. Ils avaient travaillé pendant des années pour gagner leur droit de se marier. Leur commandant leur avait promis des épouses humaines. Ils étaient allés les chercher. Puis, il les avait forcés à les abandonner, à cause de la Coalition. Et puis, il était arrivé avec sa propre « épouse ».

Cela ne donnait pas du tout une bonne image de Brigan.

Tant de choses n'allaient pas dans cette situation. Le problème était que si Brigan et moi continuions à prétendre qu'il m'avait enlevée, son homme mourrait. Si nous disions la vérité, Brigan perdrait son poste et tout ce qui allait avec, y compris la chance d'avoir un avenir avec moi.

Nous n'avions même pas eu l'occasion de discuter de notre futur, et maintenant nous pourrions ne jamais en avoir du tout.

— Qu'est-ce que tu vas faire ? demandai-je doucement.

Il déglutit.

— Je ne peux pas laisser mon homme se faire tuer, dit-il avec une voix triste et creuse.

Je hochai la tête.

— Tu vas leur dire la vérité.

Il n'y avait vraiment pas d'autre choix.

— Juste assez pour satisfaire les besoins de l'enquête. Je ne t'attirerai pas d'ennuis. Ne t'inquiète pas, m'assura-t-il.

Je fis un geste de la main pour signifier que mes problèmes n'étaient pas les plus importants pour le moment.

— Je suis désolée, Brigan. Je suis à l'origine de tout ce bordel. Et maintenant, il faut gérer…, commençai-je avant que ma voix ne se brise.

— Non, dit-il fermement, en caressant doucement le côté de mon visage. Lori, je ne suis pas une victime. Chaque minute où j'étais conscient, j'ai pris mes propres décisions. Quoi qu'il m'arrive aujourd'hui, ce sera la conséquence de mes actes. Ne te reproche rien.

Pourtant, j'étais inconsolable.

— Si j'avais été plus prudente. Si je ne m'étais pas cassé la jambe…

Il secoua la tête.

— C'était un accident. Les accidents ne sont pas toujours évitables. Et ils peuvent arriver à n'importe qui, dit-il en caressant ma pommette avec son pouce, les coins de sa bouche se relevant en un sourire. Un jour, je te raconterai comment j'ai perdu une de mes queues. Tu trouveras peut-être ça drôle. En tout cas, moi, oui.

— Quoi ? m'exclamai-je en clignant des yeux. Tu as perdu une queue ? En avais-tu huit avant ?

— Non. Seulement sept. Les médecins ont réussi à régénérer celle-ci, répondit-il en passant une queue entre nous et en remuant la pointe. Même si je pense qu'elle n'a pas retrouvé la même agilité que les autres.

La queue remonta plus haut, puis essuya une larme qui avait coulé sur ma joue.

Je fermai les yeux et inspirai longuement, en essayant de me calmer.

— Quand aura lieu l'audience ? demandai-je.

— C'est en cours. J'ai demandé une pause pour venir te voir quand l'IA m'a notifié que tu étais réveillée.

Mes yeux s'ouvrirent.

— Tu es interrogé, en ce moment ? haletai-je.

— Oui.

Le système de communication bipa à nouveau.

— Ils vous attendent, commandant, dit une voix masculine.

— Je dois y aller.

Il se leva.

— Attends ! m'exclamai-je en attrapant le bout d'une de ses queues alors qu'elles s'éloignaient de moi. Puis-je venir ?

— Non. Lori, tu as besoin de te reposer. Tu es en sécurité ici. Je vais demander à quelqu'un d'apporter ton déjeuner tout de suite, et j'enverrai un médecin après. Tu peux leur demander tout ce que tu souhaites. En tant que mariée enlevée, tu as plus de droits que quiconque ici.

— Ah bon ? dis-je en haussant un sourcil. Les femmes enlevées ne sont pas des prisonnières ?

— Des prisonnières ? répéta-t-il en fronçant les sourcils. Bien sûr que non. La tradition veut qu'elles restent dans la chambre de leur mari jusqu'à ce qu'elles s'habituent à leur nouvel environnement et créent un lien avec lui. C'est tout.

— Est-ce ta chambre ?

La chambre était bien trop grande et luxueuse pour une unité médicale.

— Oui.

— Suis-je autorisée à la quitter ?

— Non, répondit-il en désignant du menton le cylindre blanc sur ma jambe. Pour des raisons médicales. Tu n'es pas encore assez solide pour marcher.

— OK. Mais alors, Maddy peut-elle venir me rendre visite ? demandai-je en changeant de tactique. J'imagine qu'elle fait partie de l'équipage de la navette aujourd'hui.

— Maddy ? La copilote ?

Je hochai la tête.

Il s'interrompit un moment en réfléchissant.

— Je ne vois pas de mal à retarder un peu la navette pour que tu puisses la voir, finit-il par accepter. Je vais arranger ça.

Il se dirigea vers la sortie.

— Merci. Et... Brigan.

Je ne pouvais pas le laisser partir comme ça.

Il se tourna en arrivant à la porte pour me faire face.

— Quoi qu'il arrive, je serai toujours à tes côtés, Brigan, dis-je résolument.

Il me fixa en silence pendant un long moment, manifestement calme. Seules les extrémités de ses longues queues se contractèrent légèrement, en flottant au-dessus du sol.

— Le vote a lieu aujourd'hui, Lori, répondit-il sur un ton égal. Il y a de fortes chances qu'à partir de demain, je n'aie plus de grade ni d'autorité. Je vais devoir recommencer à zéro, avec une mission banale sur une planète obscure dans le coin le plus éloigné de la galaxie. Je ne serai plus personne.

Je serrai les mains, en m'asseyant droit.

— Je m'en fous, Brigan, dis-je en forçant ma voix à ne pas trembler parce que j'avais besoin que mes mots sortent haut et fort. Je n'ai pas besoin d'un grade ou de quoi que ce soit, dis-je en montrant le somptueux mobilier de la pièce. Je te veux juste toi, où que tu sois.

L'air s'échappa de ses poumons avec un souffle sonore.

— Lori...

Il fit un pas vers moi.

— Commandant, retentit une voix ferme et féminine dans le système de communication. Votre pause est terminée. Si vous ne retournez pas immédiatement dans la salle de l'Assemblée centrale, vous serez placé en détention pour avoir enfreint les règles.

Il s'arrêta comme s'il avait heurté un mur. Les lèvres serrées, il tourna la tête sur le côté.

— Mère, marmonna-t-il dans un souffle avant de parler dans le système de communication avec son ton habituel et autoritaire. Je suis en route, Sage Nex.

Sage Nex ? Était-ce sa mère ? Comment était-elle ici ? J'avais du mal à donner du sens à tout ça.

Il posa sa main sur le panneau coulissant de sortie de la chambre.

— Lori, quoi qu'il arrive, je ferai tout pour réussir à te retrouver, jura-t-il.

Puis il partit.

Je croyais en chaque mot qu'il m'avait dit.

Pourquoi avais-je encore le sentiment qu'il ne m'avait pas tout raconté ?

Chapitre 16

Lori

Comme Brigan l'avait promis, un membre de son équipage me livra le déjeuner une minute après son départ. L'Ivodien qui l'avait apporté posa le plateau sur une petite table qui s'ajustait sur mes genoux, puis me regarda dans l'expectative avec ses yeux violet clair.

— Autre chose, capitaine Soranno ? demanda-t-il.

Je jetai un coup d'œil au grand plateau chargé de suffisamment de nourriture pour nourrir une famille de six personnes.

— Non, c'est bon. Ça a l'air délicieux. Merci.

Je pris un ustensile noir en forme de harpon contondant.

— Si vous avez besoin de quoi que ce soit, utilisez le système de communication central. Le système est activé par la voix.

— Euh..., dis-je en l'arrêtant alors qu'il s'apprêtait à sortir. Avez-vous des mises à jour sur l'audience, par hasard ? Celle concernant le commandant ?

Cela ne faisait pas longtemps que Brigan était parti, mais qui savait quand serait la prochaine fois que je pourrais à nouveau parler à une vraie personne.

— L'audience est toujours en cours, capitaine, répondit l'Ivodien.

— Est-ce que cela se passe dans la salle de l'Assemblée centrale ?

Je me souvenais que Sage Nex l'avait mentionné sur l'appareil de communication de Brigan.

— Oui.

— Où se trouve-t-elle ? demandai-je en clignant des yeux innocemment.

L'Ivodien parut légèrement intrigué par mon interrogatoire mais agita la main au-dessus de l'hémisphère argenté mat près du panneau d'entrée. Un hologramme verdâtre apparut dans l'air entre lui et moi, et afficha ce qui semblait être à première vue le plan d'un des niveaux du Conqueror.

— La salle de l'Assemblée centrale est ici, répondit-il en désignant une forme ovale au milieu.

Un point argenté clignota, en indiquant l'emplacement de la chambre de Brigan sur la carte holographique. Je pris note des positions des deux.

— Merci. Serait-il possible que vous m'y emmeniez ? demandai-je à l'Ivodien.

Ses arcades sourcilières se levèrent de surprise.

— Votre présence n'a pas été requise, répondit-il en secouant la tête.

— Et si je voulais juste regarder les débats ? insistai-je.

Il se balançait d'un pied sur l'autre, hésitant. Ses queues fouettaient autour de ses chevilles.

« *En tant que mariée enlevée, tu as plus de droits que quiconque ici* », avait déclaré Brigan.

L'Ivodien avait visiblement du mal à me refuser quoi que ce soit. Et j'avais l'intention d'en profiter pleinement.

— En raison de votre état, je ne peux pas vous faire sortir de la pièce sans autorisation, finit-il par déclarer.

— Où pourrez-vous obtenir cette autorisation ? demandai-je gentiment.

— Auprès du commandant, qui doit consulter un médecin militaire. Les consignes actuelles sont de ne pas vous déplacer sauf si vous demandez à être emmenée aux toilettes. Mais seulement si vous le demandez. Vous n'êtes pas obligée d'utiliser les toilettes. Votre vêtement absorbera et traitera toutes les impuretés. Voulez-vous aller aux toilettes ? demanda-t-il en inclinant la tête.

— Euh... non.

Je touchai le tissu doux de la robe argentée sans manches que je portais, en me demandant combien d'« impuretés » elle avait absorbée au cours des deux derniers jours.

Avec un hochement de tête satisfait, l'Ivodien se tourna à nouveau pour repartir.

— Eh bien, dis-je en l'arrêtant une fois de plus dans son élan. Le commandant ne pourra pas donner sa permission, puisqu'il est à l'audience, n'est-ce pas ?

— Non, capitaine, il ne pourra pas le faire, en convint-il.

— Je vais rater l'audience alors, soulignai-je.

— La séance est enregistrée. Vous pourrez la regarder dans son intégralité quand vous le souhaitez, répondit-il obligeamment.

OK. Je pourrais regarder les enregistrements plus tard, quand les conclusions n'auraient plus aucune importance pour moi.

Je devais trouver un autre moyen de m'y rendre, le plus tôt serait le mieux.

— Très bien. Merci pour le déjeuner, dis-je en le laissant partir.

Il me salua rapidement avant de partir.

Brigan m'avait gracieusement dégagé de toute responsabilité concernant ce qui s'était passé. J'avais pris cela comme son acceptation de mes excuses, pas comme une excuse pour rester passive maintenant.

« *Quoi qu'il m'arrive aujourd'hui, ce sera la conséquence de mes actes* », avait-il dit.

Si je ne faisais rien maintenant, la conséquence de mes actes serait juste cela : rien.

Je devais faire quelque chose.

— Message entrant du système de communication central, annonça l'IA de la pièce de sa voix féminine agréable avec une note froide et mécanique. Voulez-vous l'accepter, capitaine Soranno ?

— Euh, bien sûr. Je l'accepte, répondis-je distraitement.

— Capitaine Soranno, retentit une voix masculine des haut-parleurs sous le plafond quelque part. Communication entrante de la navette Starlight depuis la Terre.

— Acceptez-là, acceptez-là, s'il vous plaît.

Je me tremoussais sur mon lit avec impatience, en espérant entendre la voix de Maddy.

— Salut, Lori ! s'exclama-t-elle joyeusement.

Le soulagement se répandit en moi. C'était comme si des siècles s'étaient écoulés depuis que je lui avais parlé pour la dernière fois.

— Oui, Mady ! Je suis si heureuse d'entendre ta voix. Est-ce que tu viens ?

— Eh bien, le brave homme de la communication centrale m'a dit que je pouvais. Notre heure de départ a été retardée. Comment vas-tu ?

— Bien, bien. Écoute, y a-t-il une autre cargaison de valises aujourd'hui ? demandai-je rapidement.

Ce serait tellement bien de discuter et de prendre des nouvelles, mais le temps était limité et je devais faire quelque chose.

— Ouais, pourquoi ? Tu en as besoin d'une ? demanda-t-elle avec une voix montrant qu'elle était sur ses gardes. En as-tu besoin d'une ? répéta-t-elle, avec emphase cette fois.

J'adorais Maddy, elle était vive d'esprit.

— Oui, s'il te plaît. Pourrais-tu me l'apporter ? demandai-je en faisant une pause délibérée pour donner plus de poids à mes prochains mots. Dans le chariot à bagages, s'il te plaît.

— OK, répondit-elle lentement. Pas de problème...

Elle laissa le dernier mot suspendu entre nous, en attendant que j'en dise plus ou en se demandant si elle devait dire quelque chose. Nous savions toutes les deux que l'équipe de sécurité écoutait.

— On se voit tout à l'heure, hein ? la pressai-je.

— OK, répéta-t-elle.

— Sais-tu comment venir ici ? Je suis dans la chambre du commandant.

— Ah oui ? dit-elle, toujours lentement et avec une voix pleine de sous-entendus.

Pensait-elle que le commandant m'avait « enchaînée » à son lit ? Non pas que je puisse lui expliquer quoi que ce soit via le système de communication de toute façon, avec la sécurité qui écoutait.

— Sais-tu comment venir ici ? demandai-je à nouveau.

— Je suis sûre que le nouveau superviseur de pont m'aidera, tellement il est charmant, roucoula-t-elle, clairement à l'attention de quelqu'un qui était avec elle là-bas.

— OK. À tout de suite. N'oublie pas la valise. Et le chariot.

En attendant Maddy, je piochais de la nourriture sur le plateau devant moi. La plupart des choses semblaient familières : viande, pommes de terre, fruits et légumes. Alors qu'ils étaient en orbite autour de la Terre, les Ivodiens utilisaient des produits locaux. Je le savais. Personnellement, j'avais livré pas mal de caisses de denrées et de produits d'épicerie avec ma navette au cours des deux dernières semaines.

Néanmoins, les ingrédients familiers avaient été préparés de manière nouvelle et inconnue. De la viande rôtie avait été embrochée avec des raisins et des fraises. Des pommes de terre bouillies finement tranchées étaient superposées dans un grand plat en verre avec une substance ressemblant à de la crème et des fruits, comme un dessert. Le poisson feuilleté était servi sur un biscuit sucré, garni de dattes hachées et de blancs d'œufs battus.

En conséquence, les saveurs étaient uniques, inhabituelles mais pas toutes désagréables. Je n'avais tout simplement pas faim, même si j'avais été gardée inconsciente pendant deux jours. Le commandant était là-bas, en se battant pour son avenir, tandis que j'étais assise ici, en train de manger une sorte de dessert aux pommes de terre.

Ce n'était pas juste.

La porte coulissante s'ouvrit et Maddy entra, en poussant le chariot à bagages devant elle.

— Salut, toi ! me lança-t-elle, rayonnante.

— Maddy ! dis-je en déplaçant la table avec de la nourriture loin de mes genoux.

— Comment vas-tu, meuf ?

Elle courut vers moi.

Je l'étreignis si fort qu'elle grogna.

— C'est tellement, tellement chouette de te voir, Maddy, dis-je, en finissant par la relâcher.

— Comment va ta jambe ? demanda-t-elle en étudiant le cylindre blanc.

— Tu savais que je me l'étais cassée ?

— Ouais, la direction m'a envoyé une note au sujet de ton absence mardi dernier. J'ai essayé de t'appeler.

— Désolée, mon téléphone est probablement toujours à la cabane.

Mentalement, je notai d'appeler mes parents dès que possible. Je parlais habituellement avec ma mère le vendredi. Elle paniquerait si je ne répondais pas à son appel demain, sans au moins un message pour lui expliquer.

— Alors, quelqu'un a mis Starlight au courant du fait que je m'étais cassé la jambe. Que disait la note ?

— Juste les trucs de base. J'ai envie de connaître tous les détails maintenant, exigea Maddy en se laissant tomber sur le lit à côté de moi. Qu'est-il arrivé ?

— Comme le disait la note, je me suis cassé la jambe, répondis-je en désignant le cylindre.

— Ça, je le sais, rétorqua-t-elle. Dis-moi comment c'est arrivé ? Est-ce qu'il a quelque chose à voir avec ça ?

Elle fronça les sourcils, ses yeux devenant encore plus sombres.

— Qui, il ? Oh, non. Le commandant ?

Je frissonnai à l'idée que Maddy envisage que Brigan m'ait fait du mal de quelque manière que ce soit.

— Il n'a rien à voir avec ça, poursuivis-je.

Elle jeta un rapide coup d'œil autour d'elle.

— Est-ce qu'on te fait sortir de là ? demanda-t-elle en baissant la voix.

Elle ouvrit brusquement les portes du chariot à bagages et en sortit l'unique valise.

— Allons-y alors, dit-elle, l'air tout à fait professionnel.

Une chose était sûre, si jamais je planifiais un braquage de banque ou même un meurtre, je voudrais cette femme avec moi. Il n'y avait tout simplement pas de meilleure complice.

— Ce n'est pas pour ça que j'ai besoin du chariot, Maddy, répondis-je en ne pouvant pas m'empêcher de sourire face à son empressement. Le commandant a été gentil avec moi. Il m'a sauvé la vie. Je n'ai pas l'intention de m'échapper.

Elle se redressa en me fixant.

— Ah bon ? Mais à quoi sert le chariot, alors ?

Soudain, la prise de conscience brilla dans ses yeux, mêlée d'excitation.

— Ooh, fit-elle, est-ce qu'on enlève encore quelqu'un ? Pouvons-nous prendre le nouveau superviseur de pont aussi ?

— Quoi ? demandai-je en clignant des yeux, tout en essayant de suivre les pensées folles de Maddy. Pourquoi ?

— As-tu vu le nouveau gars ? Il est si mignon. Il a ces longs et jolis cils..., dit-elle en s'éventant le visage avec ses mains.

— Hé, qu'est-ce qui se passe avec Jake ? demandai-je en secouant la tête avec incrédulité.

— Jake ? Jake est à moi, m'assura-t-elle. Il n'y a personne de mieux pour moi, humain ou extraterrestre.

— Pourquoi as-tu besoin du superviseur de pont, alors ?

Elle appuya une hanche contre le chariot, en semblant indifférente à mon incapacité à saisir ses idées assez rapidement.

— Ce n'est pas pour moi, idiote. Mais pour ma cousine Becky. Tu te souviens d'elle ? Elle va l'adorer, s'extasia-t-elle avec enthousiasme. Elle craque pour les gars avec de longs cils. Il l'adorera aussi. Elle est douce et drôle et adore cuisiner. Je suis sûre qu'ils s'entendront bien.

— Tu ne peux pas prendre les Ivodiens comme cadeaux de Noël pour tes amies ou ta famille, ris-je. Le Conqueror n'est pas un magasin de bonbons.

Elle loucha sur moi.

— Ah bon ? Je t'ai vu baver de manière très nette derrière la fenêtre de la navette quand l'équipage s'alignait sur le quai, comme devant une vitrine de magasin, pour ton plus grand plaisir. Et je ne te blâme pas. Les Ivodiens sont des mecs torrides, avec leurs fesses fermes et leurs bras musclés. Quoi ? grogna-t-elle alors que je levai les yeux au ciel. Je suis fiancée, mais je ne suis pas aveugle. Je reconnais une belle paire de fesses quand j'en vois une. Et il y en a des centaines sur ce vaisseau.

— Je..., commençai-je en me frottant le front. D'accord. Eh bien, ce n'est pas de cela qu'il s'agit. Nous n'enlèverons personne aujourd'hui.

— Ah bon ? demanda-t-elle en ayant l'air sincèrement déçue.

— Non, dis-je fermement.

Elle croisa les bras sur sa poitrine, en courbant la bouche avec un froncement de sourcils mécontent, mais elle n'argumenta plus.

— Maddy, j'ai besoin que tu m'aides à me rendre à la salle de l'Assemblée centrale, ici, sur le vaisseau.

— Pourquoi ? demanda-t-elle en plissant des yeux vers moi.

— Brigan... Je veux dire, le commandant Nex y est pour une audience au sujet de... tu sais, ce qui s'est passé ce week-end.

— C'est son prénom ? Brigan ?

Je hochai la tête.

— Bien, approuva-t-elle. A-t-il des ennuis ? Est-ce qu'ils enquêtent sur nous en l'interrogeant ?

Je hochai de nouveau la tête.

— Avons-nous des ennuis ? demanda-t-elle avec inquiétude.

— Il ne va pas nous dénoncer, lui assurai-je. Mais il va faire face à de graves sanctions disciplinaires à cause de cela. La rétrogradation en fait partie.

— Merde, dit-elle en se laissant à nouveau tomber sur le lit à côté de moi. Ce n'était pas sa faute, cela dit. Il doit leur dire ce qui s'est réellement passé.

— Il ne parlera pas du tout de ton implication, ne t'inquiète pas.

Elle se tourna pour me faire face.

— Je ne m'inquiète pas pour ça. J'irai leur dire toute la vérité moi-même si ça peut aider.

— Ça ne servira à rien, Maddy. En fait, dire la vérité ne ferait qu'empirer les choses pour lui. Tu vois, les Ivodiens ont des opinions très particulières sur toutes ces affaires d'enlèvements, dis-je en soupirant. C'est compliqué, vu la façon dont leur mentalité et leurs traditions diffèrent des nôtres.

— Mais pourquoi as-tu besoin de te rendre dans cette salle ? Penses-tu pouvoir faire quelque chose ?

Je relâchai un souffle tremblant. La peur pesait lourdement sur ma poitrine.

— Je... je dois essayer, Maddy.

Elle étudia mon visage un instant.

— Lori, est-ce que tu regrettes ton escapade d'anniversaire ? Aurais-tu préféré que je ne lui tire pas dessus ? demanda-t-elle avec une expression découragée.

— Quoi ? Non, protestai-je. Je ne regretterai jamais une seule minute passée avec Brigan. Il est... Bon Dieu, Maddy, il est tout, gémis-je.

Le désir s'empara de mon cœur avec une douce douleur.

Un sourire s'étira sur ses lèvres.

— Est-ce qu'il ressent la même chose pour toi ? demanda-t-elle.

Je ne pus m'empêcher de sourire, moi aussi. Mon visage se réchauffa en pensant à tout ce que Brigan m'avait dit dernièrement.

— Je pense, répondis-je en enroulant le bout de mes cheveux autour de mon doigt.

— Eh bien, peu importe la façon dont ça a démarré entre vous si finalement vous vous appréciez, conclut-elle.

— Je pense que c'est plus que « s' apprécier », Maddy, dis-je doucement.

Elle haleta.

— Ne me dis pas que tu es amoureuse.

Le mot « amoureuse » fit l'effet d'un coup de tonnerre dans mon cerveau, mais je ne pouvais pas nier la vérité.

— C'est clairement ce que je ressens, avouai-je.

— Merde... Oh, Lori. Il s'est révélé être ton âme sœur après tout ! s'exclama Maddy en me prenant dans ses bras. Je suis tellement heureuse pour toi.

Je voulais être heureuse aussi. Sauf que je devais encore me battre pour mon bonheur.

— Peux-tu m'aider à aller là-bas, Maddy, s'il te plaît ?

J'interrompis notre étreinte et la regardai attentivement.

— Es-tu sûre que tu devrais te déplacer ? Avec ce truc ? demanda-t-elle en inclinant le menton vers l'énorme cylindre au-dessus de ma jambe. Ça a l'air grave.

— Je dois le faire.

— Mais si tu cassais encore quelque chose là-dedans ? s'inquiéta-t-elle.

— Ils répareront à nouveau les dégâts.

Je haussai les épaules. Ma foi dans les compétences médicales ivodiennes avait augmenté de façon exponentielle après ce qu'ils avaient fait jusqu'à présent. D'ailleurs, si me déplacer pouvait sérieusement aggraver l'état de ma jambe, l'Ivodien qui m'avait apporté mon déjeuner ne m'aurait pas proposé de m'emmener aux toilettes, surtout avec cette robe-couche super absorbante que je portais.

— Je dois me rendre à l'audience, insistai-je.

— OK, OK, dit Maddy en faisant rouler le chariot plus près du lit et en l'abaissant jusqu'à ce qu'il soit à la même hauteur. C'est chouette, dit-elle en caressant la literie noire, douce, soyeuse et luxueuse.

— C'est joli, acquiesçai-je.

— La chambre dans son ensemble est chouette.

Elle regarda rapidement le coin salon près de l'immense fenêtre et la salle à manger avec des chaises noires moelleuses et de petites tables qui semblaient pouvoir être fusionnées en une grande.

— C'est masculin mais cosy, conclut-elle. Ce serait dur de perdre tout ça s'ils rétrogradaient ton Brigan.

— Ce serait beaucoup, beaucoup plus difficile de le perdre, la corrigeai-je. S'il était rétrogradé, il perdrait son droit de se marier et il serait envoyé à des années-lumière de moi.

Elle poussa un soupir, la compassion brillant dans ses yeux sombres.

— Se marier ? À ce point-là, hein ? Tu es vraiment tombée amoureuse de lui.

Je soutins son regard, en ne lui cachant rien.

— Je ne peux pas le perdre, Maddy.

— Eh bien, allons-y alors, déclara-t-elle en attrapant le cylindre autour de ma jambe. Est-ce que ça fait mal ? Est-ce que tu sens quelque chose ?

Je secouai la tête de gauche à droite.

— Je ne sens absolument rien. Si Brigan ne m'avait pas assuré que tout allait bien, j'aurais pensé que je n'avais plus ma jambe.

Elle jeta un coup d'œil au cylindre avec un nouveau regard.

— Les antidouleurs ont l'air au top ici.

Elle souleva doucement ma jambe pour moi pendant que je me déplaçais le long du lit, en utilisant mes bras et mes mains. Je me laissai tomber sur le chariot à bagages et Maddy replaça mieux le cylindre devant moi.

Je soufflai. Fournir cet effort s'était avéré épuisant.

Maddy secoua la tête, en me regardant souffler comme un bœuf.

— Bon sang, Lori, tu devrais rester couchée.

— Je vais bien. Maddy, ils vont voter aujourd'hui. Je dois être là si je veux avoir une chance d'être entendue.

Elle se mordit la lèvre, l'air inquiète et quelque peu dubitative.

— Penses-tu que tu pourras changer quelque chose ?

Je pris un moment pour réfléchir à ma réponse. Que savais-je de ce vaisseau ou de ses habitants pour tenter d'influencer leur esprit de quelque manière que ce soit ? Toutes mes connaissances venaient de ces moments où je les avais observés depuis le cockpit de la navette et de ce que Brigan m'avait dit.

Était-ce suffisant ?

— Je dois essayer, Maddy. Brigan est mon avenir. Je dois me battre pour nous.

Elle hocha la tête, en saisissant la poignée du chariot.

— Eh bien, allons-y, tigresse.

Chapitre 17

Lori

La salle de l'Assemblée centrale était énorme, probablement au moins de la taille d'un terrain de football. Des rangées de sièges s'étendaient dans les deux sens depuis l'entrée, en tombant en cascade de haut en bas comme des gradins lisses et brillants. Chaque siège, du sol ovale au milieu au plafond en dôme transparent au-dessus, était occupé, des rangées sur des rangées d'uniformes blancs et étincelants et de peaux violettes scintillantes de toutes les nuances, du bleuet clair à l'aubergine profond.

Mon commandant se tenait sur l'estrade au milieu de la salle, face à trois Ivodiens assis dans les fauteuils à haut dossier. Ces trois-là n'étaient pas en uniforme. Au lieu de cela, ils portaient de longues robes fluides, l'une était blanche, les deux autres dans une teinte brillante de magenta.

Maddy poussa le chariot à bagages avec moi dessus.

Tout le monde se retourna sur notre chemin. Des murmures curieux parcoururent la pièce. L'étonnement sur leurs visages me disait à quel point nous étions ridicules... à quel point je devais être ridicule, dans ma blouse médicale ample, avec cette chose énorme et encombrante sur ma jambe appuyée devant moi.

— Lori ?

Le choc sur le visage de Brigan se transforma en un froncement de sourcils.

— Qui est cette femme ? s'enquit une douce voix féminine au milieu des Ivodiens dans les fauteuils.

Elle semblait être la seule femme présente.

Avec une brève inclination de la tête, Brigan descendit de l'estrade.

— Je demande une pause de cinq minutes, Sage Nex.

Sage Nex.

La mère de Brigan.

Excellente occasion de rencontrer les parents de ton mec, Lori.

Je craquais intérieurement. J'avais une longue liste de mauvaises premières impressions avec les humains, et maintenant, ça allait être pareil avec les Ivodiens.

La nervosité prit le dessus sur moi en voyant cette séance formelle et plutôt intimidante. Il semblait que tout l'équipage du Conqueror s'était rassemblé ici, des centaines d'entre eux.

Eh bien, j'étais venue ici pour leur parler à tous, alors...

Je pris une grande inspiration.

— Je m'appelle Lori Soranno. Je suis pilote pour Starlight Spacelines. Je... je demande la permission de m'adresser au tribunal... euh... à l'audience, réussis-je à dire assez fort, même si je buttais un peu sur les mots.

— Pour quelles raisons demandez-vous de parler ? demanda l'homme en robe blanche.

Il semblait plus proche en âge de la mère de Brigan. L'homme à la robe rose foncé semblait plus âgé qu'eux d'au moins une dizaine d'années.

— L'audience est presque terminée, déclara le plus vieux. Nous n'avons plus d'intervenants à l'ordre du jour.

Une lumière néon et verte scintillait sur leur visage et le long des plis de leurs vêtements lorsqu'ils bougeaient. Je réalisai soudain qu'ils n'étaient pas vraiment tous les trois ici. Les personnes en robes étaient des images holographiques très bien faites.

— Parce que..., commençai-je avant de me mordre la lèvre, tout en rassemblant mes pensées. Eh bien, j'aurais dû être incluse dans l'ordre du jour. Je suis témoin. Le commandant a passé le week-end avec moi.

Les trois rapprochèrent leurs têtes les unes des autres, en conversant tout bas entre eux, sans qu'un mot ne me parvienne aux oreilles.

Je ne pouvais pas leur donner de détails sur ce qui s'était passé le week-end dernier sans aggraver les choses pour Brigan. J'avais besoin d'amener cela dans une direction totalement différente.

— Plus important encore, ajoutai-je, alors même que les trois pontes ne semblaient plus prêter attention à moi. Plus important encore, je suis une femme humaine. Je veux vous donner le point de vue d'une mariée enlevée. Quelque chose qui, je pense, manque aux Ivodiens.

L'homme en robe rose agita son poignet avec dédain. La mère de Brigan se redressa sur son siège.

— Ce n'est pas le sujet de notre discussion d'aujourd'hui, expliqua calmement Sage Nex en formulant ce qui devait être leur pensée commune.

Je n'avais jamais vu une Ivodienne auparavant. Elle était beaucoup plus petite que les hommes. Ses traits délicats la rendaient presque éthérée. Le dos droit et les gestes dignes, elle se tenait avec classe et élégance. La longue robe rose et un grand diadème de cristal sur sa tête composaient une tenue majestueuse. Comme les hommes, elle avait une rangée verticale de croissants au milieu de son front, mais il n'y avait pas de fines séries de dispositifs de localisation sur sa tête chauve.

J'inspirai profondément, en me préparant au combat.

— Avec tout le respect que je vous dois, euh...

Comment puis-je m'adresser à eux ? Votre Honneur, comme au tribunal ? Votre Grâce ou Votre Majesté ? Ils ressemblaient certainement à des membres de la royauté, assis majestueusement dans ces imposants fauteuils en forme de trône. Je me décidai enfin pour :

— Vénérables Sages, l'origine de tant de malentendus réside dans le manque de dialogue constructif. Si vous me laissez parler, nous trouverons peut-être une solution.

Je jetai un coup d'œil à Brigan, qui se dirigeait vers moi.

— L'audience porte sur la conduite du Commandant Nex, spécifiquement, tonna l'homme en robe blanche. Cela n'a rien à voir avec la situation actuelle concernant les épouses humaines.

— Mais... et si les deux étaient liés ?

Bien sûr, il devait y avoir un lien. J'avais juste besoin de trouver lequel et de le présenter sous un jour favorable pour Brigan.

— Commandant, s'il vous plaît, retournez sur l'estrade, demanda Sage Nex d'une voix forte qui contrastait avec son apparence frêle. Vous n'avez pas encore terminé votre dernière allocution.

— Commandant ! aboya l'homme en robe blanche.

Sa voix autoritaire, si semblable à celle de Brigan, attira mon attention.

Brigan ne semblait cependant pas intimidé.

— D'abord et avant tout, je dois assurer la sécurité du capitaine Soranno, Conseiller Nex, lança Brigan par-dessus son épaule, en ne ralentissant pas alors qu'il se dirigeait vers moi.

— Nex ? Conseiller Nex ? murmurai-je quand il s'approcha.

— C'est mon père, expliqua-t-il en baissant la voix.

— Ta mère et ton père sont tous les deux ici ? demandai-je en regardant les majestueux hologrammes.

Je ne m'attendais pas à ce que l'audience soit une affaire de famille. Même si, à en juger par les expressions sévères de ses parents, Brigan ne pouvait pas compter sur de l'indulgence ou du favoritisme de leur part.

— Et qui est le troisième ? Ton oncle ? m'écriai-je.

— Non. C'est Sage Odu. Nous ne sommes pas liés, répondit-il sèchement. Je dois te ramener dans ta chambre. Je n'ai autorisé personne à t'en faire sortir.

Il jeta un coup d'œil à Maddy, qui vacilla sous son regard sévère.

— Eh bien, gazouilla-t-elle. Si tu n'as plus besoin de moi...

Elle recula lentement vers la sortie.

Je me tournai vers elle.

— Merci, Mady.

— Le temps dont je disposais pour cette visite est écoulé, dit-elle rapidement, en gardant un œil sur Brigan. On se verra plus tard.

Elle agita ses doigts vers nous deux.

— Bonne chance, me dit-elle par-dessus son épaule avant de se glisser entre les deux panneaux de porte et de sortir de la salle.

— Je vais te ramener, déclara Brigan en me prenant dans ses bras.

Ses queues s'enroulèrent autour de ma jambe blessée, en la glissant doucement hors du chariot à bagages.

L'espace d'un instant, je laissai le monde se dissiper, en me délectant de sa proximité. À chaque minute où il était loin de moi, j'avais l'impression qu'il me manquait une partie importante. En enveloppant mes bras autour de son cou, je me fondis dans son étreinte, en inhalant son odeur familière.

Personne ne protesta. Les Sages n'essayèrent pas d'empêcher Brigan de me prendre dans ses bras. Assurer ma sécurité, apparemment, était plus important que cette séance. Les épouses enlevées avaient beaucoup de droits sur le Conqueror. J'espérais juste que dire ce qu'elles pensaient faisait aussi partie de ces droits.

— Je ne peux pas partir, Brigan, le suppliai-je doucement. Pas avant d'avoir dit ce que j'étais venue dire ici.

— Peu importe ce que tu feras à ce stade, Lori, tu ne peux pas changer les choses. Il n'y a qu'une seule issue.

Il se tourna vers la sortie et je regardai autour de lui dans la pièce.

Les Sages nous surveillaient de près. Les parents de Brigan, supposais-je, étaient curieux à propos de la femme qui étreignait leur fils. Le troisième Sage semblait également intrigué.

Mais ce fut le désir sur les visages des guerriers ivodiens quand ils me virent dans les bras de Brigan qui sime fit réfléchir.

— S'il te plaît, laisse-moi leur parler, murmurai-je avec insistance à l'oreille de Brigan.

— C'est vraiment ce que tu veux ? demanda-t-il en s'arrêtant aux portes. Même si c'est sans espoir ?

— Je dois essayer, répondis-je en hochant la tête.

— Tu ne peux pas mentir, Lori, m'avertit-il. Ils le sauront si tu mens.

Je n'aurais pas hésité pas à contourner un peu la vérité si cela avait signifié aider Brigan sans porter préjudice aux autres. Mais si les personnes présentes à l'audience étaient capables de distinguer un mensonge de la vérité, mentir ne ferait que nous nuire à tous les deux.

— Je ne vais pas mentir, lui assurai-je.

Il me lança un regard pénétrant.

— S'il te plaît, fais-moi confiance, dis-je en caressant doucement le côté de son visage. Quoi que je dise, cela ne rendra pas les choses pires qu'elles ne le sont déjà, n'est-ce pas ?

— Je ne peux rien te refuser, concéda-t-il.

En inspirant, il se tourna pour faire face aux trois représentants dans les fauteuils.

— Le capitaine Soranno va parler aujourd'hui, s'adressa-t-il à la salle d'une voix forte et confiante. C'est son souhait.

Il regagna l'estrade en me portant dans ses bras.

Quelqu'un m'apporta une chaise. Brigan la souleva et fit glisser le repose-pied en dessous, pour que j'y pose ma jambe.

Après avoir fait rouler la chaise jusqu'à l'estrade, il s'attarda, en gardant sa main sur mon épaule.

— Ça ira, lui dis-je en souriant.

Il se pencha rapidement et m'embrassa sur la bouche. Je laissai échapper un halètement de surprise, puis enroulai fermement mes bras autour de lui.

Il interrompit le baiser aussi soudainement qu'il l'avait commencé. Et ses bras et ses lèvres me manquèrent instantanément.

— Ne t'inquiète pas pour le Comité, dit-il doucement. Ils sont là uniquement pour s'assurer que la procédure se déroule sans heurts et dans le respect de la loi. L'équipage du Conqueror est celui qui décidera de mon sort.

Je haletai un peu, en reprenant le souffle que son baiser m'avait volé. Les guerriers nous regardaient avec un désir indéniable. Ils voulaient ce que Brigan et moi avions.

Le Sage Odu et les parents de Brigan semblaient moins admiratifs.

Les mains de son père agrippaient les accoudoirs. Sa mère serrait les lèvres fermement, avec une expression similaire à celle de Brigan lorsqu'il était mécontent ou inquiet.

— Je serai là si tu as besoin de moi, dit Brigan, en s'écartant de quelques pas.

L'équipage.

Ce sont ses hommes que je devais convaincre.

Je balayai l'immense pièce du regard. Rangées sur rangées d'hommes ivodiens. Tous me regardant. Que ressentaient-ils en ce moment ? J'essayais de jauger.

Pendant des années, ils avaient risqué leur vie pour gagner le droit de se ranger et de fonder une famille. Lorsque beaucoup d'entre eux avaient enfin exercé leur droit de prendre une femme, ils avaient dû renoncer à leur femme pour sauver la vie de leur camarade.

En tant que femme humaine, je représentais les épouses qu'ils avaient perdues. Certains des guerriers avaient peut-être construit des liens avec leur femme, d'autres non. La plupart, sinon tous, aimeraient avoir une autre chance, pensais-je.

— Parlez, s'il vous plaît, capitaine Soranno, exhorta Sage Nex.

— Mais ne vous écartez pas du sujet, ordonna Sage Odu.

Le sujet.

Bien. Je me rapprochai de l'appareil en forme d'entonnoir attaché à l'estrade, le dispositif de communication dont Brigan avait parlé, me dis-je.

— Le but de cette audience est d'enquêter sur ce qui s'est passé le week-end dernier.

Je jetai un regard interrogateur aux trois silhouettes majestueuses devant moi, en attendant qu'elles confirment.

Ils hochèrent tous la tête en signe d'approbation.

— Je peux partager avec vous ce qui s'est passé, dis-je en levant le menton et en m'adressant à l'équipage. J'ai une cabane... euh... un abri primitif dans le nord de l'Ontario, qui est... eh bien, dans l'hémisphère nord de notre planète. Il appartenait à mon grand-père et j'aime y aller, chaque fois que j'en ai l'occasion. Vous voyez, c'est un endroit spécial pour moi. Un havre de paix...

Ce n'était pas facile de partager mes émotions les plus profondes avec des centaines d'extraterrestres qui ne savaient rien de moi, mais je continuai.

— Il n'a pas d'équipements modernes. Pas d'électricité ni d'eau courante. Pas de téléphone ni d'accès Internet. Loin de la civilisation, cet endroit permet à une personne d'être elle-même. C'est une des raisons pour lesquelles je l'aime tant.

Sage Odu frotta un côté de son front plissé.

— En quoi cela a-t-il un rapport avec le commandant ? demanda-t-il, l'air fatigué.

— Il y en a un, lui assurai-je en hochant la tête. Le week-end dernier, le commandant Nex a partagé ma cabane avec moi, ce qui m'a donné l'occasion d'apprendre à le connaître. J'ai appris à connaître l'homme qu'il était vraiment, et je suis tombée amoureuse de cet homme.

Un grondement parcourut les rangées, en atteignant les étoiles au-dessus du plafond de verre.

Brigan posa son regard sur le mien. Sa poitrine montait et descendait rapidement. Il y avait tellement de choses dans ses yeux violets : du choc, de l'excitation, une tendresse infinie, tellement que cela me fit mal au cœur.

Je souris, juste à lui. Ses queues remuèrent, l'une d'elles se faufila vers moi. Elle s'enroula autour de mon poignet gauche, et j'enroulai mes doigts autour de son extrémité, le maximum que je puisse faire pour tenir la main de Brigan en ce moment. Les émotions embuaient mes yeux, mais je clignai les yeux pour chasser les larmes, en ayant besoin de me concentrer.

Je venais de commencer. Je devais aller jusqu'au bout.

— S'il devait m'enlever maintenant, continuai-je en me retournant face à la salle. J'irais volontiers avec lui.

Une autre vague de bruit déferla dans la foule. La note claire d'approbation qu'il contenait me donna de l'espoir.

À part Brigan, j'avais à peine parlé aux Ivodiens. Je ne les connaissais pas. Mais je les avais observés attentivement auparavant. À chaque vol vers le Conqueror, je les avais vus dire au revoir aux femmes qu'ils avaient choisies. Et j'avais vu juste : les Ivodiens ne voulaient pas seulement une femme dans leur lit, ils voulaient aussi son amour et son affection.

— Quel a été le déclencheur ? Qu'est-ce qui vous a fait tomber amoureuse de mon fils ? demanda Sage Nex en inclinant la tête et en me regardant avec un regain d'intérêt. Parce qu'être seules avec leurs maris n'a pas suffi aux épouses du Conqueror. Beaucoup ont passé plus que deux jours avec leurs hommes, et pourtant il n'y avait aucun signe d'affection de leur part.

— Hum, fit le père de Brigan en se frottant le menton. Il a été établi que les femmes humaines ne trouvent généralement pas nos hommes assez attirants.

— Qui a établi cela ? ricanai-je en faisant une grimace.

— Un panel de spécialistes hautement qualifiés, répondit Sage Odu, en semblant très peu impressionné par ma réaction. Si on les compare l'un à l'autre, un homme ivodien moyen diffère considérablement d'un homme humain moyen en apparence. Psychologiquement, les femmes ont tendance à trouver des traits familiers plus attirants.

— Les représentants de la Coalition des gouvernements de la Terre sont également d'accord avec nos conclusions, ajouta Sage Nex.

— Eh bien, dis-je en me râclant la gorge. Peut-être que vous auriez dû demander directement à nos femmes. Croyez-moi, ces gars sont sexy.

Je balayai la salle avec mon bras droit. Mon gauche était fermement enroulé dans la queue de Brigan.

— Sexy ? demanda le père de Brigan en louchant sur moi.

J'agitai la main en l'air, en expliquant :

— Par sexy, je veux dire extrêmement attirants, dis-je avant d'élever la voix, pour m'adresser à l'équipage dans les sièges tout autour de nous. En tant que femme humaine, je le jure, vous êtes de très beaux spécimens.

Un murmure de gêne fit écho à mes mots. Je ne pouvais pas croire que je devais convaincre ces hommes forts et confiants qu'ils étaient séduisants.

— Vos déclarations contredisent les nombreux rapports que nous avons reçus des guerriers qui ont eu le malheur d'acquérir des épouses humaines, m'informa Sage Odu.

— Le malheur ? répétai-je, en me sentant soudain offensée pour toutes les femmes.

— Nous nous attendions à une résistance des hommes humains, continua-t-il, en ignorant mon ton. Toutes les races que nous connaissons, que ce soit les Ravils ou les Voraniens, s'opposeraient à ce que nous prenions leurs femmes. C'est insultant pour l'honneur des hommes. Nous étions prêts à faire face à cela. Mais c'est le fort dédain des femmes qui nous a choqués.

Il baissa les épaules avec une déception évidente.

— Au lieu de bonheur et de gratitude, de nombreux guerriers ont rencontré la détresse et l'hostilité de leurs épouses humaines.

Un écran holographique s'alluma devant Sage Odu, et il plissa les yeux, en lisant la liste affichée dessus avant de poursuivre :

— Selon les rapports, les guerriers ont été qualifiés de « laids » et de « dégoûtants » par leurs épouses. Les queues des Ivodiens ont été comparées à des serpents, un animal généralement considéré comme répulsif sur Terre et sur de nombreuses autres planètes. De nombreux membres de l'équipage ont déclaré avoir été qualifiés par un mot qui signifie « ouverture anale », qui est considéré comme offensant dans toutes les cultures connues.

En inclinant la tête, il me fixa du regard, en me mettant au défi de ne pas être d'accord.

— Bien..., marmonnai-je en poussant un soupir. J'imagine comment ça a pu se passer.

— Alors, vous êtes d'accord que l'attirance physique ou émotionnelle n'est généralement pas possible entre nos espèces ? En fait, les humains éprouvent généralement une forte répulsion à l'égard des Ivodiens.

Je carrai mes épaules, en serrant plus fort la queue de Brigan.

— Je crois que le manque d'attirance n'est pas le problème ici, Sage Odu, dis-je. Je suis désolée, mais les humains n'apprécient généralement pas d'être kidnappés.

Tous les trois grimacèrent en entendant mon dernier mot comme si je venais de leur donner à manger un seau de canneberges sans sucre.

— L'enlèvement nuptial n'est pas un kidnapping, protesta violemment Sage Nex. Ce n'est pas fait dans le but de nuire ou de demander une rançon. Au contraire, les femmes sont traitées avec respect et prises en charge, de toutes les manières possibles.

— Eh bien, cela n'a pas été communiqué aux femmes, n'est-ce pas ? rétorquai-je.

— Bien sûr que si, s'irrita-t-elle. Le protocole exige que chaque guerrier informe clairement la femme de son statut d'épouse au moment où elle met le pied sur la navette. Tous les guerriers ont confirmé qu'ils l'avaient répété souvent pendant toute la durée du séjour de leur épouse sur le Conqueror.

Je jetai un coup d'œil à Brigan, et il me rendit mon regard entendu. De toute évidence, il se souvenait à quel point il s'était méfié de moi pendant les premières heures où il avait été « enlevé » par moi, peu importait combien de fois j'avais dit que je ne lui voulais pas de mal et que je n'étais pas une espionne.

— S'il vous plaît, prenez le point de vue d'une femme, d'une femme humaine, dis-je en me tournant vers le reste de la pièce. Ici, sur Terre, nous ne restons pas assises à attendre que des hommes viennent nous prendre. Nous ne prévoyons pas d'être enlevées par quiconque. Nous planifions notre propre avenir. La plupart d'entre nous ont un emploi ou vont à l'école. Nous avons nos amis et notre famille...

— Le mariage avec un Ivodien ne rompt pas les liens de la mariée avec sa famille, interrompit Sage Odu. La famille est importante sur Ivodi, y compris la famille de la mariée. Toutes les femmes enlevées en ont été informées.

Je décidai de ne pas préciser de quelle manière elles avaient été « informées ». De toute évidence, la communication avait été rompue d'une manière ou d'une autre entre les guerriers et leurs épouses.

— Le fait est, continuai-je, que les femmes ont été enlevées dans les rues sans savoir ce qui se passait. Pensez-y. Regardez tout cela à travers les yeux d'une femme humaine, qui a l'habitude de marcher seule dans les rues.

Je me souvins de ce que Brigan m'avait dit sur la vie des femmes sur Ivodi et j'ajoutai :

— Dans la plupart des endroits sur Terre, les femmes n'ont pas besoin d'être escortées par un proche masculin. Elles se sentent suffisamment en sécurité lorsqu'elles marchent seules. Et puis soudain, une soucoupe volante surgit de nulle part...

— Une soucoupe ? répéta la conseillère Nex en haussant une arcade sourcilière, et en ressemblant beaucoup à Brigan lorsqu'il était déconcerté.

— Désolée, je voulais dire la navette ivodienne, un aéronef que les humains n'avaient jamais vu auparavant.

Il n'était pas nécessaire d'entrer dans l'explication du mot « soucoupe », même si c'était exactement à quoi ressemblaient les navettes du Conqueror : des soucoupes volantes argentées.

— Ensuite, un inconnu l'attrape, continuai-je. Il est grand et intimidant. Pas moche, dis-je en levant un doigt en l'air pour souligner mon point. Pas moche, mais totalement inconnu. Il parle une langue que la femme ne comprend pas...

— Les mariées ont eu des traducteurs implantés presque immédiatement, m'interrompit à nouveau Sage Odu.

Les parents de Brigan gardaient tous les deux le silence. Son père tenait son menton dans sa main, son bras appuyé sur l'accoudoir de la chaise, un froncement de concentration sur son visage buriné. Avec la tête légèrement inclinée, la mère de Brigan semblait écouter avec une attention soutenue.

— Presque immédiatement, répétai-je lentement, pour plus d'emphase. Pendant un certain temps, aussi court soit-il, la femme a été laissée dans une terreur totale de ne pas savoir ce qui se passait, ni si elle allait s'en sortir.

— La vie d'une mariée n'est jamais en danger ! hurla le père de Brigan avec indignation.

Mon cœur bondit et je refoulai un halètement. Les hommes de cette famille possédaient des voix très intimidantes.

Les spirales de la queue de Brigan glissèrent de haut en bas sur mon poignet, en m'apaisant.

— Mais les épouses humaines ne savaient pas que leurs vies n'étaient pas menacées, argumentai-je en tenant bon. Au moment de l'enlèvement, elles étaient effrayées, choquées et désorientées. Ce n'est pas un bon début pour une relation. Pas étonnant que beaucoup d'entre elles ne se soient jamais remises de cela et ne se soient jamais réconciliées avec leurs ravisseurs.

Le silence se fit dans la salle. Il régna dans la foule longtemps après que l'écho de mes paroles s'était dissous sous le plafond du dôme.

Sage Odu parla le premier.

— Nous avons fait nos recherches, dit-il, les discours de bienvenue ont été conçus pour refléter les coutumes locales de chaque mariée.

Cela était fort probable. Les Ivodiens semblaient avoir fait un travail rigoureux. Cela n'avait tout simplement pas suffi.

— Le mal avait été fait avant même que les femmes n'aient entendu un mot de vos discours de bienvenue, lui fis-je remarquer. Mais il y a plus.

— Plus ? demanda Sage Nex en fronçant ses sourcils délicats.

Je hochai la tête.

— Beaucoup de celles qui ont été enlevées n'étaient même pas libres de s'engager. Elles n'étaient pas célibataires. Elles avaient déjà des hommes auxquels elles tenaient dans leur vie.

Sage Odu secoua la tête avec véhémence.

— Impossible. Nous avons examiné la question. Un homme humain fait une femme sienne en lui offrant une bague d'engagement, qu'elle porte ensuite à un certain doigt, soit à sa main droite, soit à sa main gauche selon la région d'où elle vient. Les instructions étaient de ne pas enlever les femmes avec des bagues aux doigts.

— Oh, bon sang, dis-je en prenant une grande inspiration pour me préparer à expliquer du mieux que je pouvais. Il se passe beaucoup de choses entre un couple avant qu'ils n'aient la bague au doigt. Ici sur Terre, nous avons ce que nous appelons des « rendez-vous ». Nous prenons le temps de choisir nos partenaires.

— Ce n'est pas censé se passer comme ça, se moqua Sage Odu. Un homme connaît son élue au moment où il pose les yeux sur elle pour la première fois.

De toute évidence, la seule chose que les hommes ivodiens et humains avaient en commun était l'entêtement.

— Comment se passent les rendez-vous ?

La question était venue d'un membre de l'équipage à ma droite.

Un guerrier ivodien se leva de son siège. Ses queues remuaient derrière lui, en battant avec impatience. Je me demandais si les queues étaient la raison pour laquelle les hauts représentants d'Ivodi portaient des robes, pour dissimuler ces appendices qui pouvaient si facilement trahir leurs émotions.

— Comment choisissez-vous ? demanda l'homme.

De légers murmures coururent entre les rangées de sièges. Les hommes semblaient curieux. Intrigués.

— Les « rendez-vous » permettent de passer du temps ensemble pour en savoir plus sur l'autre personne avant de s'engager avec elle pour la vie. Comme l'a fait le commandant Nex lorsqu'il m'a rejointe lors de mon escapade dans la cabane de mon grand-père. Il m'a donné la chance d'apprendre à le connaître.

Je ne pus m'empêcher de jeter un coup d'œil à mon homme.

Il rencontra mon regard, le fantôme d'un sourire jouant sur ses lèvres. Sa queue dans ma main se contracta, les spirales autour de mon poignet glissant de haut en bas sur mon bras pour me caresser.

Un autre Ivodien leva les queues en l'air, en exigeant de parler.

— Est-ce que toutes les femmes sur Terre ont un abri primitif où elles aiment s'évader ? demanda-t-il.

— Hum... Non, dis-je en secouant la tête, et en dissimulant un sourire. Je doute que beaucoup en possèdent une. La rudesse de la nature sauvage n'est pas au goût de tout le monde.

— Comment pouvons-nous les laisser apprendre à nous connaître, alors ? demanda un autre homme.

La pièce devint silencieuse, tout le monde attendant ma réponse. C'était encourageant. Enfin, quelqu'un m'écoutait vraiment. Et c'étaient les personnes les plus importantes ici : les membres de l'équipage.

— Il n'est pas nécessaire de voyager très loin pour apprendre à se connaître. La plupart des gens sortent ensemble en prenant un repas dans un restaurant à proximité ou en regardant un film à la maison. Même faire une promenade peut marcher. Vous avez juste besoin d'un endroit où vous pouvez parler sans trop de distractions et suffisamment de temps pour avoir une interaction significative. Le plus important est que la femme se sente en sécurité. Elle a besoin de savoir qu'elle peut partir n'importe quand, qu'elle est libre.

Les arcades sourcilières de l'homme qui avait posé la question se relevèrent. Il semblait sincèrement confus.

— Comment peut-elle être libre si c'est ma fiancée ? dit-il en clignant des yeux. Elle ne peut pas partir. Elle est à moi.

— Eh bien, c'est le problème, dis-je lentement. Elle n'est pas votre épouse jusqu'à ce qu'elle accepte de l'être.

Le silence qui suivit ne fut interrompu que par des personnes se déplaçant sur leurs sièges et des bruits de pieds qui trépignaient.

Les traditions ne changeaient pas du jour au lendemain, comme Brigan me l'avait dit un jour. Cependant, je sentais que je pouvais éventuellement amener cela vers une solution acceptable. Ces hommes voulaient apprendre. Fondamentalement, je croyais qu'ils souhaitaient faire les choses correctement. J'avais juste besoin de leur expliquer comment.

— Si je peux me permettre..., dis-je en levant la main en l'air, en attirant leur attention. J'ai une suggestion qui pourrait vous aider à trouver une épouse consentante et aimante. Une que vous n'aurez pas besoin d'enfermer dans votre chambre car elle sera ravie d'y rester avec vous. Une qui ne vous traitera pas de noms désagréables, soit parce qu'elle n'aura pas peur soit parce qu'elle ne sera pas en colère.

Un rugissement d'approbation de l'équipage mélangé à des grognements dubitatifs se fit entendre. J'avais besoin de compter sur le soutien que j'avais obtenu jusqu'à présent.

— Qu'y a-t-il de mieux que d'avoir une femme qui vous aime pour ce que vous êtes ? demandai-je en regardant la foule.

Quelqu'un cria soudain depuis son siège :

— Zenya m'aime ! Je ne quitterai pas la Terre sans la récupérer.

Je me demandai si Zenya avait été l'une des femmes qui avaient sangloté doucement en quittant le Conqueror.

— Dès qu'Urrex sera libéré, j'enlèverai à nouveau ma fiancée ! cria quelqu'un d'autre.

— Nous ne partirons pas sans ce pour quoi nous sommes venus ! cria un autre.

Étaient-ce les cris d'un cœur brisé ? D'un ego meurtri ?

Ou une vraie menace ?

Je jetai un coup d'œil à Brigan. Son expression dure me dit tout ce qu'il n'avait pas dit auparavant. Les Ivodiens n'abandonnaient pas les enlèvements. La Coalition les avait peut-être arrêtés pour le moment, mais seulement temporairement. Ils enlèveraient à nouveau, avec ou sans le consentement de la Terre.

Si cela arrivait, le conflit serait inévitable.

La peur me saisit la gorge. Des armes seraient utilisées. Des gens pourraient mourir. À moins que les deux parties ne parviennent à un accord, d'une manière ou d'une autre.

Nos représentants pourraient être tout aussi têtus que les Ivodiens. Mais peut-être que je pourrais réussir à convaincre au moins une partie d'accepter de négocier.

— Je propose aux Ivodiens d'essayer les rendez-vous, dis-je assez fort pour, je l'espérais, être entendue dans toutes les parties de la salle sans risque de malentendu.

Un murmure de questions parcourut la foule, aucune assez distincte pour que j'y réponde.

La mère de Brigan posa son menton sur sa main.

— Comment suggéreriez-vous que nous fassions cela, capitaine Soranno ? demanda-t-elle.

Tout ce que j'avais, c'était ce plan foireux que j'avais imaginé pendant ma conversation avec Brigan lorsque nous étions en train de marcher dans les bois. En y réfléchissant maintenant, je pensais que c'était un bon début.

— Brigan... je veux dire le commandant Nex et moi en avons discuté pendant le temps que nous avons passé ensemble, commençai-je. Je crois que beaucoup de femmes humaines aimeraient avoir un mari ivodien...

Un grondement de cris d'incrédulité venant de la foule couvrit le reste de mes paroles.

— Ce n'est pas vrai ! cria quelqu'un au-dessus du bruit.

— Elles nous détestent ! cria un autre homme.

Je plissai les yeux pour regarder la foule malgré le rayon de lumière douce dirigé sur moi et je reconnus le premier ingénieur, qui était celui qui avait crié en dernier. Il était évidemment toujours amer à cause du rejet de Felicity. Pourtant, ils allaient encore enlever plus de femmes, en sachant qu'ils pourraient à nouveau être haïs par elles.

— Ça n'a pas besoin d'être une bataille, dis-je avec confiance. Ça pourrait être tellement mieux, pour tout le monde. Regardez-moi. Je viens de la Terre. Brigan est originaire d'Ivodi. Et je ne veux personne d'autre que lui.

Sa queue autour de mon poignet se resserra. Pendant tout ce temps, Brigan s'était tenu tranquillement à mes côtés. Je sentais son soutien à chaque instant tout en étant sous les projecteurs. Sa présence me donnait de la force.

— Vous êtes peut-être une exception, rétorqua Sage Odu en secouant sa tête chauve et ridée.

Je m'efforçai de ne pas le fixer.

— Eh bien, laissez les femmes décider, dis-je avant de m'adresser à nouveau à l'équipage. S'il vous plaît, laissez nos femmes soumettre une demande pour être vos épouses, par choix. Donnez-leur une chance d'apprendre à vous connaître d'abord. Allez à des rendez-vous, passez du temps ensemble. Si une femme vous aime vraiment, elle viendra volontiers avec vous sur le Conqueror. Je vous le promets.

— Avez-vous une idée de la façon dont les rendez-vous pourraient être organisés ? demanda Sage Nex.

— Seriez-vous disposée à être consultée sur ce projet, à condition qu'il soit approuvé, bien sûr ? s'enquit ensuite le Conseiller Nex.

J'inclinai la tête.

— Je serais heureuse d'aider de toutes les manières possibles.

Le projet consisterait essentiellement à créer une agence de rencontres extraterrestres, ce qui pourrait être amusant si c'était bien fait.

La Terre avait déjà un accord de mariage avec les Voraniens. Sauf qu'il avait quelques défauts majeurs, à mon avis. À ma connaissance, nos femmes n'avaient pas assez de contrôle sur le choix du Voranien avec qui on les mettait en contact.

Si j'avais une chance de repartir à zéro, j'essaierais certainement d'éviter de commettre la même erreur que la Terre avait commise avec les Voraniens. Les femmes devaient avoir plus de contrôle sur leur avenir.

Les Ivodiens avaient déjà foiré avec nos femmes une fois. Ils auraient besoin de toute l'aide possible pour le faire correctement la fois suivante.

— Je ne vois pas de mal à essayer une nouvelle approche, dit Sage Nex à son mari. Étant donné que l'ancienne approche s'est avérée désastreuse pour nous sur cette planète.

Avec un regard plein d'admiration, Brigan réduisit la distance entre nous. Ses bras et ses queues s'enroulèrent autour de moi. Le plaisir me parcourut, en réchauffant ma poitrine. Était-ce vrai ? Les choses s'amélioraient-elles vraiment ? Avais-je réussi à l'aider en prenant la parole ?

Ce n'était pas encore fini, mais l'ambiance dans la pièce semblait s'être améliorée. L'excitation se propageait entre les rangées de sièges. Les Ivodiens avaient retrouvé espoir.

Je souriais tellement que mon visage me faisait mal.

Le système de communication de Brigan bipa.

— Commandant, la Coalition exige le retour du capitaine Soranno sur Terre avec la navette d'aujourd'hui, déclara une voix masculine exaltée.

Mon cœur s'effondra.

Chapitre 18

Lori

Le capitaine reste ici, répondit résolument Brigan dans l'appareil de communication.

Ses queues se resserrèrent autour de mon ventre, comme si quelqu'un était sur le point de m'éloigner physiquement de lui.

L'appareil devint silencieux. Je pressai la main de Brigan dans la mienne.

— Cela fait partie de ton accord avec la Coalition, lui rappelai-je doucement.

Le bruit des Ivodiens discutant de ma proposition étouffa mes paroles et seul Brigan put m'entendre.

— Si je n'y vais pas, ils vont..., poursuivis-je.

— Ils ne te prendront pas.

Il me serra contre lui, avec le désespoir d'un homme sur le point de perdre son bien le plus précieux.

— Toutes les femmes enlevées doivent être renvoyées avant qu'ils ne libèrent ton commandant en second. La Coalition me considère également comme l'une des personnes enlevées.

Je ne pouvais pas dire la vérité à la Coalition sans risquer de nuire à la réputation de Brigan auprès de son équipage.

— Tu ne comprends pas. Je ne peux pas te laisser partir, dit-il en s'agenouillant devant mon siège, ses bras autour de moi. Tu es à moi, Lori. Je combattrais tous les mondes pour toi.

Je posai mes mains sur ses épaules. Être près de lui était le seul endroit où je voulais être.

Le foutu système de communication bipa à nouveau.

— Le représentant de la Coalition demande à vous parler, commandant, déclara l'homme à l'autre bout de la ligne avec un dédain évident pour le représentant dans sa voix.

— Non..., commença Brigan.

Mais je pris son visage dans mes mains, en craignant qu'il ne déclenche vraiment une guerre à cause de moi.

— Ce n'est peut-être que temporaire, dis-je tranquillement.

Il secoua la tête.

— Nous nous battrons, Brigan. Je me battrai avec toi. Mais nous devons avoir une approche diplomatique, l'implorai-je. Sinon, nous risquons de ruiner tout ce que nous avons réalisé jusqu'à présent.

— Commandant, dit le Conseiller Nex d'une voix forte. L'équipage est-il prêt pour le vote ?

— De quel vote parlez-vous ? demandai-je en levant les yeux, alarmée.

Est-ce qu'ils allaient voter ? Déjà ?

— Cette audience a pour but d'enquêter sur l'absence du commandant sur le vaisseau et d'évaluer la confiance de l'équipage en leur chef, résuma Sage Nex.

Sage Odu ajouta :

— Si l'équipage est satisfait des conclusions de l'enquête, il votera pour savoir s'il fait confiance au commandant pour continuer à les diriger eux et le Conqueror.

Je me tordais sur mon siège, en regardant dans les yeux autant de guerriers que possible. Le destin de Brigan et le mien étaient entre leurs mains.

— Le commandant Nex est un vrai leader, dis-je à haute voix, en parlant vite pour renforcer mon message. En passant le week-end avec moi, il a préparé le terrain pour vous. Ce qu'il a fait peut être le début d'une relation beaucoup plus forte entre Ivodi et la Terre. Une relation de respect mutuel et de communication ouverte entre nos planètes et entre vous et vos futures mariées...

Le système de communication bipa à nouveau. Cette chose ne voulait tout simplement pas s'arrêter.

— Que dois-je dire au représentant ? demanda la voix masculine.

Brigan se leva et me souleva de mon siège.

— D'autres témoins, commandant ? dit Sage Odu en essayant de nous arrêter. Ou devons-nous procéder au vote ?

— Faites-les voter, répondit Brigan en se dirigeant vers la sortie avec moi dans ses bras.

— Attends ! m'exclamai-je en paniquant. Tu ne veux pas leur dire quelque chose ? Tu ne veux pas faire un discours ou quelque chose comme ça ? Leur dire que tu leur fais confiance pour te soutenir ?

— Je leur fais confiance, dit-il simplement. Le vote concerne leur confiance en moi. J'ai dit tout ce que j'avais à dire avant que tu n'arrives..., s'interrompit-il alors que ses lèvres se contractaient en un sourire. Avant que tu ne débarques en roulant sur le chariot à bagages comme une femme en mission.

J'aurais souri aussi si je n'avais pas été si anxieuse et stressée.

— Mais...

J'agrippai ses épaules, en scrutant avec ferveur les visages de l'équipage derrière lui. Comme si je pouvais influencer leur décision d'un simple regard, aussi désespéré et implorant soit-il.

Brigan me serra contre son torse.

— J'ai peur de perdre quelque chose de bien plus précieux pour moi que ma position, conclut-il en me portant hors de la salle de réunion et dans un large couloir très éclairé. Mettez le représentant en ligne, aboya-t-il dans le système de communication.

Je retenais mon souffle, effrayée de bouger pendant les quelques secondes qu'il fallait pour que la connexion s'établisse.

— Commandant Nex ? dit une autre voix masculine. Je m'appelle Jason Gray, j'appelle au nom de la Coalition des gouvernements de la Terre. Il a été confirmé que vous avez Ms. Lori Soranno...

— Capitaine Soranno, corrigea rapidement Brigan.

Je haussai juste les épaules. Normalement, mon grade dans l'aviation civile n'était pas utilisé en dehors de l'aéronef que je pilotais. Les Ivodiens, en revanche, semblaient accorder une importance beaucoup plus grande aux grades et aux titres qu'aux prénoms.

— Elle ne part pas, dit fermement Brigan, en ne laissant même pas le représentant exprimer sa demande.

— Permettez-moi de vous rappeler les conditions de notre accord...

— J'ai dit que le capitaine Soranno n'irait nulle part.

— Mr. Gray, m'immisçai-je.

De toute évidence, cette conversation se dirigeait vers une impasse, avec ces deux ego masculins se battant comme des chiffonniers.

— Je voudrais solliciter une rencontre avec quelqu'un de la Coalition, s'il vous plaît, demandai-je.

— Ms. Soranno, soyez assurée que, comme les autres femmes libérées du Conqueror, vous recevrez tout le soutien dont vous aurez besoin.

— Merci, mais j'aimerais discuter de la situation avec quelqu'un dès que possible.

— Nous avons une excellente équipe de thérapeutes...

— Ce n'est pas ce que je veux dire.

Ma patience commençait à s'épuiser. Comme Brigan, je ressentais fortement notre séparation imminente. Contrairement à lui, je préférais une résolution pacifique à la confrontation, mais le représentant me tapait vraiment sur les nerfs.

— Si je pars, je veux parler à quelqu'un de mon retour sur le Conqueror, poursuivis-je.

— Vous voulez retourner sur le vaisseau.

C'était un constat, pas une question. Le représentant ne semblait pas particulièrement surpris. Je ne devais pas être la seule à vouloir revenir.

— Oui. En fait, je préférerais rester ici.

Je devais le dire officiellement.

— J'ai bien peur que nous ne puissions pas vous permettre de rester, déclara le représentant sur un ton catégorique. Désolé, Ms. Soranno, mais compte tenu des circonstances, votre jugement peut être altéré en ce moment. Vous n'êtes peut-être pas dans la meilleure position pour voir ce qui est le mieux pour vous.

Je laissai échapper un rire incrédule.

— Je suis une adulte capable et saine d'esprit. Je suis en mesure de prendre mes propres décisions, protestai-je.

— Pas dans cette situation, soutint-il. Il a été décidé que toutes les femmes enlevées devaient être évacuées du Conqueror. Il leur est nécessaire d'être éloignées pour faire preuve de discernement après une période passée loin de leurs ravisseurs.

— Vous ne voulez tout simplement pas croire que nos femmes puissent avoir de véritables sentiments pour des extraterrestres, raillai-je.

— Madame, étant donné les circonstances dans lesquelles les femmes sont arrivées sur le Conqueror, la décision de la Coalition de les évacuer est raisonnable et justifiée.

Peut-être que c'était vrai pour les femmes enlevées, je n'étais pas une spécialiste de la santé mentale. Malgré ce que j'avais dit moi-même concernant une approche diplomatique, je ne pouvais tout simplement pas me résoudre à me séparer de Brigan. Je resserrai mes bras autour de son cou.

— Votre présence sur ce vaisseau viole l'accord que nous avons avec le commandant Nex, poursuivit le représentant. Si vous ne revenez pas sur Terre avec la navette d'aujourd'hui, vous compromettez la paix entre nos planètes.

Il y avait plus que cela. La vie de l'officier Urrex était toujours en jeu. Tant que je resterais sur le Conqueror, la Coalition ne le libérerait pas.

Pourtant, m'arracher à Brigan semblait impossible. Terriblement difficile.

— Puis-je prendre le dernier vol ? Demain ? demandai-je en me rac-crochant au moindre espoir.

— La navette de demain est pleine. Il n'y a pas de place pour vous. Votre présence sur le Conqueror n'était pas prévue. Nous n'avions pas prévu de passagère supplémentaire. Le dernier vol a été rempli rapide-ment. Vous devez comprendre que nous faisons preuve d'indulgence en donnant au commandant Nex une chance de vous ramener pacifique-ment et de son plein gré.

Brigan souffla. Sa poitrine se souleva avec une forte respiration. Peu importait ce qu'il allait dire, je sentais que cela n'arrangerait pas la sit-uation. À en juger par son expression orageuse, tout cela pourrait s'ag-graver très rapidement.

— Bien. Je serai là, lâchai-je dans le système de communication avant de placer ma main sur l'appareil pour bloquer tous les sons.

Juste à temps, semblait-il, alors que Brigan rugit :

— Par le Serpent d'Ahell ! Ils ne peuvent pas te prendre !

Il fouetta le mur avec une queue, et un panneau glissa sur le côté, en révélant sa chambre.

Je n'avais même pas réalisé que nous étions déjà arrivés ici.

Ses queues s'enroulèrent si étroitement autour de moi que je pou-vais à peine bouger un muscle. J'appuyai le côté de mon visage contre le sien.

— Écoute, chuchotai-je à son oreille. Et si nous pouvions résoudre ce problème ? Tout ça ? Pour tout le monde, pas seulement toi et moi ? dis-je en voulant croire si fort que nous le pouvions. Mais pas comme ça. Pour l'instant, tu vas devoir me laisser partir.

Il secoua la tête en signe de protestation, mais je tins fermement ses épaules et continuai à parler.

— Ils ne te demandent que ce que tes hommes ont déjà fait. Si l'équipage peut le faire, leur chef aussi.

— L'équipage n'a pas dû te laisser partir toi !

Il avait l'air amer et semblait avoir purement et simplement le cœur brisé. Mon cœur se brisait aussi pour nous deux.

— Je crois que certains d'entre eux tenaient tout autant à leurs femmes, Brigan.

— Ils vont les récupérer.

— Toi aussi, lui assurai-je doucement. Je ne vais pas loin et je ne pars pas pour de bon. Je te l'ai dit, je suis à toi, quoi qu'il arrive. Je reviendrai. Mais je dois faire ce que veut la Coalition, pour l'instant. Rappelle-toi, ils ont un de tes hommes. On ne peut pas risquer sa vie.

J'espérais tellement que cela n'en viendrait pas à une effusion de sang. La Coalition irait-elle vraiment jusqu'à assassiner un Ivodien ? J'espérais que non, mais que savais-je des hautes sphères politiques ? Ils étaient déjà allés jusqu'à kidnapper et menacer le commandant en second de Brigan. Je ne pouvais qu'espérer qu'il y avait des gens raisonnables dans la Coalition qui accepteraient de m'écouter et de me permettre de retrouver Brigan.

Parce que sinon...

Eh bien, si je n'étais pas là, qui l'empêcherait de déclencher une guerre ?

En me tenant fermement, le dos contre le mur, il se laissa glisser pour s'asseoir sur le sol.

— Je fermerai les portes. Je renverrai la navette. J'anéantirai quiconque osera t'approcher, grinça-t-il entre ses dents.

Ce n'était plus sa raison qui parlait mais le désespoir. Il ressemblait à un homme devenu fou. La peur me glaçait. Je n'avais pas peur pour moi mais pour le reste de la planète. Les armes du Conqueror étaient suffisamment dangereuses pour causer de sérieux dégâts et tuer de nombreuses personnes.

Et tout cela serait à cause de moi.

— Brigan, s'il te plaît.

Je pris son visage entre mes mains, en le forçant à croiser mon regard. Mes doigts traînaient le long des rangées courtes d'implants de localisation en forme de cure-dents de chaque côté de sa tête, cinq à gauche, seulement quatre à droite, maintenant.

— Dès que je reviendrai sur Terre, continuai-je, j'exigerai une rencontre avec le représentant de la Coalition. Peut-être pouvons-nous changer cela ? Mais nous devrons travailler des deux côtés, toi d'ici et moi de là-bas.

Il ferma les yeux. Je me creusais la tête pour savoir comment l'atteindre. Comment pourrais-je lui remonter le moral, au moins pour un petit moment ?

Je frottai mon nez contre le côté de son visage et lui chuchotai à l'oreille :

— Assure-toi juste de la mise à jour du traducteur. Nous ne voulons pas de vilains malentendus avec les représentants de la Coalition.

Cela fonctionna pendant un moment, il pouffa de rire et ouvrit les yeux. Cependant, quand il vit mon sourire, son expression redevint triste. Il me serra plus fort et secoua la tête.

— Si tu pars... Je n'aurai aucun contrôle sur ce qu'on te fera. Je ne pourrai pas te protéger. Et si quelque chose se passait ? Et si je ne te revoyais plus ? dit-il, la voix rauque.

Mon cœur me faisait mal. J'avais du mal à tenir le coup moi-même.

— Brigan, je te promets que je te retrouverai. Ici, avec toi, c'est le seul endroit où j'ai envie d'être.

Il me regarda profondément dans les yeux.

— Je ne peux rien te refuser, Lori, même si tu veux partir. Mais tu es ma vie. Je ne peux pas exister sans toi. Je ne peux pas respirer sans toi. S'ils essaient de t'éloigner de moi, aucun accord ne me freinera.

Une note grave et menaçante se glissa dans sa voix. Une menace pour quiconque oserait m'éloigner de lui.

— Tu comprends ? poursuivit-il. Je ne quitterai pas cette planète sans toi. Peu importe ce qu'il faudra faire pour te récupérer.

Je ne voulais même pas imaginer le chaos qu'il pourrait semer.

— Je reviendrai, Brigan, promis-je à nouveau. Et je ferais mieux de tenir cette promesse, pour le bien de tout le monde sur Terre.

Il gémit en rejetant la tête en arrière.

— Comment suis-je censé te laisser partir ? beugla-t-il, sa voix grave résonnant dans la pièce spacieuse. Je préférerais m'arracher un membre !

Je clignai des yeux pour empêcher mes larmes de couler, en ayant besoin d'être forte pour nous deux.

— Ce n'est que temporaire, Brigan. Je reviendrai vite. C'est l'histoire d'une semaine, peut-être deux.

Je n'avais aucune idée du temps qu'il faudrait à la Coalition pour coopérer, si d'aventure elle le faisait. Mais plus de deux semaines, en revanche, cela semblait une éternité. Je ne voulais même pas envisager cela.

Il continuait de me serrer dans ses bras, en ne bougeant pas de notre place sur le sol.

— Ta jambe.

Quelques-unes de ses queues glissèrent doucement le long du cylindre encombrant mais léger qui protégeait ma jambe en train de guérir.

— Tout ira bien, grâce à toi, dis-je en caressant le côté de son visage. L'opération s'est bien passée. Il faut juste que ça guérisse maintenant. Je vais rester à la maison et me reposer. Je peux communiquer avec la Coalition à distance, mais j'ai besoin d'être sur Terre pour qu'ils se calment et m'écoutent rationnellement. Tu pourras m'écrire. Ils devraient au moins nous autoriser ça.

Il enfouit son visage contre mon cou, en me respirant.

Je caressai doucement sa tête, en refoulant des larmes prêtes à jaillir.

— Il ne s'agit pas juste de te laisser partir, grogna-t-il. Je vais devoir te ramener jusqu'à cette putain de navette, te placer dans le siège de mes propres mains, puis les regarder t'éloigner de moi.

— Tu n'as pas à faire tout ça, Brigan. Avez-vous un fauteuil roulant par ici ? demandai-je en avalant la boule dans ma gorge, et en feignant la légèreté. Ou sinon je pourrais reprendre le chariot à bagages ?

Il ne rit pas de ma tentative d'humour.

— Tu n'as pas besoin d'un fauteuil roulant, pas tant que tu seras avec moi.

Il se leva, en m'emmenant sans peine avec lui.

Au moment où il sortit de la pièce, une expression dure et sévère s'installa fermement sur son visage. Toute trace de vulnérabilité que j'avais pu entrevoir lorsque nous étions seuls avait disparu. Brigan était le commandant, jusqu'au bout des ongles, qu'il ait réussi à conserver ce titre aujourd'hui ou non.

Il me porta tout le long du trajet jusqu'à la navette, me plaça dans le siège et m'attacha, aussi. En se penchant plus près, il m'embrassa. C'était un long et profond baiser qui se termina bien trop tôt.

— Souviens-toi, tu es ma vie, Lori, dit-il doucement, en prenant mon visage dans sa main.

Je me mordis la lèvre, en retenant mes larmes de tout mon être.

Il m'avait choisie, il m'avait promis sa vie et sa loyauté. Il s'était engagé, sans aucun doute ni aucune réserve, après un seul week-end passé ensemble. Cela demandait un courage qu'aucun autre homme que je connaissais ne possédait.

Et d'une manière ou d'une autre, pendant ce court laps de temps, il avait réussi à devenir tout pour moi.

Chapitre 19

Lori

Allô, Lori Soranno ? demanda une voix féminine au téléphone. C'est Zenya. Zenya Petrenko. Nous étions ensemble dans la navette hier.

Je me souvenais de la jeune femme blonde aux yeux tristes et gonflés. Elle s'était assise en face de moi et s'était présentée avant que nous ne débarquions. À part son nom, elle n'avait pas dit grand-chose.

— Désolée, j'ai dû fouiner pour avoir votre numéro..., dit-elle avec un petit rire nerveux.

Pendant un instant, j'envisageai de raccrocher. Cela faisait vingt-quatre heures que j'avais quitté le Conqueror, une longue journée et une nuit agitée sans nouvelles de Brigan. Il n'avait pas écrit et j'étais trop anxieuse pour parler à quelqu'un d'autre.

— Je... je vous ai vu embrasser le commandant du vaisseau ivodien, poursuivit Zenya avec hésitation. Et je me demandais si peut-être... je pourrais vous parler.

— Parler de quoi ?

— Eh bien...

Elle ne semblait pas préparée à cette conversation, en hésitant sur les mots et en prenant de longues pauses.

— Vous voyez..., poursuivit-elle. Je sais que d'autres filles étaient contentes de rentrer à la maison, donc je ne pensais pas qu'elles comprendraient. Mais vous...

Sa voix s'éteignit, mais je croyais comprendre où elle voulait en venir.

— Vous vouliez parler à une femme qui serait peut-être prête à retourner sur le Conqueror. Est-ce que c'est bien ça ? demandai-je prudemment, en ne souhaitant plus mettre fin à cet appel.

— Oui, soupira-t-elle avec un soulagement évident. Je me demandais si vous prévoyiez d'y retourner.

Prévoir.

Si seulement ça ne tenait qu'à moi. Jusqu'à présent, j'avais seulement brièvement rencontré un représentant de la Coalition juste après être descendue de la navette hier soir. Il avait écouté quand je lui avais dit que mon séjour sur le Conqueror était volontaire et que je souhaitais y retourner. Cependant, il n'avait rien eu d'encourageant à dire en réponse.

Peu de temps après mon arrivée dans mon appartement, cependant, un autre représentant de la Coalition m'avait appelée pour m'informer d'une réunion prévue pour demain matin. Celle-ci comprendrait un groupe de personnes de plusieurs agences gouvernementales. Je ne savais pas si c'était arrivé en réponse à ma demande ou si les Ivodiens avaient exercé une certaine pression de leur côté. Cela pourrait être les deux, bien sûr.

— Oui, répondis-je honnêtement à la question de Zenya. Je voudrais retourner sur le Conqueror.

— Oh, Dieu merci, dit-elle dans un souffle. Je suis tellement contente d'avoir appelé. Vu la façon dont le commandant et vous vous êtes embrassés, je savais que cela ne pouvait pas être terminé entre vous.

Je me mordis la lèvre, en essayant de ne pas penser à la sensation incroyable de la bouche de Brigan sur mes lèvres, de peur de m'effondrer en étant au téléphone avec elle.

— Je dois aussi retourner auprès de Naitas, dit doucement Zenya, sa voix pleine d'espoir.

— Naitas ? C'est lui qui vous a enlevée ?

— Oui.

Je me souvenais de l'Ivodien qui avait affirmé à l'audience que sa Zenya l'aimait. Il pourrait y avoir plus d'une Zenya enlevée, bien sûr, mais je savais que c'était le même homme et que c'était sa Zenya.

— Quand il m'a kidnappée sur ce pont, j'étais au bout du rouleau, poursuivit Zenya à la hâte. Cette nuit-là, j'étais partie en laissant derrière moi... une situation très difficile à la maison, et je n'avais vraiment nulle part où aller. Honnêtement, je ne sais pas si j'aurais fait demi-tour pour quitter ce pont ou juste...

Sa voix s'éteignit à nouveau et mon cœur se gonfla de compassion.

— Zenya, où êtes-vous maintenant ?

— Dans un refuge pour femmes. Ce n'est pas mal. Vraiment. La Coalition s'est assurée que j'avais tout ce dont j'avais besoin. Je vois un thérapeute, mais..., s'interrompit-elle en inspirant. Il me manque tellement, Lori.

Sa voix tremblait et mes yeux s'embuaient à cause de l'empathie que je ressentais.

Brigan me manquait aussi. Tellement, je m'étais endormie en pleurant la nuit dernière.

— Que dit votre thérapeute ? demandai-je prudemment.

— Je n'ai eu qu'une seule séance pour l'instant. Ce matin. C'était bien. Vraiment, c'était très bien de parler à quelqu'un. Mais Naitas a été le premier qui ait jamais écouté. C'est lui qui m'a permis de m'ouvrir pour la première fois. Il est si patient, vous savez. Rien à voir avec mes parents ou mon ex...

Sa voix s'interrompit de nouveau et j'attendis quelques instants le temps qu'elle se reprenne.

— Le thérapeute dit qu'il est trop tôt pour savoir si mes sentiments pour Naitas sont réels. Ils veulent que j'attende, que je prenne mon temps, pour voir si je peux d'abord me construire une vie par moi-même, mais... j'ai peur qu'en attendant trop, le Conqueror s'en aille. Ensuite, il sera trop tard.

— Vous voulez être avec Naitas ?

— Il n'y a pas d'autre endroit où je préférerais être, répondit-elle avec une voix plus forte. C'est le seul homme que je veux.

— J'ai une réunion avec des membres de la Coalition demain matin. Vous pouvez vous joindre à moi. J'espère trouver un moyen pour celles qui veulent retourner sur le Conqueror de retrouver leurs Ivodiens.

— Oh, vous pensez vraiment que c'est possible ?

— Je l'espère.

Parce que sinon ce serait la guerre. Je n'en doutais pas. Et ce ne serait pas seulement du fait de Brigan. Des hommes comme Naitas devaient aussi être impatients de récupérer leurs femmes.

— Voulez-vous vous joindre à moi pour la réunion, Zenya ? redemandai-je.

— Oui, acquiesça-t-elle avec empressement.

— Super. Je vous retrouve à dix heures sur l'escalier devant la mairie. C'est là que la délégation de la Coalition tient ces réunions. Oh, et Zenya, si jamais vous décider de quitter le refuge, vous pouvez rester chez moi. C'est un appartement pas très grand. Mais il a deux chambres. L'une d'elles peut être à vous aussi longtemps que vous en aurez besoin.

Je n'avais toujours pas reçu de nouvelles de Brigan. Je n'avais aucune idée de ce qui se passait sur le Conqueror. Pour autant que je sache, il aurait pu être démis de ses fonctions. Quelqu'un d'autre pourrait être le commandant du vaisseau, maintenant. Quelqu'un qui ne s'intéresserait pas aux épouses humaines ni aux problèmes qu'elles présentaient.

Mais j'espérais qu'il y avait plus d'Ivodiens comme le Naitas de Zenya. Qu'ils voudraient trouver une solution, avec nous. Peu importait laquelle.

CETTE NUIT-LÀ, JE REÇUS finalement un message de Brigan. Il était arrivé lourdement censuré, redirigé deux fois, mais il avait fini par arriver. Mon cœur s'emballa quand je réalisai que ça venait de lui. Il avait gardé un ton courtois et plutôt froid. S'il avait utilisé des mots tendres, ils auraient été supprimés.

Il me demandait comment j'allais, puis avait ajouté quelques phrases plus générales et avait signé « *Commandant Nex* », et non pas « Brigan ».

Je n'arrêtais pas de fixer l'écran de mon ordinateur portable, en lisant et relisant ses mots et en refusant de croire que c'était tout ce qu'il avait à me dire après vingt-quatre heures de silence.

Cependant, plus j'étudiais le message, plus sa signification devenait claire. Il y avait plus que ce qu'on pouvait voir à première vue.

L'horodatage du message original était peu avant l'atterrissage de la navette hier. Il l'avait littéralement écrit et envoyé avant même que je ne revienne sur Terre.

Toutes les communications provenant du Conqueror devaient passer par le bureau de la Coalition. Donc, le message avait dû rester dans la boîte de réception de quelqu'un, puis était passé d'un agent à un autre, jusqu'à ce qu'il me parvienne enfin.

Comme le vote avait commencé alors que j'étais encore sur le Conqueror, en signant « *Commandant Nex* », Brigan m'indiquait que l'équipage avait voté en sa faveur. Brigan était toujours le commandant du Conqueror. Je remerciai silencieusement toute puissance suprême qui se trouvait là-bas. Il avait réussi à garder le respect de son peuple.

Quelques phrases à la toute fin continuèrent de m'intriguer plus longtemps.

« *Tu sais que je chéris ma vie plus que tout* », avait-il écrit. « *Je ferai tout pour la garder.* »

Cela n'avait aucun sens. Pourquoi avait-il écrit cela ? Sa vie était-elle menacée d'une quelconque manière sur le Conqueror ? Mais pourquoi ?

Puis, ça me frappa. Brigan m'appelait « sa vie ». Il devait savoir que son message serait censuré par la Coalition en plus d'être éventuellement lu par l'équipe de sécurité du Conqueror, alors il l'avait crypté.

Ce qu'il voulait vraiment dire, c'était : *« Je te chéris plus que tout. Je ferai tout pour te garder. »*

Mon cœur se gonfla de désir. Les larmes s'accumulèrent à nouveau dans mes yeux.

— Je ferai tout pour te retrouver, Brigan, chuchotai-je, en posant ma main sur ses mots sur l'écran. Je jure que je les combattrai.

Donc, je le fis.

Je m'étais rendue à la réunion avec la Coalition, armée d'une longue liste d'arguments. Zenya était venue avec moi et s'était révélée être un incroyable soutien.

Lorsque cette réunion s'était terminée par la déclaration de la Coalition : *« Les Ivodiens ne sont pas bons pour nos femmes »*, j'avais commencé à rechercher les femmes libérées.

Je discutais en tête-à-tête avec toutes celles qui avaient accepté de me parler, qu'elles veuillent ou non retourner sur le Conqueror. J'écoutais leurs expériences concernant leur vie sur le vaisseau et leurs interactions avec leurs ravisseurs.

Certaines femmes ne voulaient rien avoir à faire avec les Ivodiens. Mais bon nombre d'entre elles exprimaient le souhait d'avoir un rendez-vous avec le guerrier qui les avait prises puis relâchées. Et certaines des « épouses » enlevées souhaitaient retourner sur le Conqueror dès que possible.

Plus important encore, aucune des femmes enlevées, pas même celles qui étaient encore en colère d'avoir été enlevées, n'avait signalé d'abus de la part de leurs ravisseurs, au-delà de l'enfermement forcé sur le vaisseau.

Zenya emménagea avec moi cette semaine-là. Bien qu'elle ait obtenu un emploi dans un magasin de vêtements, elle trouva le temps d'assister à toutes les réunions de la Coalition avec moi.

Au début, je me déplaçais en fauteuil roulant. En seulement une semaine, le cylindre encombrant fut retiré. J'utilisai ensuite une paire de béquilles, et une semaine plus tard, je passai à une simple canne.

— S'il y avait une raison pour moi d'exiger que les Ivodiens restent plus longtemps, déclara mon médecin en tordant le cylindre dans ses mains. Ce serait ça. J'aimerais qu'ils partagent leur technique de soin avec nous.

Grâce à cette technique, la grave blessure qui aurait normalement mis des semaines, voire des mois à guérir, m'avait dérangé à peine deux semaines. Je boitais encore un peu et utilisais une canne sur les conseils de mon médecin, mais je pouvais me déplacer de façon autonome.

Brigan m'écrivait régulièrement, une fois par jour selon le planning établi par la Coalition. Malgré leur censure rigoureuse, il réussissait toujours à glisser un mot ou deux qui traduisaient ce qu'il ressentait vraiment. Je sentais la tendresse dans ses mots, peu importait à quel point les messages étaient expurgés. Ses mots me donnaient de l'espoir.

De temps en temps, il se joignait à distance à nos réunions avec la Coalition. J'aurais aimé pouvoir au moins voir son hologramme, mais seule sa voix venant du haut-parleur au milieu de la table était autorisée.

Cela dit, le simple fait d'entendre sa voix était un régal. Je résistais à l'envie de fermer les yeux et de me perdre dans ce son profond et riche, alors que je me souvenais de la note douce et veloutée qu'elle prenait quand il me parlait, à moi seule.

— Est-ce que quelqu'un a quelque chose à ajouter ? demanda Jason Grey aux participants de la réunion, après que Brigan avait fini de parler du programme que je lui avais décrit dans les grandes lignes pendant que nous marchions dans les bois du Nord.

Les Ivodiens avaient développé mon idée plus avant. Et maintenant, cela semblait être un plan solide.

— Oui, dis-je en levant la main.

J'avais beaucoup à dire sur le programme qui était devenu cher à mon cœur, mais je voulais aussi simplement que Brigan entende ma voix aussi.

— Ms. Soranno, dit Jason en hochant la tête pour m'accorder la permission de parler.

Le silence dans l'appareil de communication sembla se charger de tension après que Jason avait prononcé mon nom. Je ne pouvais pas le voir, mais je savais que Brigan écoutait attentivement.

— Il est temps de réduire les délais, dis-je doucement, en ayant l'impression de parler à Brigan seul. Nous avons attendu patiemment, et nous méritons de savoir quand l'attente sera terminée.

— Cela pourra être discuté plus tard, affirma un autre représentant en triturant le stylet de sa tablette entre ses doigts.

— Aujourd'hui, retentit la voix de Brigan depuis l'appareil. Nous allons en discuter tout de suite.

Mon souffle s'accéléra en entendant la force de ses mots. Sa présence semblait remplir toute la pièce, bien qu'il ne soit même pas là physiquement.

— Commandant..., tenta de protester l'un des représentants.

— Nous en parlons depuis des semaines, le coupa Brigan. Toutes vos questions ont obtenu des réponses, à plusieurs reprises. Il est temps d'avancer.

Un autre représentant nous fit signe, à Zenya et moi, ainsi qu'aux trois autres femmes qui étaient venues à la réunion avec nous.

— Votre présence n'est plus nécessaire, dit-il rapidement, en nous faisant un geste pour nous signifier de quitter la pièce. Merci pour votre participation.

Je restai assise.

— Je ne pars pas à moins d'avoir la garantie d'être tenue informée de ce qui sera décidé.

Il fit une grimace mais concéda :

— Nous vous appellerons toutes dès que nous aurons pris une décision.

À l'extérieur de l'hôtel de ville, nous nous attardâmes toutes les cinq dans les larges escaliers. Les trois autres femmes se dirent ensuite au revoir et partirent, une par une.

Zenya et moi avions acheté des hot-dogs dans un foodtruck pour le déjeuner que nous mangions dans le petit parc à côté.

— J'espère que quelque chose sera décidé aujourd'hui, dis-je alors que nous étions assises sur un banc.

— Oh, je l'espère.

Zenya poussa un soupir, en donnant des miettes de pain à un pigeon qui trottait sur les pavés à proximité.

— Ça a été éprouvant pour les nerfs, ajouta-t-elle. Je ne sais pas ce que je ferais sans toi, Lori.

Elle me jeta un coup d'œil.

Au cours des deux dernières semaines et quelques, Zenya avait visiblement changé. Nous étions toutes stressées, mais elle n'avait plus l'air perdue. Elle était apparue beaucoup plus calme, malgré les incertitudes auxquelles nous étions confrontées. Sa confiance en soi s'était également grandement améliorée.

— Je suis si heureuse que nous nous soyons rencontrées, Zenya, dis-je, en me sentant vraiment contente de l'avoir avec moi pour traverser tout ça.

— Moi aussi, répondit-elle en se penchant pour m'étreindre. Eh bien, je ferais mieux d'aller au travail. Mon service commence bientôt, déclara-t-elle en se levant et en secouant les miettes qui étaient sur sa jupe pour le plus grand plaisir du pigeon. C'est bon pour toi de rentrer à la maison toute seule ? Tu prends un Uber ?

Je secouai la tête de gauche à droite.

— Je vais prendre le métro. Ce sera probablement plus rapide, de toute façon. La station est juste là, dis-je en faisant un signe de tête vers la rue derrière le parc.

Elle poussa un autre soupir.

— Bien, on se voit ce soir. Espérons que nous aurons bientôt des nouvelles.

Je hochai la tête.

— Espérons !

Tant que le Conqueror restait en orbite, il y avait de l'espoir. Je résistai à l'envie de regarder le ciel pour voir ses lumières. Il était à peine midi passé. Je ne pourrais rien voir en plein jour.

La nuit, cependant, je regardais souvent le ciel, en cherchant le minuscule point de lumière du vaisseau parmi les étoiles scintillantes. Il se déplaçait régulièrement le long de son orbite, avec mon commandant à bord, l'homme aux yeux violets intenses et à la peau couleur du ciel de minuit.

Le désir de ses bras autour de moi fit se serrer ma poitrine. J'inspirai longuement, en attrapant ma canne après le départ de Zenya.

— J'espère bientôt, me murmurai-je à moi-même en me levant.

Une ombre se déplaçait dans le parc tandis que je boitillais le long des pavés du chemin, comme si un gros nuage bloquait soudain le brillant soleil d'été.

Un homme sauta du banc sur lequel il était assis.

— Regardez ! cria-t-il en pointant frénétiquement son doigt vers le haut.

Il sortit son téléphone portable de sa poche. En le tenant devant lui, il commença soit à filmer, soit à prendre des photos.

Les gens dans le petit parc se précipitaient vers les immeubles environnants.

Une femme criait, recroquevillée sur elle-même.

J'inclinai la tête en arrière. Un halètement jaillit de ma gorge.

Un énorme disque d'argent bloquait le soleil. Une navette ivodienne, en forme de soucoupe volante, avec la forme sphérique au milieu, planait au-dessus des gratte-ciel qui entouraient le parc.

Une large colonne de lumière verte descendit de la sphère, en teintant l'air autour de moi qui prit une couleur vert citron. Une silhouette apparut à l'intérieur de la lumière.

Des épaules larges. Une tête chauve ornée de rangées de piercings. Un uniforme blanc impeccable qui moulait son corps musclé aux bons endroits. Une peau violet foncé, striée de reflets vert citron venant de la colonne de lumière. Et sept longues queues flexibles qui remuaient derrière lui.

— Brigan…, dis-je dans un souffle, en ayant peur d'y croire.

— Fuyez ! cria quelqu'un dans la foule. Fuyez, madame !

Je souris.

Pourquoi devrais-je fuir Brigan ? J'avais passé des semaines à rêver de courir vers lui.

Ma canne glissa de mes doigts et tomba sur le chemin de pierre. Je tendis les deux bras vers mon extraterrestre alors qu'il descendait dans la colonne de lumière.

— Lori…

Il se pencha et m'attrapa sous les bras.

Ses queues s'enroulèrent tout autour de moi, en me liant à lui.

— Toi…

Ce fut tout ce que je pus dire, perdue dans la couleur lavande et chaude de ses yeux magnifiques.

Il captura avidement ma bouche dans un baiser. Torride et passionné, c'était tout ce dont j'avais envie.

— Tu m'as manqué, gémit-il contre ma bouche. Tellement que j'ai pensé que j'allais devenir fou. Entendre ta voix aujourd'hui a été plus que je ne pouvais en supporter.

— Combien de lois enfreins-tu en étant ici ? demandai-je en resserrant mes bras autour de lui.

J'avais essayé de respecter les règles, mais je pensais ne plus être capable de le lâcher, même si l'Univers tout entier l'exigeait.

— Aucune, sourit-il. J'ai fait venir la navette au moment où j'ai entendu ta voix. D'une manière ou d'une autre, j'allais venir te chercher aujourd'hui. Heureusement pour la Coalition, ils ont finalement choisi de coopérer. Aucune loi n'a été enfreinte.

Il souleva une arcade sourcilière avec une lueur dans les yeux.

— Je t'enlève, Lori, déclara-t-il. Légalement.

L'air quitta mes poumons d'un coup. « Légalement » signifiait que personne ne pourrait plus m'éloigner de lui maintenant.

— Qui aurait cru que je serais aussi heureuse d'être enlevée, dis-je en riant alors que nous remontions la colonne de lumière verte, en flottant dessus, en apesanteur.

— Oh, me souvins-je soudain. Ma canne !

Je regardai le petit parc qui semblait déjà être au moins à une douzaine d'étages plus bas.

— Tu n'en auras pas besoin, ma vie, dit Brigan en m'embrassant encore. Sur le Conqueror, je t'emmènerai partout où tu voudras aller.

Nous nous élevâmes de plus en plus haut, jusqu'aux étages les plus élevés des gratte-ciel du centre-ville. Le petit parc en dessous n'était plus qu'une tache de verdure entre l'asphalte et le béton, maintenant. Je m'accrochai à Brigan, même en sachant qu'il ne me laisserait pas tomber. Ses queues s'enroulaient étroitement autour de moi.

Elles étaient autour de mes jambes, de mes bras et de mon ventre. L'une glissa sous ma jupe, en se faufilant autour de ma cuisse. La pointe de l'autre effleura le dessous de mon sein, puis se glissa dans mon décolleté. Avide de son toucher, je fondais sous ses caresses.

Brigan enfouit ses mains dans mes cheveux, en m'embrassant comme je l'avais rêvé pendant tout ce temps. Perdue dans son baiser, je remarquai à peine quand nous embarquâmes dans la navette ivodienne. La lumière verte disparut, et le sol se solidifia sous nos pieds.

— Bienvenue à bord, capitaine Soranno, nous salua un Ivodien.

— Bonjour, réussis-je à dire entre les baisers de Brigan.

Il ne voulait pas me lâcher.

— Prêt pour le décollage, commandant ? demanda l'Ivodien.

— Prêt, haleta Brigan.

Sans même jeter un coup d'œil au mâle, il me fit reculer jusqu'à un large siège rembourré en forme de demi-cercle le long de l'espace ouvert arrondi au milieu de la soucoupe. Le panneau de commande, avec le pilote prenant place devant, se trouvait de l'autre côté de la salle ronde.

Brigan me posa sur la surface matelassée blanche, puis appuya sur un bouton sur le mur au-dessus de nous. Un bouclier mat s'éleva du sol, en nous cachant de l'Ivodien aux commandes.

— Je ne peux pas m'empêcher de te toucher, murmura Brigan.

Ses mains ne s'éloignaient pas de mon cou ni de mes épaules alors qu'il me massait pour évacuer le stress et la tension de mes muscles fatigués.

Ses queues, en revanche, s'avéraient beaucoup plus coquines que ses doigts. Réparties sur tout mon corps, elles me caressaient, me berçaient et me frottaient. Celle sur mon décolleté s'était frayé un chemin à l'intérieur de mon soutien-gorge, la pointe effleurant mon téton. Deux autres tirèrent sur les boutons de devant de mon chemisier, en les ouvrant rapidement.

Le bout de l'une de ses queues glissa sous l'élastique de ma culotte. Je gémis quand il effleura mon point le plus sensible entre mes jambes.

— Oh, comme ce son m'a manqué, dit Brigan en m'embrassant le cou, sa langue fourchue effleurant ma peau rougie.

— Nous n'avons pas beaucoup de temps..., haletai-je, en luttant avec la fermeture de son uniforme et en souhaitant aussi avoir suivi un cours sur la façon de le déshabiller.

J'avais besoin de sentir sa peau sous mes paumes.

Il fit rapidement glisser ses doigts le long de la couture qui courait en diagonale devant sa chemise. Elle s'ouvrit, en révélant sa peau lisse et sombre dans la plus belle nuance du ciel nocturne.

— Je profiterai de chaque seconde dont nous disposons, m'assura-t-il.

J'expirai de plaisir, en promenant mes mains sur la large étendue de son torse. Le désir insatisfait pour cet homme faisait rage en moi, déchaîné par ses baisers et ses caresses. Le bout de sa queue glissa à l'intérieur de moi, et je remontai les hanches, en le chevauchant. Comme un doigt habile et agile, il bougeait à l'intérieur de moi, en touchant l'endroit qui me rendait folle de désir.

— J'ai envie de toi, Brigan. S'il te plaît, le suppliai-je. Je ne peux pas... j'ai besoin de...

En ouvrant son pantalon, il libéra son érection. Son membre chaud et palpitant pressé contre ma cuisse. La rangée de « langues » dressées sur le dessus était légèrement plus souple que sa hampe dure. Elles taquinaient mon clitoris alors qu'il glissait en moi, en me donnant un « coup de langue » l'un après l'autre.

— Oh oui..., expirai-je alors qu'il me pénétrait complètement, en me remplissant entièrement.

Il se pencha en arrière, ses yeux errant sur moi. Mon chemisier était défait, mon soutien-gorge relevé, mes seins exhibés, mes tétons durs et rougis par le contact de ses queues.

— Je n'en aurai jamais assez de te voir comme ça, grinça-t-il, alors qu'il agrippait mes hanches, en s'enfonçant avec vigueur en moi.

Je gémis de béatitude, ma tête roulant contre le siège. Deux de ses queues s'enroulèrent autour de mes poignets, pour mettre mes mains au-dessus de ma tête. Deux autres écartèrent mes jambes pour lui.

Je fermai les yeux, en m'abandonnant aux vagues de plaisir intense qui me parcouraient. Il m'emmenait plus haut à chacune de ses poussées puissantes jusqu'à ce que le plaisir atteigne son point culminant puis explose en m'envoyant des frissons d'extase. Sa tête rejetée en arrière, il rugit de plaisir à travers ses dents serrées alors que son orgasme le saisissait.

— Viens, Brigan, l'appelai-je, mes mains toujours liées au-dessus de ma tête. Viens près de moi.

Il s'effondra sur moi, ses queues glissant de mes poignets et de mes jambes. J'enroulai mes bras autour de lui, en le serrant contre moi.

— C'est comme rentrer à la maison, Lori. Tu es ma maison. Toute ma vie, maintenant.

ÉPILOGUE

Lori

Je fus réveillée par un léger effleurement le long de l'intérieur de ma cuisse. Doux et excitant, c'était comme la caresse d'un doigt aimant, mais je n'étais pas dupe. C'était une queue. Une des queues de Brigan que, tout simplement, j'adorais.

Une autre se glissa entre mes jambes tandis que la troisième s'enroula autour de ma poitrine, en frottant mon téton.

— Mmmmm, fis-je en roulant sur le dos et en m'étirant.

Le sommeil partit lentement tandis que le désir prenait le dessus.

— Bonjour, murmura la voix bien-aimée de mon mari, puis un baiser atterrit sur mes lèvres.

Brigan.

Je cambrai le dos alors qu'il m'embrassait le long de la poitrine. Un gémissement m'échappa quand il mit un de mes tétons dans sa bouche, sa langue fourchue taquinant et jouant avec la pointe dure.

Ses queues s'accrochèrent autour de mes genoux pour les écarter. Je me laissai faire, en les écartant grand pour lui.

— Brigan, dis-je dans un souffle alors qu'il plongeait son visage entre mes cuisses.

— Laisse-moi entendre davantage de gémissements comme ceux-là, ma vie, murmura-t-il, en faisant glisser sa langue entre mes plis.

Je soulevai les hanches pour me rapprocher de sa bouche, en chevauchant sa langue. Tous les restes de sommeil avaient complètement disparu maintenant, brûlés par le désir enflammé. Ses queues caressaient mon corps, en attisant les flammes.

Il suçait fort, et je jouis, en me débattant contre lui. Ses bras autour de mes cuisses, il me tenait en place, en suçant et en léchant jusqu'à mon dernier frisson de plaisir.

Ce n'est que lorsque je m'affalai contre le matelas qu'il s'arrêta.

— Brigan... C'était...

J'exhalai un gémissement, incapable de mettre des mots sur toutes les choses incroyables qu'il m'avait fait ressentir.

Il lécha ses lèvres, en se hissant le long de mon corps.

— Je voulais m'assurer que tu commences bien cette journée, dit-il en souriant. C'est notre premier jour de congé entier.

— Oui, c'est vrai.

Je lui souris en retour.

Cela faisait deux semaines que le Conqueror avait quitté l'orbite terrestre. Avec le mois que j'avais passé sur le vaisseau avant ça, ça faisait plus de six semaines que je vivais ici, six semaines bien chargées.

Alors que nous étions encore en orbite, j'avais aidé à coordonner le programme de rencontres entre Ivodiens et humaines qui avait finalement été mis en place.

Les femmes qui avaient été enlevées par les Ivodiens et souhaitaient donner une seconde chance à leurs ravisseurs avaient pu le faire le lendemain du jour où Brigan m'avait enlevée du petit parc près de l'hôtel de ville de Toronto.

Zenya avait pu revoir son Naitas. Et beaucoup d'autres avaient retrouvé les extraterrestres à qui elles tenaient, en dépit de la façon dont ils s'étaient rencontrés pour la première fois.

Les Ivodiens, dont les épouses enlevées avaient refusé de se réconcilier avec eux, avaient une base de données dédiée. Leurs profils avaient été rendus publics et des milliers de femmes avaient demandé à avoir un rendez-vous avec chacun d'eux. Puis, les hommes avaient choisi une seule femme avec qui ils avaient ensuite eu la chance d'établir une relation.

Tout ne s'était pas bien passé, bien sûr. Certains avaient fini par devoir avoir plusieurs rendez-vous avec des femmes différentes avant de trouver « *la bonne* ». Mais à la fin de ce mois, chacun des quatre-vingt-dix-sept Ivodiens qui étaient venus sur Terre pour trouver une épouse était en couple avec une femme consentante, choisie par attirance mutuelle.

Au cours de ce mois, j'avais également eu l'occasion de dire au revoir à toute ma famille et à mes amis, en leur promettant de leur rendre visite aussi souvent que possible. Les avancées inégalées des Ivodiens en matière de voyages spatiaux, y compris la possession des vaisseaux les plus rapides de l'Univers, rendaient les visites sur Terre non seulement possible, mais aussi faisaient en sorte que ce soit quelque chose qui puisse se faire assez régulièrement.

— Qu'allons-nous faire aujourd'hui ? demandai-je alors que Brigan était appuyé sur un coude à mes côtés.

Ses queues ne m'avaient pas quittée. En caressant tranquillement mon corps nu, elles laissaient un désir latent frémir juste sous ma peau.

Ses sourcils se haussèrent, l'excitation se répandant sur son visage.

— J'ai des projets pour nous, me dit-il.

Même après que le sort quatre-vingt-dix-sept couples avaient été résolu et que le Conqueror avait quitté la Terre, le rythme effréné de nos vies n'avait pas beaucoup ralenti.

Je savais que Brigan n'avait pas prévu de prendre sa retraite avant de me rencontrer. Il m'avait dit qu'il souhaitait rester sur le vaisseau encore quelques années pour faire quelques missions supplémentaires. Je ne voulais pas lui enlever ça.

Je n'allais pas non plus le laisser parcourir l'Univers sans moi jusqu'à ce qu'il se sente prêt à prendre sa retraite.

Au lieu de cela, j'avais aussi rejoint l'équipage. Depuis deux semaines, je m'entraînais officiellement pour devenir pilote de l'une des navettes du Conqueror. Il me manquait moins de deux cents heures de vol pour piloter une soucoupe volante seule. Le simple fait d'y penser me donnait le vertige.

— Alors, quel sont tes projets ?

Je soulevai une jambe, en l'étirant, et l'une de ses queues s'enroula immédiatement autour d'elle en faisant plusieurs tours.

— Eh bien, d'abord, je vais te faire l'amour un peu plus, répondit-il alors que le bout d'une autre queue encerclait mon téton droit tandis que Brigan jouait avec le gauche en utilisant ses doigts. Ensuite, nous prendrons le petit déjeuner ici.

Il désigna du menton ma partie préférée de la pièce, un coin salon devant la fenêtre géante avec une vue spectaculaire sur l'espace au-delà.

— J'adorerais ça, dis-je dans un souffle.

La caresse de ses queues et de ses doigts enflammait mon sang. Le désir palpita à nouveau entre mes jambes.

— Après ça, continua-t-il. Je t'emmènerai à la salle d'activités et tu pourras choisir quelques jeux auxquels tu as envie de jouer.

J'étais brièvement allée à la salle d'activités lors de ma visite de bienvenue sur le Conqueror. Avec tout ce qui s'était passé, je n'avais pas encore eu l'occasion de l'essayer. La salle proposait une liste impressionnante de jeux et d'activités en réalité virtuelle que j'avais hâte de tester. Des exercices simples comme le jogging sur un terrain de n'importe quelle planète imaginable, à la reconstitution de batailles célèbres dans lesquelles les Ivodiens s'étaient engagés à travers l'histoire, aux salles de danse virtuelles et aux visites touristiques.

— Oh, j'ai envie de faire tous les jeux et toutes les activités, dis-je avec enthousiasme.

— Tu ne pourras pas tout faire en une journée, gloussa-t-il en embrassant le bout de mon nez. Des jours ne suffiraient pas pour cela, même si nous restions là jour et nuit. En plus, j'ai aussi prévu un dîner.

— Ah oui ?

— Mmmh. Avec ton dessert préféré.

— De la crème brûlée ? haletai-je. Vraiment ? demandai-je en ne me souvenant pas lui avoir parlé de mon dessert préféré. Comment as-tu su ?

À en juger par son expression perplexe, il ne savait pas.

— Crème quoi ? demanda-t-il, l'air abasourdi. Tu as dit que le dessert que nous avions mangé la semaine dernière était ton préféré.

— Oh...

Je me souvenais de la combinaison plutôt désagréable d'aubergines caramélisées et de tomates grillées, trempées dans une sauce au chocolat et saupoudrées de menthe. Le chef cuisinier du Conqueror préparait des plats ivodiens en remplaçant des ingrédients par des produits de la Terre. Parfois, les choses se mariaient bien. Parfois... Eh bien, ce truc avait un goût aussi ignoble que ça en avait l'air.

— Tu n'as pas vraiment aimé ça, n'est-ce pas ? demanda Brigan en plissant les yeux vers moi.

— Euh... je suis désolée, dis-je en grimaçant.

— Pourquoi as-tu dit ça, alors ?

Je me grattai l'oreille, pour gagner du temps avant de répondre.

— Je n'ai pas vraiment dit que j'aimais ça. J'ai dit que c'était bien, j'essayais juste d'être polie.

— Lori, grogna-t-il, en attrapant mes épaules. Tu dois être absolument honnête avec moi concernant ces choses. J'ai commandé plein d'aubergines et de tomates pour les planter dans notre jardin. Juste parce que tu as dit que tu aimais ce plat.

— Ouah... vraiment ? demandai-je en le regardant, choquée.

— Ma belle. Tu ne comprends pas, dit-il doucement en se penchant plus près. Si tu me dis que quelque chose te plaît, j'irai sur-le-champ dans les fosses ardentes d'Ahell pour m'assurer que tu l'obtiennes. Tu es ma femme, Lori. Te rendre heureuse est ma mission dans la vie.

J'avais remarqué que Brigan faisait tout son possible pour me faire plaisir. Faire semblant d'aimer ce dessert dégoûtant avait été une erreur.

— Je suis désolée, répondis-je en prenant son visage dans mes mains. Je promets que je dirai la vérité la prochaine fois, dis-je en lui donnant un baiser sur la joue. Mais ne t'inquiète pas, les tomates et les aubergines que tu as plantées ne vont pas se perdre. Je connais quelques bonnes recettes qui pourraient te plaire, à condition de mettre suffisamment de poivre dans la casserole, bien sûr, ajoutai-je avec un sourire d'excuse.

Il m'embrassa, puis attrapa son dispositif de communication sur la table de nuit.

— Que fais-tu ? demandai-je.

— Je vais devoir dire au chef cuisinier de changer le dessert pour le dîner de ce soir. Tu as dit que ton dessert préféré était quoi ? De la crème quelque chose ? s'enquit-il en secouant la tête. Je ne peux pas croire que je n'apprends ça que maintenant.

Oh, bon sang ! J'imaginais le chef cuisinier en train de s'activer dans la cuisine, en essayant de recréer un dessert de la Terre, avec des ingrédients qu'il n'aurait peut-être même pas à disposition.

J'écartai sa main du dispositif de communication.

— Ne t'en fais pas, lui dis-je en enroulant mes bras autour du cou de Brigan, et en grimpant sur ses genoux. La seule chose que j'exige absolument pour le dîner de ce soir, c'est que tu sois là avec moi.

— Je n'irai nulle part.

L'inquiétude sur son visage s'éclipsa alors que j'embrassais sa mâchoire.

— Je ne te quitterai pas, Lori, ajouta-t-il.

— Bien.

Je mordillai les muscles saillants de son cou avec une série de baisers. À cheval sur ses cuisses, je sentis son érection grandir contre mon entrejambe.

— J'adore tes projets pour aujourd'hui, commandant, déclarai-je. Quel était le premier point, déjà ?

— Faire l'amour, grogna-t-il en me rapprochant de lui.

Je frottai mon entrejambe le long de son membre dur. La rangée de ses « pétales de langue » dressés glissait entre mes plis humides. Je pris une grande inspiration. Le désir me parcourait par chaudes vagues de plaisir.

— Je ne dirai jamais non à nos ébats amoureux, murmurai-je alors qu'il glissait en moi.

— OÙ M'EMMÈNES-TU EXACTEMENT ? demandai-je en marchant vite pour suivre Brigan.

Le vaisseau était énorme. Après six semaines ici, je n'avais encore qu'une vague idée de sa taille réelle et de tous les équipements qu'il avait à offrir.

Ma jambe était complètement guérie maintenant. Je n'avais plus besoin de canne pour marcher ni de Brigan pour me porter. Bien qu'il m'ait quand même porté jusqu'à la douche ce matin-là, juste parce qu'il aimait faire ça, et après tous ces ébats, j'étais trop heureuse de lui faire plaisir.

— Où allons-nous dîner ?

— Tu verras, dit-il, un sourire mystérieux jouant sur ses lèvres.

Il toucha un panneau sur le mur et il glissa, en s'ouvrant sur une pièce sombre au-delà. L'espace n'était éclairé que par les étoiles lointaines scintillant à l'extérieur du dôme de verre géant d'un plafond.

En franchissant le seuil, je soulevai le bas de ma robe en soie violette, de peur de trébucher avec mes talons argentés, quelques-unes des nombreuses belles choses que Brigan avait insisté pour m'acheter avant de quitter la Terre.

— Joyeux anniversaire, Lori, me murmura-t-il à l'oreille.

Les lumières prirent soudainement vie, en illuminant l'immense salle avec des dizaines de tables rondes au milieu.

— Joyeux anniversaire !

L'air se remplit d'acclamations alors que les humains et les Ivodiens sautaient de derrière les tables.

— Quoi ? haletai-je sous le choc, en serrant la main de Brigan dans la mienne.

Aujourd'hui, ce n'était pas mon anniversaire, mais c'était vraiment agréable d'avoir une fête.

— Surprise ! cria-t-il en souriant, ravi au possible. Tu n'as jamais eu de vraie fête, ma vie. Et tu mérites ce qu'il y a de mieux. Joyeux anniversaire en retard !

— C'est... c'est pour moi ?

Je me retournai lentement, en admirant la pièce, décorée de couleurs vives avec des ballons, des fleurs que je n'avais jamais vues auparavant et des rubans.

Une immense banderole « *Happy Birthday, Lori* », avec les mots écrits en anglais, était accrochée sous le plafond de verre. Une longue table à côté contenait un ours en peluche géant entouré d'une énorme pile de cadeaux emballés.

— Pour toi, mon amour, ma chérie, ma vie.

En me prenant dans ses bras, Brigan ponctuait chaque mot doux d'un baiser.

— Mais comment as-tu réussi à faire tout cela ? dis-je en riant et en secouant la tête, heureuse mais toujours sous le choc. Quand ?

— J'ai eu de l'aide, murmura-t-il en me serrant contre lui.

Zenya me fit signe de derrière la table la plus proche, Naitas tenant son bras. Il y avait de nombreux couples humaines-ivodiens heureux dans la pièce. Même le premier ingénieur n'était plus seul. Advika, sa nouvelle épouse, souriait à côté de lui, sa peau sombre brillant sur ses joues, une longue tresse noire drapée sur son épaule. Elle regardait son mari avec adoration alors qu'il lui versait un verre de vin.

— Ça te plaît ? demanda Brigan, en balayant la pièce d'un geste du bras.

— J'adore ! m'exclamai-je. Je ne peux tout simplement pas y croire. Comment as-tu réussi ? Je veux dire, même avec de l'aide...

— J'ai fait des recherches approfondies sur les célébrations et les traditions humaines, en particulier sur celles de ta région natale en Amérique du Nord.

— Tu t'es bien débrouillé, le félicitai-je en ne pouvant pas arrêter de sourire. C'est tout simplement extraordinaire !

Il avait dû un peu se mélanger les pinceaux au cours de ses recherches, semblait-il. L'ours en peluche tenait dans ses pattes un cœur rouge avec les mots *Deviens mienne !* brodé dessus. Brigan avait dû confondre anniversaire et Saint-Valentin. Mais ça ne me dérangeait pas. Je n'avais jamais réalisé que je voulais un ours en peluche géant à ce point-là.

— J'adore vraiment, vraiment, Brigan.

Mes yeux s'embuèrent à cause de toutes les émotions heureuses qui éclataient dans mon cœur comme des feux d'artifice.

— Zenya m'a dit que les mots sur le cœur dans les pattes de l'animal en peluche disent « Deviens mienne ». Cela semble être un message approprié, déclara-t-il en me soulevant dans ses bras, et en me portant jusqu'à la table centrale. Tu es à moi.

— Comme tu es à moi, Brigan.

J'enroulai mes bras autour de son large cou.

— Oh, j'ai toujours été à toi, ma vie. Tu m'as enlevé. Tu m'as revendiqué comme tien. À partir de ce moment, je n'avais plus aucune chance.

Épilogue bonus

erci d'avoir lu « Mon escapade d'anniversaire ».

J'ai eu du mal à dire au revoir à Lori et Brigan après avoir fini d'écrire « Mon escapade d'anniversaire ».

Je me demandais comment Lori allait s'adapter à sa nouvelle vie. Je voulais voir à quoi ressemblait la propriété de Brigan sur Us'ae, l'une des trois lunes de Rimall. Mais surtout, je voulais que Brigan nous dise comment il avait perdu sa queue.

Si vous êtes également curieux à l'idée de connaître toutes ces choses, j'ai écrit une nouvelle pour vous. C'est absolument gratuit. Tout ce que vous avez à faire pour l'avoir est de vous inscrire à ma newsletter :

À propos de la collection Un Alien pour les fêtes

Contrairement à toutes mes autres collections, Un Alien pour les fêtes n'a pas d'intrigue commune. Les livres de cette collection sont indépendants et peuvent être lus dans n'importe quel ordre. Je n'ai pas l'intention de me priver d'écrire dans cette collection lorsque l'inspiration me viendra.

Pour suivre toutes les nouveautés, inscrivez-vous à la newsletter de l'auteur : https://www.marinasimcoe.com/français

Pour en savoir plus sur Marina Simcoe

ROMANS D'AMOUR PARANORMAUX
Le Monde de la Rivière des Brumes
La Caresse du serpent
La Conquête du serpent
La Ménagerie des Curiosités de Madame Tan
L'appel de l'eau
Folie de la lune
Le Puissance de la rage

ROMANS D'AMOUR de SCIENCE-FICTION
Un Alien pour les fêtes
Mon Mariage avec Krampus
Mon minuscule géant
Mon escapade d'anniversaire
Une mère par correspondance

À propos de l'Auteur

Marina Simcoe aime écrire des histoires d'amour avec des personnages, qui peuvent être humains ou non, car elle croit fermement que notre monde contemporain a toujours besoin d'un peu de fantaisie.

Elle s'amuse beaucoup à explorer comment ses personnages fantastiques, dotés de leurs propres croyances, valeurs et aspirations, s'adaptent à notre vie de tous les jours.

Elle vit au Canada avec son grincheux de brute bien à elle, leurs trois jeunes enfants et un chat, qui est assurément unique en son genre.

Pour être tenir informé de ses prochains livres, veuillez consulter la page de Marina Simcoe sur Facebook ou le site de l'auteure.

Gardons le Contact

Illustrations sur mon Patreon :

Pour suivre toutes les nouveautés, inscrivez-vous à la newsletter de l'auteur :
www.marinasimcoe.com/français
Le Groupe de lecteurs sur Facebook :
Marina's Reading Cave
www.instagram.com/marinasimcoeauthor
www.facebook.com/MarinaSimcoeAuthor/
www.amazon.com/author/marinasimcoe
www.goodreads.com/MarinaSimcoe

9 781989 967317